길은학교다

열여덟 살 보라의 로드스쿨링

길은 학교다

이보라 지음

한겨레출판

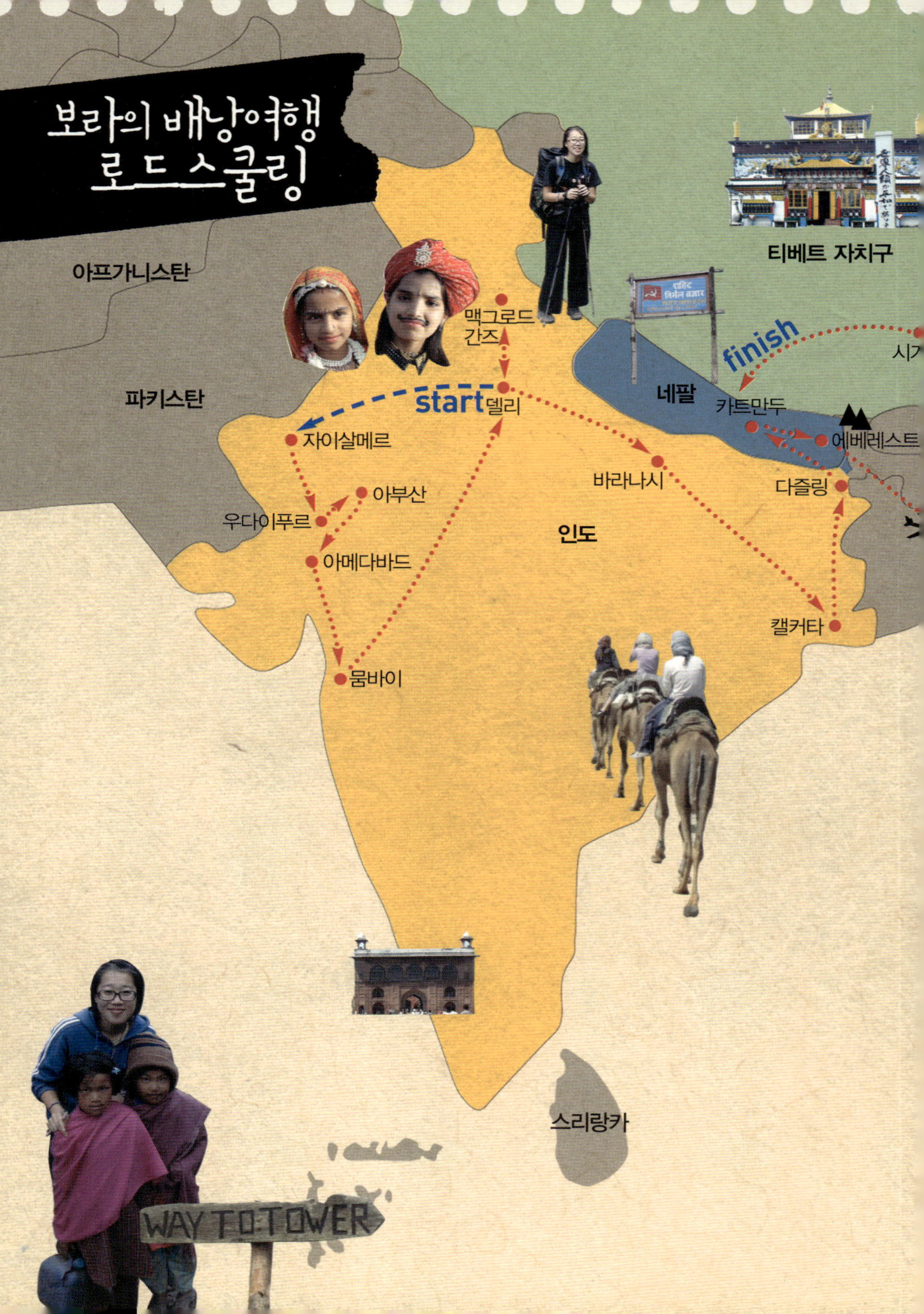

보라의 배낭여행
로드스쿨링
아프가니스탄
파키스탄
티베트 자치구
맥그로드
간즈
네팔
finish
시가
start 델리
카트만두
에베레스트
자이살메르
바라나시
다즐링
아부산
인도
우다이푸르
아메다바드
캘커타
뭄바이
스리랑카
WAY TO TOWER

중국
데시
미얀마
차마고도
중띠엔 · 메리설산
리장
따리
징훙
라오스
루앙파방
왕위앙
우앙짠
하노이
타이
칸차나부리
방콕
캄보디아
씨엠립
달라트
후에
베트남
호이안
냐짱
호치민
말레이시아
Boopa festival

India*
"아저씨는 인도에 왜 와요?"
아저씨는 인도 사람처럼 고개를 한쪽으로 끄덕이며 말했다.
"삶의 가장 기본적인 걸 생각할 수 있게 하니까"

Nepal*
나는 도시로 돌아가지만 산사람들은
영원히 순박하고 순수했으면 좋겠다.
오지는 영원한 오지일 수 없음을 뻔히 알면서
나는 그런 것들을 무심코 바란다.

Thai*

"난 그저 잘 살기 위해서 여행을 떠난 거야.
이 세상은 소수의 행동을 통해 바뀌어왔다는 것,
그리고 나도 그 행동에 가담했다는 것.
난 그걸 말해줄래. 그거면 될 것 같아."

Cambodia*

"인생에 있어서 아름다운 것은
열일곱 살이나 열여덟 살쯤에 발생한다.
어른이란 열일곱, 열여덟 살에 대한
지루한 보충설명일 뿐이다.
하지만 그 나이를 지난 후에는
다시 그 나이로 돌아갈 수 없다."

Vietnam*
"향수병은 배부른 자의 병이라 생각한다.
열심히 일해라, 부지런히 움직여라,
바쁘게 뭔가를 해라.
그럼, 병이 나을 것이다."

Laos *

나뿐만 아니라 모든 사람들을
행복하게 만들고 싶다.

China*

학교를 벗어나 처음으로 만든 나만의 학교,
나만의 로드스쿨의 선생님과 친구들이 되어준 사람들.
빈손으로 떠나 빈손으로 돌아온 내가 얻은 건 결국
사람과 세상을 바라보는 눈이다.

Tibet*

"생각해보세요. 당신이 사랑하는
그 티베트 아이가 커서 느낄 조국의 현실을.
그 속에서 가슴 아파할 아이가 그려지지 않나요?
그게 바로 우리가 티베트를 위해
조금이라도 움직여야 할 이유라고 생각합니다.
그것만으로도 충분하지 않을까요?"

길 위의, 그러나 밝고 따뜻한

　1999년에 김현진이라는 10대 소녀가 『네 멋대로 해라』라는 책을 낼 때 반가운 마음으로 추천의 글을 썼던 기억이 있다. 그로부터 십 년이 지난 지금, 나는 보라라는 소녀가 쓴 글을 읽고 있다.

　이 두 사람은 아주 비슷하면서 또 아주 다르다. 주어진 삶을 당당하고 아름답게 살려는 열망이 비슷하고, 글과 영상이라는 표현 수단을 갖고 있다는 점에서 비슷하다. 그러나 김현진이 사회와 가족과 불화하면서 자기 목소리를 내기 시작했다면, 보라는 집에 머물고 학교에 머물면서 자기 목소리를 내고 있다. 서로를 돌보면서 함께 배우고 자라는 태도와 감각. 그래서 보라의 책은 고마운 만남들의 이야기로 가득하다. 시대의 변화를 절감한다.

　학교는 무엇을 하는 곳이며, 배운다는 것은 무엇이며, 십대는 어떻게 살아야 할 것인가? 어디에 있든 어떤 어려운 일을 만나든 주변 사람들과 인연을 맺으며 지혜를 모으고 네트워킹하는 능력을 키우자고 보라는 말한다.

　"뭐 그리 세상을 비관할 것은 없다"고 말하는 로드스쿨러의 목소리가 이렇게 반가운 것은 재앙이 그치지 않는 세상에서 지푸라기라도 잡고 싶은 내 현재 심정 때문일까? 아닐 것이다. 결국은 모두를 죽게 할 '승자독식의 게임'을 그치게 할 비법을 그가 알아냈기 때문일 것이다. 지금을 살아가는

십대들과 그들의 미래를 염려하는 이들이 이 책을 함께 읽고 토론할 장면
을 상상하니 갑자기 아주 행복해지는 기분이다.

조한혜정 | 연세대학교 문화인류학과 교수

학교 밖의,
그리고 학교 안의 친구들에게

"저요? 그냥 길가에 앉아 사람들 지나다니는 거 멍하니 바라보는 거 좋아하고, 마주치는 사람들과 가볍고도 진중한 이야기 하는 거 좋아해요."

안녕? 난 보라라고 해. 예쁨 받는 것도 무지하게 좋아하고 나름 욕심도 많아서 매일같이 정신없이 뛰어다니곤 하는 아이지. 앞장서거나 재밌는 일을 벌이는 것도 좋아하고 말야. 근데 말이지, 이상하게 마음속으론 '아무것도 아닌 일상'을 살아가길 꿈꾸기도 해. 그래서 마음과는 다른 빡빡한 현실 앞에서 괴리감을 느끼곤 하지.

음, 그런 나의 이중성이 나를 '길 위의 삶'으로 이끌었을까? 우연히 중3 때 따라가게 된 한 달짜리 인도 배낭여행은 각박한 입시체계에서 배워온 '무언가를 끊임없이 해야 한다'는 강박관념의 고삐를 느슨하게 풀어버렸어. 그후로 길 위에서의 배움을 시작했지. 고삐가 느슨해짐과 동시에 내 이중성이 활발하게 작동하기 시작한 거야. 그래서 고1 마치고는 잘 다니던 학교를 나왔어. 더 다양한, 더욱 더 많은 이들이 지나는 '길'에서 멍 때리며 새로운 사람들을 만나고 싶었거든.

익숙한 책가방 대신 40리터짜리 커다란 배낭을 멨어. 맨 처음에는 인도부터 시작해서 네팔, 태국을 거쳐 캄보디아, 베트남, 라오스를 만났지. 근데 여행하다 보니까 티베트에도 가보고 싶은 거야. 그래서 중국어로 '화장

실'도 모르면서 겁 없이 중국에 입국해 티베트까지 갔었지. 화장실은 어쨌냐고? 영어와 한국어를 섞어가며 화장실이 어디냐고 설명하다 결국 만국 공용어인 몸짓으로 얘기했어. 휴, 정말 죽는 줄 알았다니까.

힘들진 않았냐고? 왜 아니겠어. 동남아시아가 좀 덥니, 너무 더운데 배낭은 겁나 무겁고. 사람들이 물건 팔려고 거짓말할 때, 며칠 동안 못 움직일 정도로 너무 아플 때, 불현듯 '아, 지금 나 뭐하는 거지' 하며 회의가 들 때, 그럴 때마다 수도 없이 그만두고 싶었지. 그런데 그러기엔 내가 보고, 얻고 있는 것들이 너무 아까웠지 뭐야. 여행은 내 생각과 감정에 수많은 자극과 굴곡을 만들었거든.

그렇게 8개월을 여행하다 한국으로 돌아왔어. 여행에서 만난 사람들과 얘기할 때면 난 정말 아는 게 없구나, 했었거든. 세상을 바라보는 나만의 관점도 없었고, '나는 이렇게 살 거야!' 하는 나의 철학도 없었어. 그래서 이보라 공부 좀 더 해야겠구나, 하는 지적자극을 얻고 집으로 왔지.

다시 학교로 돌아갔냐고? 첨엔 그럴 생각이었어. 내 꿈은 글 쓰는 다큐멘터리스트인데 내가 그리 말할 때마다 사람들은 "그럼 좋은 대학을 나와 방송국에 취직해야지"라고들 하는 거야. 좀 이상하더라고. 아니 글 쓰고 다큐멘터리 하려면 꼭 저렇게 지난한 과정을 거쳐야 해? 그래서 학교 밖에서 배움을 계속해나가기로 했어.

처음엔 십대들의 목소리를 담은 라디오 방송의 프로듀서를 해봤어. 그러다 학교 밖 친구들이 모이는 글쓰기반에서 함께 공부할 친구들을 만나 고글리[*]에 들어갔지. 사실 학교 밖에서의 공부가 그렇게 즐겁고 행복한 것만은 아냐. 지독하게 외롭고 치열하지. 보이지 않는 차별도 곳곳에 숨어 있고 또래 친구들을 쉽게 만날 수도 없어. 난 운이 좋았던 거야. 고글리와 함께 밥도 해 먹고 글을 쓰면서 여행도 다녔어. 재밌더라고. 우리끼리 우리만의 커리큘럼을 만들어 일상을 채워나간다는 게.

길에서 재밌는 작업을 하고 여행하며 또 다른 배움을 하는 우리는 우리 자신을 로드스쿨러[**]로 명명하기로 했어. 사회는 구성원들에게 각종 신분증을 건네주며 끊임없이 규정하잖아. 하지만 로드스쿨러는 스스로 명명하는 거야. 내가 길에서 스스로 배운다, 싶으면 로드스쿨러인 거지. 나는 그렇게 학교 밖에서 여행도 다니고 글도 쓰고 여러 가지 프로젝트를 하면서 배웠어. 나중엔 학교를 다니지 않는 우리들을 향한 은근한 차별로부터 터져나온 절규로 〈로드스쿨러〉라는 다큐멘터리도 제작했고.

내가 로드스쿨링을 하기 전에는 맘 맞는 친구가 없을까 봐 무지하게 걱정했었는데, 그건 기우에 불과하더라. 글쓰기반과 고글리 활동을 하며 다

프롤로그

양한 로드스쿨러들을 만났어. 남녀노소 상관없이 관계를 맺었고 나는 아직도 다양한 인연의 끈 위에서 재밌는 일을 벌이곤 해. 물론 다함께 느릿느릿 걸어가기도 하고 말야, 헤헤.

그러다 문득 보여주고 들려주고 싶었어. 이렇게 배우는 사람도 있다고. 한 움큼 외롭지만 한 움큼 자유로운 배움의 방식이 있다고. 십대 후반의 나를 키운 '길바닥'은 파도처럼 일렁이며 나를 끊임없이 자극하는 것이었거든.

누군가 내게 그랬어. "보라, 넌 참 많은 것들을 가졌지만 그중에서 가장 빛나는 건 너의 사람들인 것 같아." 응, 맞아. 고마운 사람들이, 고마운 기억들이 내겐 참 많아. 기억의 한 조각과 한 마디 말로 나는 종종 일어서곤 했지. 특히, 꽃 한 송이 들고 찾았던 시인 고정희. 따스한 해남에 잠들어 있는 그녀의 무덤가에 이 책을 바치고 싶어.

그리고 고마워요. 내 사람들, 내 인연들 모두.

보라

---

*고글리_'고'정희문학상을 통해 만나 '글'도 쓰고 문화작업도 하는 '리'(마을)라는 이름의 1020 청소녀 문화
작업자 연대.

**로드스쿨러(Road-schooler)_ 학교를 벗어나 다양한 학습공간을 넘나들며 자기주도적으로 공부하고 교류하
고 연대하는 청소년들이 스스로를 일컫는 말. 또는 스승이 있는 공간이면 세상의 모든 곳이 배움터라는 생각
을 하는 자기주도학습자들이 스스로를 명명하는 이름.

Contents

Road
Schooler

Part One >>>
나도 꿈꿀 수 있을까?
"야호! 엄마, 뭐라고? 엄마, 다시 한 번 말해봐. 뭐라고, 뭐라고?!"
드디어 하나님은 내 기도를 들어주셨다. 엄마에게 난생 처음으로 따귀를 맞고,
매일 매일 기도실에서 눈물 콧물을 짜냈던 그 세 달의 기억을 나는 잊을 수가 없다.

"뭐 어때? 가면 되잖아!"

✱ 학교 밖으로 나가도 될까?

"너 오늘 눈이 팅팅 부었다. 어제 뭐했냐?"

"당근 대장금 봤치! 어제 민정호랑 장금이랑 기적적으로 만났잖아! 요새 장금이 불쌍해서 죽겠어."

똑같이 차려입은 초록체크무늬 교복 사이에서 까만 머리를 귀밑으로 정갈하게 자른 나도 대장금 이야기에 정신이 팔려 웃고 있었다. 숙제를 못 해 온 날 아침이면 EBS 청취시간에 가슴이 콩알만 해진 채로 친구 교과서를 베꼈고, 아침잠의 단맛에 홀려 늦게 일어나기라도 한 날에는 엎드려뻗쳐 자세를 하고 팔뚝만큼 두꺼운 매로 엉덩이를 맞았다.

중학교 3학년이 되자, 비평준화 지역이라 비교적 좋은 고등학교에 진학하기 위해서는 내신과 모의고사 점수를 열심히 관리해야 한다고 했다. 그래서 우열반 중에서 우반은 남아서 야간자율학습을 할 거라고도 했다. 경기도 안성, 이 조그만 동네의 중학교에서 우열반을 나누고 또 야간에 자율학습까지 해야 한다니 웬 말인가 싶었지만 선생님의 말이 곧 하늘의 말이라고 굳게 믿던 나는 허수아비처럼 고개를 끄덕이며 도서실로 향하곤 했다.

그날도 야자 끝나고 친구들과 떼를 지어 영어학원에 가는 길이었는데 고모에게서 전화가 걸려왔다. 고모는 나에게 인도에 가보지 않겠느냐고 말했다.

"뭐, 인도? 거길 왜 가? 고등학교 입시 준비만 해도 바빠. 대학 가면 갈게." 고모의 제안을 매몰차게 거절하고는, 곧 있을 영어시험을 대비하기 위해 단어장을 꺼냈다. 나에게는 영어단어가 더 시급한 시절이었다.

내가 살고 있던 '이 세상' :

새벽같이 일어나 등교를 하고, 0교시나 다름없는 EBS 수업을 듣고, 6교시까지 이어지는 수업에 2교시를 더한 보충학습까지. 게다가 야자라니! 고등학교에 올라가면 야자를 하게 되는데 우리 중학교를 나온 애들은 더 잘 적응할 수 있도록 배려한 것이니 불만 가지지 말라, 고 선생님은 말했다.

그러나 야자를 시작한 후로 나는 조금씩 메말라갔다. 어느 날, 햇빛을 본 지 너무나 오래되었다는 생각이 들어 선생님께 창가 자리로 옮겨달라고 했다.

"뭔 헛소리야, 이보라. 그냥 네 자리에서 공부나 해."

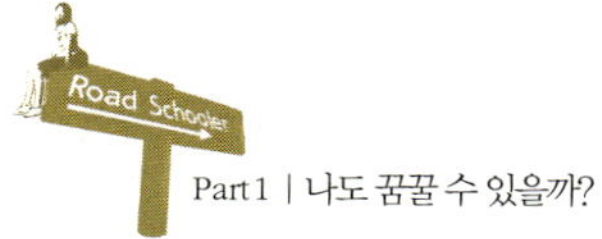

선생님은 대수롭지 않게 답했고, 나는 한 줄기 햇살도 보지 못하게 하는 환경에 고개를 살짝, 갸우뚱거렸다. 상위권을 위한 심화반 수업은 계속되었고, 야자 때문에 저녁 도시락을 매일같이 싸야 했다. 하지만 저녁 먹을 시간이 부족해 도시락을 급히 먹어치우고 체할 것 같은 속을 움켜쥐고 도서관으로 뛰어가는 일이 다반사였다.

"나는 밥도 꼭꼭 씹어 먹고 싶고, 광합성도 하고 싶다고요!" 목 끝까지 이 한 마디가 차올랐지만, 착실한 전교학생회장이었던 나는 선생님 대신 고모에게 전화를 걸었다. "고모, 저번에 말했던 인도 여행 말이지. 나 갈래, 갈 거야!"

중학교 3학년 여름방학, 나는 그렇게 인도를 만났다. 고모가 소개해준 고모 후배들과 함께 배낭을 메고 40일 동안 인도, 네팔, 태국을 여행했다. "헬로", "아임 파인 땡큐, 앤드 유?" 따위의 말밖에 꺼내지 못했던 나는 "소가 거리를 돌아다녀!" 하며 인도를 종횡무진했지만 낯선 곳에서 40일을 살아내는 건 '시험'에 가까웠다. 은하수도 보고, 고산증도 겪어보고, 까만 얼굴의 사람들도 만났지만 인도 여행 내내 머릿속엔 '사람들은 뭐가 좋아서 인도에 올까?'란 질문뿐이었다. 그래서 함께 여행하던 한 아저씨에게 물었다.

"아저씨는 인도에 왜 와요?"

아저씨는 인도 사람처럼 고개를 한쪽으로 끄덕이며 말했다.

"삶의 가장 기본적인 걸 생각할 수 있게 하니까."

그 말을 듣고서야 보게 되었다. 학교 안에서는 보지 못했던 파아란 하늘, 밤하늘을 가득 메운 별들의 잔치, 가슴이 뻥 뚫리는 시원한 바람, 낯선 이에게 건네는 가벼운 눈웃음. 삶의 가장 기본적인 것들에게 나는 뒤통수를 맞았다.

한국에 돌아온 나는, '놀고 왔으니 이제 학생 본연의 자세로 열심히 공부해라' 라는 선생님의 눈초리에 열심히 내신을 관리했다. 하지만 맘은 낯선 곳을 향한 두근거림으로 가득 차 있었다. 그리고 얼마 후 고등학교 원서접수 기간이 다가왔다. 순간 고민에 빠졌다. 그런 나에게 학년부장 선생님이 은근슬쩍 말을 건넸다.

"그냥 안성에서 제일 좋다는 학교에 들어가. 다른 동네 생각하지 말고."

그런데 갑자기 가슴 한 구석에서 거부반응이 일어났다. 내게 새로운 자극을 줬던 배낭여행처럼 나는 낯선 선택이 주는 자극을 받고 싶었다. 그래서 원서접수 마지막 날, 안 된다는 엄마 아빠를 간신히 설득해 낯선 타지에서의 고등학교 생활을 선택했다. 사실, 학년부장 선생님이 말한 고등학교는 가뿐히 들어갈 성적이었으므로 고입고사는 뒷전으로 미루고 내신에만 주력했었다. 그런 나에게 선생님은 늘 이런 잔소리를 해댔다.

"이보라, 너는 내신 관리하는 것처럼 고입모의고사 관리도 좀 해봐라."

학년부장 선생님 말은 죽도록 듣기 싫어 내신만 관리하다가, 커트라인이 좀 더 높은 학교에 원서를 넣자마자 나는 가슴속에서 우러나오는 '진짜 자기주도적 학습'을 시작했다. 그리고 우

여곡절 끝에 중상위 성적으로 고등학교 입학 자격을 얻었다. 타치생활을 해야 한다는 두려움과 설렘도 있었지만, 고등학교 1학년 선행학습을 해두어야 한다는 부담이 앞선 나는 고입고사가 끝나자마자 독서실을 다시 끊었다.

그러던 어느 날, 갑자기 의문이 생겼다. '고등학교는 휴학할 수 없는 걸까? 1년 동안 여행을 하면서 세상을 보는 안목을 키운 다음에 공부한다면 목표도 생기고, 공부하는 이유도 좀 더 명확해질 것 같은데 말야.' 다음 날, 가깝게 지내던 미술 선생님께 말을 꺼냈다.

"세계일주 하고 와서 공부하면 안 될까요?"

"그거 정말 좋은 생각인데, 고등학교를 휴학한다는 게 가능할까? 대학 가서 하지 그러니?"

에이, 왜 내 주변엔 낡은 생각을 가진 사람들밖에 없는 거야? 그래, 지식iN엔 진짜 지식인들이 있을지도 몰라! 나는 인터넷에 질문을 올렸다.

남들 다 YES 할 때 NO 하는 삶을 살라면서요.
학교를 그만두는 것도 아니고요, 전 문제아도 아니에요.
학교 1년 휴학하고 여행한 다음에 복학해서 공부하는 거, 어떻게 생각하세요?   ▼

답변 1 : 어릴 때의 치기일 뿐입니다. 저도 그런 고민할 때가 있었는데 그런 건 대학 가서 해도 되지요.

답변 2 : 우와, 그런 생각을 할 수 있다는 것 자체가 부럽네요. 갈 수만 있다면 참 좋겠지요.

내공을 듬뿍 담았지만 나머지 답변도 거기서 거기였다. 인도 여행을 다녀온 내게는 약간의 변화가 생겼지만, 나를 둘러싸고 있는 학교와 세상은 변함이 없었다. '이탈하지 말라'는 이름의 거대한 장벽에 한숨을 쉬며 몸을 돌렸다.

'다른 세상'으로 나도 갈 수 있을까 :

하지만 낯설고 새로운 고등학교 생활은 나쁘지 않았다. 새로운 곳에서 새로운 사람들과 시작한 한 학기를 마칠 때쯤 고모에게 전화를 받았다. 고모는 여름방학 때 재밌는 캠프가 하나 있다며 슬쩍 말을 흘렸다. 캠프 하면 사족을 못 쓰는 나는 배낭을 쌌다. 하지만 "후회 없는 여름방학을 보내라"는 전언을 남긴 담임선생님이 생각나 이메일 창을 열었다.

E-mail 〉〉〉

선생님, 죄송해요. 저 여름방학에 수학에 올인하려 했는데 곰곰이 생각해보니 지금 저에겐 더 많은 경험이 필요할 것 같아서요. 학생회 엠티, 해군사관학교 캠프, 그리고 일주일짜리 여행학교를 다 합치면 방학은 끝이라서 부담스럽기는 하지만 다녀올게요. 선생님은 절 이해해주시리라 믿어요.

보라 드림

공부 안 하고 어딜 가냐며 불같이 화내실 선생님이 무서웠지만 용기를 내어 보내기 버튼을 꾹 눌렀다. 다음 날 배낭을 메고 출발하려는데 답장이

와 있었다.

예상 외의 선생님의 답변에 용기를 얻은 나는 가벼운 걸음으로 남도를 향했다. 대전에서 무주로, 헤매고 헤매 진해로, 묻고 물어 부안으로, 완도로. 배 타고 바다 건너 제주도로, 최남단 마라도까지. '생태에너지를 찾아 떠나는 여행학교 캠프'에 참가한 것이다.

부안에 도착한 첫날, 나보다 어려 보이는 친구가 말을 걸었다. "여기서는 서로 별명을 불러. 우리는 작은아이고, 선생님은 큰아이라고 부르면 돼. 우린 다 친구니까 아이어른 할 것 없이 편하게 말 놓고. 아참, 내 소개를 안 했네. 난 난다야. 난 일반학교에 다니고 있지만, 여긴 대안학교 다니는 친구들도 많아. 너는 별명이 뭐야?"

어쭈, 애 몇 살인데 나한테 그냥 말을 놔? 그리고 하늘같은 선생님한테 편하게 말을 놓으라니, 말도 안 돼! 그나저나 대안학교에 다닌다는 애네들, 왜 이리 착해? 문제 있어서 대안학교 다니는 거 아니었어?

우주비행사가 다른 행성에 도달하면 바로 이런 기분이 되는 것일까. 하지만 나는 우리나라, 그것도 남도에 왔을 뿐인걸! 애네들은 도대체 뭐야? 여행학교에서 만난 친구들은 나와 다른 이야기들을 내뱉고 있었다. 학교에서의 수업방식도 나와는 많이 달랐고, 행동하는 것도 더 자유로워 보였다.

번뜩 내 주변사람들에게는 꺼낼 수 없었던 이야기가 생각났다. 이 친구들과는 그 이야기를 함께 나눌 수 있을 것만 같았다.

"저기 있지, 내 얘기 좀 들어봐. 사실 난 학교 1년 쉬고 여행을 다녀오고 싶어. 여기 대한민국 말고 다른 세상이 너무 궁금해."

"그래서?"

"어, 어?"

"그래서, 뭐가 문제냐고."

"아니, 그게 아니라……. 다른 사람들은 다 안 된다고 그랬는걸."

"네가 가고 싶은 거 아냐? 그럼 뭐가 문제야, 네가 가고 싶다는데."

무언가 다시 내 뒤통수를 치기 시작했다. 야, 잠깐만. 여기 대한민국이라고! 그리고 애네 다 한국 사람이야. 그런데 어떻게 저런 대답을 하지? 어떻게 내가 여행을 갈 수 있다고 쉽게 대답하는 거야, 응? 여기 지구 맞아?

그 아이들과 나는 자유로움의 강도가 달랐다. 나는 내가 살고 있는 '이 세상'에서 좋은 학교에 진학하고 안정된 직장을 얻고 살면 되는 줄 알았다. 하지만 '이 세상'은 수많은 세상 중의 하나일 뿐이라는 걸 그제야 깨달았다. 나는 여행학교에서 '다른 세상'으로 한 걸음 내딛기 위한 용기의 싹을 틔웠다.

"선생님, 저 여행학교에 가서 다른 세상을 보고 왔어요. 더 큰 세상을 보러 갈래요. 여행 갈 거예요!"

"그래, 그거 좋은 생각이네. 한번 해볼까?"

내 진심이 통했는지, 축제 준비로 정신이 없으셨던 건지 아직도 정확히

알 수 없지만 하나는 알고 있다. 선생님의 도와주시겠다는 그 말 한 마디가 날 두근거리게 만들었다는 것. 가슴속에 품은 싹을 틔우기 위해 나에게는 충분한 햇빛과 양분과 한 컵의 지지가 필요했다.

엄마아빠아무것도 모르잖아

＊가족은 나의 힘

　나의 유년시절의 가장 많은 부분을 차지하고 있는 건 바로 엄마 아빠와의 기억. 커다란 기억은 자라며 산산조각이 나, 이미 작은 파편들이 되어 머릿속 구석구석에 꽂혀 있다.

　아홉 살 즈음이었던 것 같다. 매미가 울던 한여름 저녁, 여느 때와 같이 나는 내 방 모퉁이에 앉아 전과와 함께 수학익힘책을 풀고 있었다. 엄마 아빠가 일찍부터 맞벌이를 하시는 바람에 나는 혼자서 어린이집 등·하교를 하고 밥을 차려 먹고, 두 살 어린 동생을 챙겨야 했다. 초등학교에 입학한 후에도 혼자 시간을 보내야 했던 내게 문제풀이와 재밌는 네 칸 만화로 가득한 전과는 유일한 가정교사이자 공부 친구였다.

　하지만 그때쯤의 아이들은 다 풀어야만 했던, 이상하다 못해 요상하게

생긴 나눗셈 기호는 정말이지 뭘 어떻게 해야 하는지조차 알 수가 없었다. 곱하고 빼야 하는지, 빼는 것도 아닌데 왜 수가 이상하게 줄어드는지. 어렸던 나는 1층에 살고 있는 허리 구부정한 할머니도, 고등학교 교사이기에 당연히 알고 있었을 할아버지도 나눗셈 따위는 모를 거라고 생각했다.

학교를 벗어난 곳에서는 아무도 날 도와줄 수 없다는 생각에 볼을 타고 눈물이 흘렀다. 이때 일이 끝난 엄마 아빠가 집으로 들어섰다. 구석에서 눈물을 훔치고 있는 나를 보자마자 아빠는 집에 불이라도 난 듯 큰 소리와 함께 내 앞으로 다가왔다. 머리 왼쪽에 검지를 대고 나를 바라보는 아빠에게 나는 소리쳤다. "몰라, 이거 못 풀겠단 말야!"

그제야 나는 엉엉 소리를 지르며 울었다. 아빠가 와도 당연히 이 문제는 풀리지 않을 거라고 생각했기 때문에 더욱 더 억울할 뿐이었다. 하지만 아빠는 책을 들여다보자마자, 내 연필을 들고 오른쪽에 쓱싹쓱싹 답을 적었다. 아빠가 풀었다, 나눗셈을. 풀었다. 아홉 살의 나는 나눗셈을 풀 줄 아는 아빠가 너무 신기했다. 우리 아빠도 내 도움 없이 할 줄 아는 것이 있었던 것이다.

열네 살, 검정 스타킹을 신고 시멘트 바닥의 교실 위에서 덜덜 떨며 공부할 즈음의 또 다른 기억이다. 매일 이상한 말만 던지고 가는 사회 선생님이 오늘은 누가 이 세상에서 가장 불쌍한지 이야기해보자며 글을 쓰게 했다. 나는 허공에 펼쳐진 도화지를 멍하니 바라보다 '엄마 아빠'라고 적었다. 선생님은 발표하라며 나를 지적했고, 나는 세상에서 가장 불쌍한 우리 엄마 아빠 이야기를 시작했다.

"우리 엄마 아빠는요. 두 분 모두 서너 살 즈음에 병이 나서 듣지 못하게 됐대요. 그때부터 이 세상에서 나는 소리는 죄다 못 들어봤을 거예요. 내가 매일 듣고 다니는 엠피쓰리의 음악도, 수업시간의 선생님 목소리도. 그래서 불편하게 살아요. 나는 엄마 아빠가 제일 불쌍해요. 사실 친구들이 엄마 아빠랑 통화할 때 무지무지 부러워요. 나도 이제는 엄마 아빠 목소리를……."

감정이 북받쳐 더 이상 말을 이을 수 없었다. 친구는 눈물 콧물 범벅이 된 나를 화장실로 데려가 다독여주었다. 그때까지도 나는 그저 엄마 아빠가 불쌍한 존재라고 생각했다. 엄마 아빠는 왜 말을 못하지, 라는 나 스스로의 질문을 가지기도 전에 사람들은 물었다. 아니, 사람들은 "안녕?" 하는 안부 인사처럼 나에게 물었다. "부모님이 장애를 갖고 계시는데 힘들진 않니?"

두 살 때부터 말 대신 수화를 배운 나는 엄마 아빠에게 다른 사람들의 말을 전하고 또 엄마 아빠의 말을 다른 사람들에게 전해줘야 했다. 그러다 보니 집안의 대소사를 훤히 알 수밖에 없었다. 생필품을 구입하는 문제부터 집을 사고파는 일까지 늘 함께했기 때문에 어려운 용어도 일찍 습득하게 되었다. 나는 엄마 아빠에게 "어떻게 해?"라는 말보다 "내가 알아서 할게"라고 대답하게 되었고, 두 살 어린 동생을 다그치는 건 자연히 나의 몫이 되어버렸다.

그래서 나는 남들이 곧잘 하는 그 질문에 이제는 입에 떡 달라붙은 모범답안을 꺼내 눈도 마주치지 않고 밖으로 뱉어낸다. "아뇨, 오히려 엄마 아빠의 장애가 절 도와요. 덕분에 수화도 할 줄 알잖아요. 부끄럽기보다는 자랑스럽죠. 다른 장애를 가진 사람이나 사회의 소수자들에 대해서 편견이 별로 없어요. 철도 일찍 들었고요."

이 대답을 몇 번이나 되풀이했는지 사실 기억도 잘 나질 않는다. 당연히 백 퍼센트 진심이 아니다. 넌 왜 취직을 안 하냐, 혹은 왜 결혼을 안 하냐, 라고 물을 때 다들 꺼낸다는 대답처럼 나도 이 대답을 주구장창 해왔다. 사람이기에 이런 엄마 아빠 때문에 불편했던 적은 한두 번이 아니다. 관심 있는 남자아이와 함께 버스를 기다리다 엄마를 만났을 때, 나는 엄마를 모른 척 했다. 제발 엄마가 날 보지 않은 채 그냥 걸어갔으면 좋겠다고 빌었다. 사람 가득한 길거리에서 이거 얼마냐고 물어봐달라는 엄마의 수화가 창피해 외면해버린 적도 있었다.

너는 엄마 아빠의 손과 발이기 때문에 어디 가지 말고 많이 도와드려라, 라는 말에 화가 나 딴지를 걸고 싶었던 적도 있다. 그러나 이 모범답안과는 달리, 나는 다른 이유로 우리 엄마 아빠를 좋아한다. 날개로 감싸 안으며 아무 데도 못 가게 하고 지나친 보호와 걱정으로 양육하는 친구들의 엄마들과는 달리, 자유방임주의를 택하여 나의 모든 행동에 지지를 보내는 나의 부모님. 사실 그것이 바로 내가 우리 엄마 아빠를 좋아하는 이유임이 틀림없다.

엄마, 나 여행 갈 거야 :

"엄마, 내가 학교 1년 쉬고 여행 간다고 하면 어쩔래?"

"여행? 그거 좋은 거냐?"

여행을 결심하자마자 밥상 앞에서 슬쩍 얘기를 꺼내보았다. 하지만 생전 외국이라곤 못 가본 엄마는 아무것도 몰랐다. 좋은 거라고 대답하니 엄마는 '좋은가?' 하며 고개를 갸우뚱했다.

먼 도시에서 고등학교를 다니게 되어 2주에 한 번, 시험기간이 겹치면 한 달에 한 번 집에 들렀다. 그 학교에는 유난히 자취생과 기숙사생이 많았는데 다들 집 떠나 생활하는 게 힘들었는지 야간자율학습시간만 되면 한 명씩 번갈아가며 울곤 했다. 나 역시 예외는 아닌지라 일주일 내내 화장실에서 엄마를 부르며 야자시간을 날려버린 적도 있다. 가족에게는 유난히 마음을 잘 표현하지 않던 나는 그때 처음으로 엄마에게 사랑한다는 문자메시지를 보냈다.

그렇게 엄마를 그리다 거의 한 달 만에 집에 들어섰다. 새로 친구를 사귀었는데 개랑 가장 친한 친구가 되었다며 엄마에게 그 친구의 생김새를 표현하다가, 교실 안에서 매일 꿈꾸고 있는 배낭여행 이야기를 살짝 꺼내본다. 이렇게 조금씩 이야기하면 엄마 아빠도 결국 설득되지 않겠느냐, 란 심산으로 학교 휴학하고 여행 가면 어떻겠냐고 말을 꺼내자마자 집안은 꽁꽁 얼어버렸다.

허락해달라는 나의 말에 엄마는 불같이 화를 내며 눈시울을 적셨다. 엄마가 안 된다고 말할 때면 늘 내 편을 들어줬던 아빠. 나는 아빠에게 도와달라는 눈길을 돌리지만 아빠 역시 고개를 가로젓는다. 그러지 말고 겨울방학 때 보내줄 테니 그만 하라는 아빠의 말에 나는 "지금 당장 가야 해!" 소리친다. 아빠 역시 참지 못하고 결국 쾅 하고 방문을 닫아버렸다.

'이러려고 말을 꺼낸 게 아닌데……. 난 단지 엄마 아빠와 상의하고 싶었을 뿐이라고!' 단번에 허락받을 수 있으리라 기대한 것도 아니었지만, 강경하게 나오는 엄마 아빠의 태도에 결국 이렇게 소리쳤다. "엄마 아빠는 아무엇도 모르잖아. 아무것도 모르면서 매일 안 된다고만 하잖아! 나 이렇게 크는데 제대로 도와줘본 적 있어? 다 내가 혼자서 하는데 왜 허락 안 해주냐고!"

찰싹.

엄마에게 처음으로 따귀를 맞았다.

한 달 만에 다시 집으로 들어섰다. 하지만 다음 날 아침, 나는 동이 트자마자 울며 집을 나섰다. 또 2주 후, 가방을 메고 다시 집으로 돌아온다. 또 울면서 집을 나선다……. 그러기를 세 달.

땡 하고 야자가 끝나자마자 나는 학교 지하 2층에 있는 기도실로 우당탕탕 뛰어 내려갔다. "힘들어요. 나 너무 힘이 들어요. 분명히 여행을 결심할 땐 신났었는데, 담임선생님이 도와준다고 했을 때도 너무 좋아 날아갈 것만 같았는데 이젠 너무 힘이 들어요. 성적 유지하는 것도 힘들고, 친구들과 관계 유지하는 것도 너무 버거운데 그 속에서 다른 걸 꿈꾸는 것 자체가 처음부터 불가능한 일이었나요?

그럴 거면, 그렇게 막으실 거면 차라리 꿈꾸게나 하지 말지 왜 이렇게 힘들게 해요. 엄마 아빠 보고 싶어 집에 달려가도 다시 눈물 훔치며 나설 수밖에 없는데, 나는 그것도 너무 힘들고 어려워요. 그래서 이제 그만 하고 싶어요. 엄마 아빠랑 싸우는 것도 지치고, 여행계획서 만드느라 컴퓨터 앞에 앉아 있는 시간이 공부할 시간을 너무 뺏고 있단 말예요. 이뤄질 수 없는 일이라면 이제 시간낭비 그만 할래요. 내게 정말 허락하신 거라면 당신이 알아서 하세요. 내가 할 수 있는 건, 이제 다 했어요."

눈물 콧물 훔치며 30분 넘게 기도했다. 그리고 2주 후 다시 집으로 들어서는 길. 분명 문 앞에서 "엄마, 나 이제 여행 가는 거 포기하려고"라는 말을 연습하고 엄마 앞에 섰는데, 오늘도 버릇처럼 "여행"이라는 단어가 먼저 나오고 만다.

"엄마, 나 이제 여행……."

"가."

"뭐라고?"

잘못 봤나 싶어 엄마의 손을 유심히 살피지만 가라는 말이 맞다.

"가라고. 네가 정말 가고 싶으면, 자신 있으면 가. 어렸을 때부터 네가 알아서 다 해왔잖아. 믿으니까 보내주는 거야. 몸 조심히 잘 준비해서 다녀와. 아참, 컴퓨터 바탕화면에 놔둔 여행계획서 잘 봤다. 꼼꼼히 준비했더라. 진심으로 가고 싶어 한다는 거 이제 알았어."

"야호! 엄마, 뭐라고? 엄마, 다시 한 번 말해봐. 뭐라고, 뭐라고?!"

드디어 하나님은 내 기도를 들어주셨다. 엄마에게 난생 처음으로 따귀를 맞고, 매일 매일 기도실에서 눈물 콧물을 짜냈던 그 세 달의 기억을 나는 잊을 수가 없다.

나, 사랑받고 있었구나

＊사람들과 함께 준비한 여행

"고개 숙여. 너 뭐 잘못했는지 알지? 선배들 지나가면 인사 똑바로 하라 그랬지. 자, 인사 연습한다. 야, 거기 너. 고개 똑바로 안 숙여? 90도로 허리 굽혀 인사 오십 번 시작!"

오늘도 여자기숙사 1학년은 단체로 인사 연습이다. 기숙사에 들어온 지 얼마 되지 않았는데도 인사 연습이 낯설지가 않다. 하지만 무엇을 잘못했는지 도대체 나는 모르겠다. 단체로 언니들에게 혼나는 것도, 개인적으로 불려가 혼나는 것도 나는 이해할 수 없다.

언니들이 시키는 그대로 한 명 지나가면 한 번 90도로 인사, 두 명 지나가면 두 번 90도로 인사, 세 명이면 세 번, 네 명이면 네 번 90도로 인사하다가 계단에서 넘어질 뻔 할 때도 있다. 기숙사 공부방에서는 자리가 문앞

인지라 공부하다가 문이 열리면 꾸벅꾸벅 고개를 숙여야 한다. 인사가 반가움의 표시가 아닌, 위계질서의 기본이라는 걸 나는 이제야 알았다.

무엇보다 나를 힘들게 한 건, 여기가 기독교 학생들만 받는 기숙사라는 사실이었다. 무엇을 잘못해서 혼나는 건지 물으려고 하면 바로 엄한 목소리가 따라왔고, 선배들에게 욕을 얻어먹는 건 당연했다. 1학년 3반 교실 안에서는 편한 친구들, 좋은 선생님들과 깔깔거리며 시간을 보낼 수 있어 나의 등굣길은 마냥 신나기만 했다. 하지만 제 시간에 딱딱 맞춰 들어오지 않으면 혼이 나는 엄한 기숙사에서 나는 자연히 풀이 죽었다.

외 계 인 , 유 일 한 이 야 기 친 구 :

단체로 인사 연습을 했던 그날, 나는 친구들을 먼저 기숙사로 보낸 후, 노란 가로등 뒤로 고동색으로 칠해진 하늘을 바라보며 최소한의 반항을 해야겠다고 마음먹었다. 그리고 수화기를 들었다.

"외계인, 오늘 기숙사 선배들이 인사 연습시켰다. 얼마나 웃긴지 알아? 더 웃긴 건 난 아직도 내가 왜 혼났는지 모르고 있다는 거야. 난 정말 인사 똑바로 하고 다녔다고. 여기가 하나님을 믿는 학교 안의 기숙사라는 건 정말 이해할 수 없어. 이건 인권침해야. 그냥 여길 얼른 떠나서 여행 가고 싶어. 여행 가면 자유로워질 수 있잖아."

울먹거리며 수화기를 애써 붙잡았다. 친구들이 참 많았지만, 이런 말을 털어놓을 친구는 학교 안에 없었다. 외계인은 내가 처음으로 다르게 사는 법을 깨달았던 '생태에너지를 찾아 떠나는 여행학교'의 우리 조를 맡았던

큰아이였다.

"네가 여행을 떠나고 싶어 하는 게 어쩌면 도피행위일지도 몰라. 물론 도피가 무조건 나쁜 건 아냐, 알지? 사람들은 네가 지금 겪는 게 사회에 적응하기 위한 하나의 과정이라고 말하겠지만 난 그건 절대 아니라고 생각해. 한번 들고 일어서. 네 친구들도 다들 부당하다고 생각하지 않아?"

내 친구들도 다들 부조리하다고 생각했다. 하지만 한숨을 쉬거나 뒷담화만 하지 용기 있게 들고 일어날 친구는 없었다. 영화에서는 친구들이 함께 바리케이드를 치고 권위에 대항하던데, 나는 바리케이드를 함께 칠 동지가 없었고, 기숙사에서 퇴사당할 용기 역시 없었다. 그저 신세한탄만 하며 입사 시간 30분이 지나도록 수화기를 붙들고 있을 뿐이었다.

그날 하루, 용기 있게 기숙사에 들어가지 않을 수도 있었지만 그러기에는 나를 찾아 헤맬 방 언니가 너무 애처로웠다. 가장 외로웠던 시절, 유일한 친구는 다른 행성에 살고 있던 외계인이었다.

박사님, 남 박사님! :

남. 박. 사.

범상치 않은 외모에 늘 뒷짐을 지고 다니는 선생님의 모습은 '박사님'을 연상케 한다. 자신감이 점점 없어진다며 위로해달라고 상담요청을 하는 학생에게 그는 이렇게 말한다.

"나는 될 성 싶은 아이에겐 절대로 위로해주지 않아. 네가 지금 위로받고 싶어서 날 찾아온 거 알고 있지만, 절대로 위로 안 해줘. 그건 널 위한 길이 아니거든. 잘 이겨내라."

학교를 쉬고 여행을 떠나겠다는 한 학생의 어이없는 발언에 "그래, 좋아. 한번 해볼까?"라고 대답한 선생님은 지금 생각해봐도 참 이상한 사람이 틀림없다. 남 박사는 자기가 여행계획서를 다 만들어줄 것처럼 호응해놓고서는 나에게 만들어 와보라고 얘기할 뿐이다. 그럼 기획서 형식이라도 줘야 하는 거 아닌가요, 외쳐보지만 이미 선생님의 발소리만 남아 있다.

중간고사 기간이라 여행계획서 만들기 프로젝트에 착수하기에는 조금 부담스러웠던 나, 그저 공책에 목차만 끼적이고 있었다. 짝을 비롯한 많은 친구들이 날 보고 "보라야, 그거 시험 끝나고 해" 하며 걱정할 정도로 나는 선생님이 준 임무에 홀려 있었다. A4는 백지상태였지만 내 머릿속 상상의 워드프로세서는 쉴 새 없이 돌아가고 있었다.

"어, 꽤 괜찮네. 이보라 해내겠는걸. 자, 이 부분은 좀 더 꼼꼼히 채워넣어. 치밀하지 않으면 그게 계획이냐? 완성되면 이걸로 부모님도 설득하고 교장 · 교감선생님도 네 편으로 만들자. 그리고 너 돈도 없잖아. 계획서 들고 청소년 단체나 출판사 같은 데 연락해서 후원 받는 방법을 좀 알아보자. 수정해서 다시 들고 와. 공부도 틈틈이 하고. 그럼 수고!"

백지 위에 무언가를 만들어내는 힘을 가진 남 박사. 선생님의 무언의 지지에 나는 힘을 내어 여행계획서를 완성했다. 왜 여행을 가려 하는지, 왜 졸업 이후가 아닌 지금이어야 하는지. 어느 나라 어느 도시를 여행할 것이며, 왜 꼭 그 나라를 여행해야 하는지. 또 여행 자금 마련 방법과 돌아와서 어떤 일을 할 것인지에 대해서도 계획서에 차곡차곡 적어나갔다.

여행계획서가 제 모습을 갖추자 청소년 관련 단체란 단체에는 모두 후

원해달라는 이메일을 보냈고, 여러 출판사에도 제안을 했다. 하지만 얼굴
한 번 보지 못한 낯선 사람의 후원요청이 받아들여지기를 바라는 건 밤하
늘의 별을 따는 것과 마찬가지였다. 퇴임을 앞두고 있던 교장선생님은 그
러지 말고 잘 알고 있는 지인들에게 도움을 받는 건 어떻겠냐고 제안하셨
다. 생판 모르는 사람들보다 너를 믿는 사람들이 움직이는 것이 더 빠른
일이라고.

1등 후원자, 우리 고모 :

다음 배턴을 넘겨받은 건 우리 고모. 내가 첫 울음소리로 엄마의 눈시울을
붉혔을 때 고모는 소위 감방이라는 곳에 있었단다. 1980~90년대에 '운동'
을 하며 몸을 키웠던 고모는 지금도 진보적인 정당에서 활동을 하고 있다.
고모는 환경을 지켜야 한다고 말하고, 음식은 꼭 집에서 해먹으라고 하며,
공교육의 폐해에 대해 조금씩 이야기했다. 대안적인 삶을 지겹게 이야기하
던 고모는 나의 마음을 돌리고는, 결국 나와 합세해 동생을 대안학교에 보
내기까지 했다. 고모는 늘 나를 귀찮고 불편하게 하지만, 나를 깨어 있게
하는 멘토다.

　어렸을 적부터 고모에게 도움을 받은 일이 많다. 그래서 이번만큼은 고
모의 힘을 빌지 않고도 내 힘으로 해낼 수 있다는 걸 보여주고 싶었다. 하
지만 후원을 해줄 수 없으니 다른 곳을 알아보라는 답장들은 내 여행계획
서를 무용지물로 만들었다. 궁지에 몰린 나는 이메일 창을 열고 고모에게
SOS 요청을 했다.

고모는 두말 않고 나의 1등 후원자가 되어준다고 말했다. 순식간에 천군만마를 얻은 듯한 나는 고모의 '보라 여행 보내기 프로젝트'에 합류했다. 고모는 대안교육에 관심 있는, 혹은 청소년의 배움에 관심 있는 사람들을 많이 만나서 이야기를 하는 것이 중요하다며 계속 만남을 주선했다. "너 대전 언제 내려와? 이번엔 사흘 정도 일정인데 첫째 날에는 어떤 아줌마 만나야 되고, 둘째 날엔 어떤 신부님이 널 보고 싶어 하셔. 얼른 시간 잡아 내려와."

빡빡한 대한민국의 고등학교를 다니는 내게 각 지역의 사람들을 만날 만한 시간적 여유는 없었다. 하지만 고모는 끊임없이 나를 귀찮게 하고 어렵게 했다. 말을 건네면서도 갓 구운 생선을 내 밥 위에 얹어줄 수 있는, 때로는 엄마보다 더 엄마 같은 우리 고모는 엄마가 해줄 수 없는 부분을 확실하게 책임지고 있었다.

나는 어른들이 아니꼽게 쳐다보며 참견을 늘어놓았다는 이야기도, 여행 다녀온 사람들이 격려해줬다는 이야기도 술술술 털어놓았다. 여행을 떠나기까지 문자메시지로, 전화통화로, 때로는 얼굴을 마주하며 나는 늘 고모와 함께였다. 고모는 만나는 사람마다 내 얘길 전달했고 나에게 도움이 될 것 같은 사람이면 바로바로 만남을 주선했다. 나는 고모 덕에 대안적인 삶을 추구하는 여러 선생님들과 엄마 아빠 같은 분들을 만나게 되었다.

오늘은 고모가 소개시켜준 선생님을 만나러 가는 길. 네팔에 많이 다녀왔고, 무엇보다 인생의 좋은 선생님이 될 거니까 만나두라는 고모의 말. 충북 괴산에서 어린이 문화학교를 하고 있다는 목윤지영 선생님은 잠깐 서울에 와 있던 중에 날 만나게 되었다. 사무실에는 카우보이 모자를 쓴 키 큰 남자 선생님이 또 한 분 계신다. 왼쪽 방에는 두꺼비같이 생긴 오빠도 한 명 보이고. 어라, 눈 정말 크다. 인도 사람 같이 생겼네, 하며 생각하고 있는데 두꺼비 오빠가 말을 꺼낸다.

"애, 네팔 여자 같지? 정말 네팔에서 왔어."

당황해하는 날 앞에 두고 두 사람은 깔깔 웃는다. 폐교된 충북 괴산의 신기초등학교 건물을 일구어 농촌을 살리려 노력하는 사람들이다. 매달 한 번씩 '신기 짧은 학교'라는 캠프를 열어 괴산 인근에 사는 어린이들과 함께 우당탕탕 생태친화적으로 판을 벌이고, 또 다른 판을 벌이려고 머리를 쥐어짜고 있는 신기학교 사람들. 목윤지영 선생님은 다음번에 함께 여행용 배낭을 사러 가자며 조기 한 마리를 노릇노릇하게 구워주신다.

고모가 소개시켜준 목윤지영 선생님에게 도움을 받으면서, 그 자리에서 우연히 만난 두꺼비 오빠에게도 문자메시지 한 통과 함께 후원을 받았다. 게다가 목 선생님을 통해 동남아시아 여행을 많이 다니고 지금은 청소년 관련 사회복지 일을 하고 계신 선생님을 소개받았다. 이렇게 한 다리 두 다리 건너 만난 사람들에게 나는 비로소 용기를 얻게 되었다. 이렇게 소개 받은 사람이 한둘이 아니다.

두 아이를 어떻게 키울까 매일 같이 고민하는 버들치 아줌마, 대전에서 청소년 쉼터 일을 하고 계시는 아이디어 뱅크 유 신부님, 중학교 때 배낭여행을 함께 다녀왔던 아저씨, 인도 미학에 풍부한 지식을 가지고 있던 선생님과 인도 불교에 박식하신 선생님까지. 모두 학교를 그만두고 여행을 가고 싶으니 도와달라는 내 SOS에 응답했을 뿐 아니라 길 위에서 어떻게 배워야 하는지 귀띔해준 사람들이다. 내가 학교를 자신 있게 그만둘 수 있었던 건, 스스로 할 수 있다는 지지를 보내준 길 위에서의 스승들 덕분이다.

사 랑 하 는 내 친 구 들 :

7시 10분 전, 야자 시작종이 울리기 직전 재빨리 체육복으로 갈아입는다. 변신 시간은 채 1분도 채 걸리지 않는 빛의 속도. 체육복 지퍼를 목 끝까지 끌어올리고 아빠다리를 한 채 의자에 앉아 수학문제집을 꺼내는 나. 수학에 영 취미가 없어 야자 때라도 억지로 공부해보겠다는 심산이지만, 덕분에 떨어지고 있는 외국어와 언어영역. '적당히 해'라는 말은 아직도 나에게 어려울 뿐이다.

도저히 엉덩이가 간질거려 앉아 있을 수 없는 나는 오늘도 어김없이 교실 뒤편 사물함으로 향한다. 사물함 위에 책을 떡 하니 올려놓고는 서서 공부하다, 결국 차가운 교실 바닥에 철퍼덕 앉아버린다. 그래도 집중이 안 되면 최후의 수단으로 사물함 위에 올라 앉아 책을 본다. 하지만 고공에서 책이 읽힐 리가 없다.

나는 포기하는 마음으로 고개를 휙 돌려 벽에 붙은 세계지도로 손을 뻗는다. 내 손 끝에는 커다란 중국이 있다. 중국을 거쳐 인도차이나반도를 쭉 돌고 다시 네팔로 인도로 쭉쭉, 혼자 중얼거리다 보니 어느 새 왼편에서 친구 하나가 내 손을 가만히 쳐다보고 있다. "나 이렇게 서쪽으로 쭉쭉 갈 거야, 언젠가. 그게 몇 달 뒤의 일일지도 몰라. 사람 일은 알 수 없거든."

"정말? 에이 설마. 너 학교는 안 다니게? 대학 가서 같이 가자."

책장 넘기는 소리만 요란하던 야자시간에 친구에게 예언같이 조용히 속삭이던 그 말을 반 전체 친구들 앞에서 당당하게 하게 될 줄이야. 사람 일은 모르는 거라지만, 그래도 착실한 내가 학교를 그만두게 될 줄은 나도 친구들도 아무도 예상하지 못했다.

1학년을 마치는 동시에 학교를 그만둘 준비도, 떠날 준비도 차곡차곡 잘 되어가고 있던 어느 날, 나는 교탁에 손을 짚고 반 친구들에게 말을 꺼냈다. 더 큰 세상을 보기 위해 이번 학년 마치자마자 학교를 떠나 배낭을 짊어질 거라고. 나의 갑작스런 충격 선언에 교실은 뒤숭숭해졌다.

교실 한편에서 몇몇 친구들은 울먹이기 시작했고, 한 친구는 뭐가 그리 궁금한지 꼬치꼬치 나의 여행을 캐물었다. 단합력이 좋기로 유명했던 우리 반은 친구 동생이 중요한 시험이라도 볼라 치면, 교실 한편에 기도제목을 적어 함께 기도해주고 떼로 몰려가 응원을 해주기도 했다. 나의 선언 후에도 반 친구들은 모여 꾸준히 나의 여행을 위해 기도해주었다.

"야, 난 네가 그때 한 말 거짓말인 줄 알았어. 그냥 지나가는 말로 하는 줄 알았지. 나쁜 놈아, 섭섭해 죽겠잖아. 네가 이제 없다 그러니까 이상해."

나보다 덩치는 더 큰 친구가 소리 내며 엉엉 울기 시작한다. 다른 누가 아닌, 바로 나 때문에 운단다. 난 드디어 떠날 수 있어 설레고 신나기만 하

는데 이 친구는 왜 우는 걸까? 괜히 내 가슴 먹먹해지게.

"나 죽으러 가는 거 아니거든. 갔다가 금방 돌아올 거야. 너도 알잖아, 내 끈질긴 생명력. 많이 보고 와서 재밌는 이야기 이만큼 해줄게. 기도나 많이 해줘. 생각날 때 메일도 보내주고." 친구를 감싸 안으며 위로의 말을 건넨다. 누가 누구를 위로하는 건지 모르겠다. 이 친구는 아마도 떨리는 마음으로 하루하루를 지내게 될 나 대신 눈물을 흘려준 건 아닐까.

학교를 그만두던 날, 한 친구는 어제 밤새 만들었다는 주먹밥과 유부초밥을 안겨주면서 엄청나게 울었다. 편지를 도대체 몇 번 쓰는지 모르겠다며 편지를 주고 또 주던 친구도 있고, 내가 매점에서 매일 사 먹던 초콜릿을 한 박스나 선물해준 친구도 있었다. 왜 하필 출국 날이 자기 생일이냐며 육중한 주먹으로 나를 치던 친구, 널 잘 모르지만 룸메이트에게서 많은 얘기 들었다며 편지를 전해주던 낯선 친구, 엄마가 주셨다며 후원금을 전해주던 친구, 잘 다녀오라며 손을 꼭 붙잡고 기도해주시던 학교 선생님들.

보라를 축복하고 기도해주는 시간을 갖자며 방과 후 날 위해 모였던 42명의 친구들과 담임선생님, 그리고 그제야 친구들과 떨어진다는 게 실감이 나 질질 짜던 나. 그때의 풍경은 아직도 선하다. 내가 그때 울어버린 건, 정말 사랑받고 있음을 알았기 때문이다. 학교가 아닌 길 위에 섰을 때에도 과연 날 이렇게 사랑해줄 사람들이 있을까 하는 의구심도 들었다. 길고 길었던 여행 내내 끊임없이 내 안부를 묻고, 나 대신 기도해주고 눈물 흘려준 사람들에게 나는 아직도 고맙다.

여 러 사 람 의 후 원 으 로 떠 난 여 행 :

3년 전, 중학교 2학년이 되던 해, 선생님은 나를 교무실로 불러 이제부터 어떤 분이 나를 후원해줄 것이라고 말해주셨다. 졸업생 중 한 분이 재학생을 추천받아 한 달에 10만 원씩 후원해준다는 이야기였다. D&B애드의 안태복 회장님과 나는 그렇게 만났다. 안 회장님은 1년에 몇 차례씩 서울에서, 또는 안성에서 후원받고 있는 친구들을 모이게 했고 우리는 지속적으로 만남을 가졌다.

　나는 그 후원금을 어찌할까 고민하다 꼭 필요할 때 쓰기 위해 적금을 들어놓았다. 그리고 여행을 떠나기 전까지 모인 350만 원 남짓한 돈은 여행 경비의 최고의 공신이 되었다. 하지만 학교 공부와 여행 준비로 정신이 없던 나는 회장님과 상의 한 마디 없이 학교를 그만두게 되었다. 다짜고짜 학교를 그만두고 여행을 가겠다는 내 말에 실망하신 회장님과는 그렇게 연락이 끊어졌다.

　받는 것에만 익숙했던 나는 아직도 마음속에 큰 빚을 지고 있다. 내가 상처받을까 두려워 만나 뵙지도, 전화 한 번 드리지도 못하고 편지로만 회장님께 마음을 전했다. 하지만 이번에는 꼭 직접 뵙고 그 동안 너무 감사했다고 말씀 드리고 싶다.

　여행계획서를 들고 찾아가 만났던 여러 사람들. 그중에는 학교 밖에서의 배움에 관심 있는 사람도 있었고, 그저 나의 용기에 감탄한 사람도 있었다. 다니던 교회에서도 프레젠테이션을 하고 기도와 후원을 부탁했는데, 많은 분들이 내 여행을 걱정하고 지지해주셨다.

고모의 소개로 만난 성공회 신부님도 도움을 주셨고, 학교를 그만둘 때 지갑에서 후원금을 꺼내주며 잘 다녀오라고 하신 선생님들도 계신다. 익명으로 후원금을 보내주신 분들도 있고, 처음 만났는데 계좌번호를 알려달라는 사람들도 있었다. 이렇게 많은 사람들의 기도와 지지로 550만 원 정도가 모였다. 적금통장에 쌓여 있던 돈을 합해 900만 원이 넘는 돈으로 나는 무리 없이 여행을 준비할 수 있었다.

엄마 아빠는 내 통장에 모이는 후원금을 보고 정말 신기하고 이상한 세상이라며 입을 다물지 못했다. 나 역시 그저 신기할 뿐이었다. 사람들은 "너의 용기에 지지를 보낸다"며 나의 세상 공부를 독려했다. 출국 날, 나는 혼자 길을 나섰지만 사실 많은 사람과 함께였던 것이다.

alk for Tibet
Save Tibet
600km
festival

Part Two >>>
안단테, 다시 알레그로
스스로 기획하고 치러낸 자발성에 의한 학습, 사회교과서와 도덕교과서에서 배운 것들을
잘 실천해나가고 있는 나에게 잘했다며 칭찬하기 위해 바나나 한 다발을 산다.
첫 단추를 잘 끼운 내게 주는 선물이다.

"너희, 여행경비 떨어졌어?"

＊인도 라자스탄에서 벌인 자선행사

인도 델리로 향한다는 비행기, 중학교 때 탔던 비행기와 같은 비행기인 것만 같다. 혼자라면 무섭고 두려워 눈물 한 방울 찔끔했겠지만, 내 옆에는 대학생 언니 한 명이 있다. 엄마 아빠를 비롯한 많은 사람들이 혼자 가면 위험하다며 보내주지 않겠다고 협박했기 때문에 나는 인터넷 카페에서 만난 언니와 함께 여행 준비를 했다. 설렘 반, 두려움 반으로 언니와 나는 한국에서 델리로 순간이동하는 동안 열심히 영화를 보며 잠을 청했다.

이상한 기운에 놀라 눈을 떠보니, 비행기 창밖으로 보이는 불빛들. 저번에 인도에 왔을 때 봤던 바로 그 불빛들이다. 갑자기 닥쳐오는 두려움에 나는 말을 꺼낸다. "언니, 무서워 죽겠어요. 나 2년 전에 이렇게 도착하고서는 엄청 힘들게 여행했는데, 집이 너무 그리웠는데……. 이번에도 그러면 어쩌죠?"

　떨고 있는 나와는 달리, 언니는 신나 죽겠다며 그저 태평한 웃음뿐이다. 나는 비행기를 조심히 빠져나와 수화물로 무사히 도착한 배낭을 등에 메고 입국장으로 향한다. 여권을 보여주니 내게 뭐라고 말을 한다. 잉, 뭐라고? 당황하다 주머니에 있는 모든 걸 다 꺼내 보인다. 알고 보니 출입국카드를 달란다. 책상 위에 올려놓은 내 잡동사니들을 재빨리 주머니에 쑤셔넣고는 여권을 건네받았다. 동시에 목에 걸린 한 마디를 겨우 뱉어내본다.

　"나, 나마스테!"

　이제 시작이다.

자선행사, 한번 해볼까 :

무서워 죽겠다고 할 때는 언제고, 인도 델리의 여행자거리 빠하르간즈에 익숙해진 나는 신나게 걸음을 옮겼다. 왼편 상점에서 구경하고 가라며 말을 거는 아저씨에게 능수능란하게 손을 저어 보이고, 오른편 상점에서 "헬로, 마이 프렌드" 하며 말을 거는 오빠에게도 "그래, 안녕. 잘 지냈지?"라고 안부인사를 건넨다.

　매일 같이 일어나는 낯선 일들 속에 신나 하던 나는 델리 기차역에 가서 다음 행선지를 위해 표를 끊었다. 함께 다니는 언니들은 내가 가겠다는 자이살메르가 영 탐탁지 않은 모양. 그럼 나는 혼자 가겠다며 언니들에게 이별을 선언했다. 엄마 아빠는 내가 이 언니들과 계속 함께 여행할 줄 알겠지마는, 이상하게도 나는 혼자가 더 편한 것 같다.

언니들에게 다음 여행지에서 만나자고 말을 건네고는 자이살메르로 향하는 밤기차에 올라탔다. 델리에서부터 자이살메르까지 하룻밤만 이동하면 된단다. 어떻게 이 밤을 지내나 고민하는데 인도 청년 하나가 어디서 왔냐며 말을 건낸다. 다행이다. 영어는 안 되지만 이야기꽃을 한번 피워봐야겠다.

인도 서쪽에 위치하고 있는 라자스탄 주의 자이살메르는 사막도시로 유명하다. 낙타 사파리가 필수 코스라니 나도 시도해 보았지만 너도 나도 다 한다는 사파리에서 나는 불편한 경험을 했다. 낙타 사파리의 과정은 이렇다. 차를 타고 도시를 벗어나 낙타가 있는 곳까지 달려간다. 낙타 위에 올라타고 좀 가다 보면 드문드문 나무와 풀포기가 보이는 모래언덕이 나온다. 그곳 한가운데에 놓인 천막 안에 짐을 풀고, 함께 온 인도 사람들과 저녁밥을 해 먹는다. 뜨거운 해가 지는 걸 넋 놓고 바라보다 동그란 천장 위에 총총히 박힌 별들을 바라보며 잠을 잔다.

이렇게 들으면 꽤나 낭만적인 투어지만, 내가 만들어낸 쓰레기들을 모래만이 가득한 곳에 놓고 와야 한다는 사실이 꽤나 불편했다. 사람들은 어쩔 수 없다는 태도로 일관했지만, 사막을 느껴보겠다는 현대인들의 태도 때문에 조금씩 아파하고 있는 사막에게 나는 너무 미안했다. 게다가 낙타 타느라 다 까져버린 내 엉덩이 살이란! 나는 낙타 사파리를 원망하며 다시 자이살메르 성 안으로 돌아왔다.

엉덩이 살을 회복하느라 자이살메르 성 부근에서 요양하던 나와 낙타 사파리 일행들은 배낭을 정리하다 말고 동시에 소리를 지르고 말았다. "이걸 버려, 말어?" 가뿐하게 짐을 쌌다고 자부하던 나 또한 한국에서는 필요하지만 인도에서는 필요하지 않은 것들 사이에서 고민하던 중이었다. 버리기는 아깝고, 가져가기에는 무거운 것들. 한참을 고민하던 중 내 머릿속에 떠오른 기발한 아이디어 하나.

"이걸 팔아서 인도 사람들을 돕는 거예요! 어때요?"

하지만 인도는 내 땅이 아니다. 어찌할까, 하다 자이살메르에서 관광업을 하고 있는 폴루 아저씨에게 도움을 청해보기로 했다. 폴루 아저씨는 타이타닉이라는 게스트하우스를 하고 있는데 한국 여행자들을 주로 상대하다 보니 한국말에 꽤나 익숙한 사람이다. 머리를 밝은 오렌지색으로 염색하고 유쾌하게 사는 모습에 이십대 후반일 거라 지레짐작했었는데, 알고 보니 사십대 중반의 우리 아빠뻘 되는 아저씨였다. 서로의 나이를 알고는 깜짝 놀란 폴루 아저씨와 나는 서로를 딸과 아빠로 부르기로 했다.

"아빠, 우리 짐정리하다 보니 필요 없는 물건들이 꽤 있어서 자선행사를 할 생각인데 어때요?"

나의 간절한 목소리에 폴루 아저씨는 흔쾌히 웃으며 대답해주었다. "와, 그거 정말 좋은 생각인데. 누구 아이디어야? 내가 도와줄 건 없어?"

"당연히 있죠! 내일 아침 성 입구에서 물건을 팔 생각인데, 아빠가 필요 없는 물건을 기증해주시면 돼요. 물건이 조금 부족해서요. 그리고 친구들에게도 홍보 좀 부탁드려요."

폴루 아저씨의 열렬한 지지에 신이 난 나는 기증 받은 물건들을 안고 성 안으로 빠르게 뛰어올라갔다. 그리고 자선행사를 함께 하기로 한 일행들

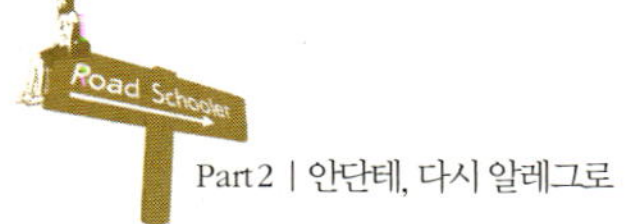

과 동네 문구점을 찾았다. 초등학생들이나 찾을 법한 조그마한 구멍가게
의 할아버지는 스케치북을 달라는 나의 말에 이상한 눈길로 화답한다. 하
긴, 얼굴 하얀 외국인이 스케치북을 달라며 깔깔 웃고 있으니 이상해 보일
수밖에.

하이 퀄리티, 굿 프라이스! :

뒤적뒤적, 주섬주섬, 우당탕탕!

밤늦도록 과자와 음료수를 집어 먹으며 재잘재잘 수다를 떨었던 나와 언
니들. 아침 일찍 일어나 어제 깨끗하게 닦아놓은 물건들을 가슴에 안고 자
이살메르 성 입구로 쪼르르 달려 내려간다.

"어디가 좋을까요?" "여긴 좀 햇볕이 많이 쬐는 거 같은데. 이러다 얼굴
다 타는 거 아냐?" "엇, 거기 좋다. 거기 그늘에서 할까요?"

성 담벼락 그늘 아래 돗자리 대신 담요를 깔고, 오늘 팔 물건들을 하나하
나 놓아본다. 폴루 아저씨가 준 청바지와 한국에서 입던 지오다노 옷들은
오른쪽에 진열하고, 어제 오가다 만난 한국 사람들에게 자선행사를 홍보하
며 얻은 두건 두 장은 맨 앞에 놓는다. 언니들의 과다한 화장품 샘플은 왼
쪽에 쫘르륵 눕히고, 내가 아끼는 만국기 스티커는 누가 사갈지는 모르겠
지만 바로 오른쪽에 놓았다. 그 옆에는 책도, 새것 같은 내 컨버스 운동화
도, '마데 인 코리아' 가루녹차도 있다.

그리고 마지막으로 담벼락 벽돌 틈에 못을 박고 빨랫줄을 걸어, 어제 준
비한 도화지 플래카드들을 매단다. 'Open Market' 'For Begger' 'High

Quality, Good Price!'

자 이제 장사 시작, 이라고 외치기도 전에 좌판 앞은 호기심 가득한 눈빛의 사람들로 만원이 되었다. 코가 큰 서양 관광객, 돈 달라며 손을 내미는 아이, 아이를 안은 아줌마, 오토바이를 타고 신나게 성을 내려가다가 끼익 급정거한 아저씨 등…… 능수능란하게 물건을 팔아야 수익이 남겠지만, 물건에 정해진 가격이 없으니 그야말로 난감투성이다. 그러나 엄연히 가격표가 붙어 있어도 흥정이 가능한 곳이 바로 인도. 인도에서는 인도법을 따른다! 나는 흥정기술을 발휘하기 시작했다.

자전거를 타고 지나가던 아저씨가 멀뚱멀뚱 나를 쳐다보다 말을 건다. "엥, 이게 뭐지? 너희 여행경비 떨어졌니? 이거 왜 하는 거야?" 낯선 외국인들이 성 입구에서 물건을 팔고 있으니, 신기한가 보다.

"아니요. 필요 없는 물건을 팔아서 인도 사람들을 도우려고요!"

"와, 그래? 이 청바지 괜찮은걸. 얼마야?"

아저씨는 웃는 얼굴로 마치 다 살 것처럼 물건 값을 물어본다.

"이거요? 음, 200루피(4800원) 어때요?"

"뭐라고? 이거 새 거 아니잖아, 중고잖아. 80루피(1920원)면 충분하겠네."

바로 반 이상 깎고 들어가는 아저씨, 누가 인도 사람 아니랄까 봐. 하지만 아저씨, 우리는 수익을 내야 한다고요. 그런 터무니없는 가격엔 원단 값도 안 나와요! 나는 용기를 내어 외친다. "하이 퀄리티, 굿 프라이스! 베리 베리 칩!"

　어눌한 발음으로 물건 값을 올리려 하는 내가 웃겼는지 아저씨는 피식 웃는다. 질세라 나는 또 말을 잇는다.

　"아저씨. 이거 메이커예요, 메이커. 중고긴 하지만 엄청 싸잖아요. 품질도 좋다고요. 이거 봐, 안 찢어지잖아요. 이 정도 가격 어디 가서 못 찾아, 아저씨."

　한 술 더 뜨니 아저씨는 더 이상 말을 잇지 못하고 껄껄껄 웃기 시작한다. 내가 인도를 좋아하는 이유가 바로 이거다. 도저히 이해할 수 없는 어이없고 황당한 일이 계속해서 발생하지만, 인간미만큼은 풀풀 살아 넘치는 이곳, 인크레더블 인디아!

　위잉, 미니선풍기가 신기한지 꼬마아이가 만지작거리기 시작한다. 사실 그 미니선풍기는 한국 사람이라면 다 알 만한 과자회사의 증정품이지만, 인도 아이에게는 마냥 신기한 것이다. 그걸 내놓은 언니가 꼬마에게 말한다. "이거 사고 싶지? 좋지? 엄마 데리고 와서 꼭 사달라고 해, 알겠지? 꼭 다시 와." 꼬마에게도 장사는 계속된다.

　물건은 하나둘씩 팔려나가고, 해는 어느 새 중천에

아이들로 북적대던 우리들의 행복한 장터. 왼쪽부터 함께 여행한 대학생 언니, 작가언니, 안쪽에서 손 흔드는 내 오른쪽에 앉은 사람이 가지 아저씨다.

떠 있다. 한쪽 구석에서 리바이스 청바지를 빤히 쳐다보다 결국엔 구깃구깃한 지폐를 내민 인도 청년부터, 한국의 가루녹차에 대한 설명을 열심히 듣던 아주머니, 한국어로 쓰인 책을 보고는 활짝 웃어 보인 한국인 관광객 언니, 이리 와서 한번 보고 가라며 손을 흔들어보지만 시끄러운 우리가 부담스러웠는지 멀찌감치 떠나가버린 서양인 커플까지도 이 자선행사에 동참한 가족이 되었다. 부스에는 하루 종일 웃음이 끊이질 않았다.

금강산도 식후경이라고, 따사로운 햇살에 졸리고 배가 고파진 우리는 부스를 치울까 고민하기 시작한다. 하나둘씩 물건을 정리하자 옆에서 내내 장사를 도왔던 폴루 아저씨 가게의 주방장인 가지 아저씨, 투덜투덜 불평을 늘어놓기 시작한다. "아니, 왜 그렇게 싸게 파는 거야? 저 정도 품질에 저 브랜드면 충분히 비싸게 팔 수 있는 거라고. 그리고 이건 아직 다 못 팔았잖아, 어휴." 가지 아저씨는 우리보다 더 의욕적이다.

어찌됐건 성황리에 끝난 우리들의 자선행사. 총 수익금은 천 루피(한화 24,000원). 인도에서 여행자가 이틀은 여행할 수 있는 돈이니 현지인에게는 꽤 되는 돈일 것이다. 수익금을 얼싸안고 우리는 자화자찬하며 밤을 지새웠다.

다음 날 아침, 폴루 아저씨가 신문을 들고 달려왔다. 어제 자선행사에 기자 아저씨 한 명이 찾아와서 이것저것 꼬치꼬치 물어보고 갔는데, 그 내용이 지방신문에 실린 것이다. 신문에는 "힌디도 못하고 영어도 못하는 이들이 기금을 마련하기 위해 스스로 자선행사를 열었다"라고 쓰여 있다고 폴루 아저씨가 읽어주었다. 우리는 신문에서 서로의 이름을 확인하면서 좋아하다가, 어제 얻은 수익금을 기부하기 위해 다함께 길을 나섰다.

우리가 찾은 사람은
바로 자이살메르의 시
장급 되는 아저씨. 어
디에 기부해야 가장
믿을 만한지 알 수 없
었던 우리는 폴루 아저
씨가 소개해준 이 아저
씨를 만났다.

아저씨는 우리의 사정을 듣고는 고개를 끄덕이며 누군가를 불렀다. 천 루피 기부하는 데도 절차가 꽤나 복잡한가 보지, 했는데 목에 카메라를 건 아저씨가 들어선다. 기부금을 전달하는 모습으로 서달란다. 언니가 돈 봉 투를 전달하고, 나는 카메라를 보고 씨익 웃었다. 찰칵.

다음 날, 그 사진 역시 라자스탄 주의 신문에 실리게 되었다. 이틀 연속 으로 신문에 등장한 우리. 하나님은 왼손이 하는 일을 오른손이 모르게 하 라 했지만 아무렴 어떠냐, 너와 내가 다 즐거운데.

자이살메르에서 열었던 우리들의 깜짝 자선행사. 여행자들이 모이고 무 언가를 소비하는 데에 그칠 뻔한 만남을 한 번 더 순환하게 만든 좋은 자리 였다. 앞으로 이 자선행사가 알려지고 알려져서 여행자들이 모이는 곳이라 면 한 번씩 마음을 모아 장터를 열어보면 좋겠다.

기부금 전달을 마친 나는 다시 배낭을 메고 기차역으로 향했다. 학교를 떠나 길 위에 서자마자 새로운 배움의 형태를 하나 만들어낸 것 같다. 스스

로 기획하고 치러낸 자발성에 의한 학습, 사회교과서와 도덕교과서에서 배
운 것들을 잘 실천해나가고 있는 나에게 잘했다며 칭찬하기 위해 바나나
한 다발을 산다. 첫 단추를 잘 끼운 내게 주는 선물이다.

아이들 속에서 아아가 되다

인도에 도착한 지 벌써 2주나 지났다. 자이살메르를 떠나 몇몇 도시를 여행하며 벌써 진이 다 빠져버린 나. 무언가를 계속 소비하는 여행자로 이곳에서 살다 보니, 장사 수완이 장난이 아닌 인도 사람들과 부딪히는 일이 많아졌다. 내가 한 번 보고 말 사람이라 그런 걸까. 뻔히 다 아는데도 터무니없는 가격으로 속여 팔려 하고, 택시 아저씨는 요금 좀 더 받으려고 괜히 빙빙 돌아가고, 오토릭샤(삼륜차) 아저씨는 내가 가자고 한 곳이 이 숙소가 아닌데도 맞다며 꽥꽥 소리를 내지르고 있다.

　오고 싶어 노래를 부르던 인도지만, 나는 낯선 이국의 땅에서 쉽게 지쳐버리고 말았다. '이 사람은 날 속이지 않을까?' '이러다 또 은근슬쩍 작업을 걸겠지.' '이 아이들도 바라는 건 따로 있는 게 아닐까?' 믿을 거라곤 나

자신밖에 없는 낯선 땅에서 끊임없이 이어지는 의심스런 사건들에 나는 경계심의 끈으로 마음을 꽁꽁 옥죄고만 있었다.

나를 속이려 드는 인도 사람도 싫고 끊임없이 의심하는 나도 싫어지는 순간, 아부산에 도착했다. 후덥지근한 인도의 초여름 날씨와는 달리 햇살이 따사롭게만 느껴졌다. 아부산은 지대가 높은 관계로 주변 도시와는 다르게 크게 덥지 않다. 유명한 호수도 있어 인도 사람들의 신혼여행지로 각광을 받고 있다.

가이드북에서 소개한 게스트하우스를 찾아 짐을 풀고, 조그만 가방을 매고 나서려는데 숙소 바로 옆에서 아이들의 목소리가 들려온다. 웬 아이들이람? 힐끗 쳐다보니 이삼십 명쯤 되는 아이들이 함께 뛰어놀고 있다. 설마 숙소 옆에 학교가? 여행자들이 다니는 곳 근처에는 여행자를 위한 편의시설만이 가득할 뿐이지만, 이곳 아부산은 워낙 작은 마을이라 가까이에서 현지인의 삶을 살펴볼 수 있었다.

헬로 헬로, 들어와서 함께 놀자는 아이들의 말에 나는 또 온몸을 경계심의 끈으로 꽁꽁 맨다. 못 본 척 지나가려 하지만, 내 앞을 막아서며 함께 놀자는 아이들의 천진난만한 웃음에 나는 끈을 살짝 놓아버리고 말았다.

"헬로 헬로! 이름이 뭐예요?"

"어디서 왔어요? 일본?"

처음 보는 사람이라며 난리법석을 치는 아이들. 나는 크게 "코리아!"라고 외쳐보지만 아이들의 입에는 이미 재팬이 더 익숙한가 보다. 차이나라고 불리지 않은 게 기분 좋은 나에게는 아직도 못되먹은 편견덩어리가 남아있는 걸까, 고민하고 있는데 아이들 사이에서 얼굴 까만 아저씨가 등장한다.

"여기에는 무슨 일로?"

"예? 아, 아니. 그냥요. 함께 놀고 싶어서요."

아이들이 오너(owner)라고 부르는 이 사람은 아이들이 살고 있는 호스텔의 관리자란다. 오너 아저씨는 아이들이 점령하고 있던 그네의자에서 휙, 하고 파리 쫓듯이 아이들을 쫓아버린다. 그러자 아이들은 다시 헤쳐모여 반짝반짝한 눈망울로 나를 바라보기 시작한다.

당연히 학교일 거라 생각했던 이곳은 바로 기숙사 형태의 남자 호스텔. 아부산은 인도에서도 손에 꼽히는 유학지라고 한다. 그 이름에 걸맞게 유명한 학교들도 꽤 많이 있다고. 아부산에서 교육을 받게 하기 위해 부모들은 멀고 먼 델리, 뭄바이 등의 큰 도시에서 일부러 찾아와 아이를 맡긴다고 한다. 자의 반 타의 반으로 타지생활을 하게 된 이 친구들은 학교 근처의 호스텔에서 숙식을 해결하고 있었다. 그리고 오너 아저씨는 이 아이들의 방과후 활동과 전반적인 생활을 지도하는 것이다. 방과후 학교와 기숙사가 합쳐진 형태인 셈이다.

오너에게 아부산과 호스텔의 이야기를 듣고 흥미가 생긴 나는 아이들과 함께 놀아도 되냐고 물어보았다. 그러자 아이들이 먼저 "물론!"이라고 너도나도 소리를 지르는 바람에 순간 놀란 나는 웃으며 귀를 막는다.

사 토 , 사 토 :

어느 새 아이들과 친해진 나, 따라오라는 아이들의 말에 2층으로 무리지어 올라간다. 기차놀이라도 하는지 내 뒤에는 어느 새 아이들로 가득하다.

부모님과 떨어져 타지에서 공부하는
어린아이들에게서 나의 모습을 보았다.
맨 앞줄 왼쪽이 아메리칸 보이
가운데 안경 쓴 아이가 스파이더맨이다.

"사토 사토! 게임 게임!" 빨갛고 파란 동그란 칩을 보여주며 무언가를 조르는 아이들. 함께 게임하자는 것 같다.

"빅아이즈, 저 게임이 뭐야? 그리고 사토는 뭐고?"

인도 사람은 유난히 눈이 크다. 하지만 이 친구는 누구보다도 눈이 더 까맣고 크다. 그래서 이름을 물어보기보다, 새로운 별명을 불러주기로 했다. 이름은 너무 외우기 어렵잖아, 빅아이즈. 빅아이즈는 계속 내 옆에 붙어 다니면서 무엇이든 설명해주는 고마운 친구다.

"이 게임 하고 싶어? 쉽게 말하자면 이 동그란 칩으로 상대방의 칩을 쳐서 따내는 거야. 룰이 있긴 하지만 그건 복잡하니까 차차 알려줄게. 이걸 튕겨서 칩을 맞추기만 하면 돼." 알까기와 비슷한 것 같아 나는 주먹을 불끈 쥐며 자리에 앉는다. 그러자 빅아이즈 옆에 서 있던 아메리칸보이가 질세라 이어 대답한다.

"아참, 사토라는 사람은 너처럼 동양인이었어. 그 사람도 여행 왔다가 여기 호스텔에 며칠 눌러앉았거든. 일본인이었는데 이름이 사토야. 너랑 사토는 동양인이잖아. 그래서 네가 사토가 된 거야." 인도 사람이지만 이상하게도 얼굴이 백인처럼 하얀 아이. 단일민족이라고 빡빡 우기는 대한민국에서 역사교육을 받고 자란 나는 얼굴 하얀 아이가 신기해 아메리칸보이라는

별명을 붙여준다.

이렇게 하면 된다는 빅아이즈의 설명을 들으며 게임에 합류해보지만 무식하게 힘만 세지 조준력이 꽝인 나는 손만 얼얼할 뿐이다. 결국 아이들의 비웃음을 배경으로 5분만에 백기를 들었다. 시끄러운 2층을 뒤로하고 빅아이즈와 나는 다시 그네의자가 있는 1층으로 향했다.

"근데 여기서 학교 다니면 1년에 몇 번 정도 부모님을 만나?"

"음, 겨울방학 때는 집에 한두 달 가 있는데 여름방학은 짧아서 못 가. 그래서 엄마 아빠가 찾아오셔. 그것 빼면 거의 집에 못 가지. 가끔 부모님이 오시기도 하지만 한 달에 한 번 정도?"

"엑, 정말? 너흰 아직 너무 어리잖아! 고등학교 다니는 애들은 그렇다고 쳐도, 여기서 유치원이나 초등학교 다니는 아이들은?"

"유치원 때부터 계속 여기서 공부하는 거야, 고등학교 졸업할 때까지. 네가 말하는 것처럼 그리 힘들진 않아. 우릴 보살펴주는 오너도, 조금 모자라지만 착하고 순수한 아시아(청소를 담당하고 있는 선생님)도, 그리고 이렇게 계속 함께하는 형과 친구들이 있잖아. 아참, 사실 아메리칸보이는 내 친형이야. 형도 이렇게 나와 함께 지내고 있는걸."

맙소사. 고작해야 열두 살 정도밖에 되어 보이지 않는 빅아이즈가 열여덟의 나에게 괜찮다며 말을 건넨다. 아냐, 빅아이즈. 넌 아직 더 응석부려야 마땅한 나이라고. 나처럼 외로움에 지쳐 밤마다 울 줄도 알아야 한단 말이야. 나도 질세라 말을 잇는다.

"집에 가고 싶다거나 엄마 아빠 보고 싶다거나 그러진 않아? 난 사실 2주밖에 안 됐는데도 밤마다 집이 생각나는데."

"처음엔 그랬지. 그런데 시간이 지나니까 괜찮아지는 것 같아. 너도 보다시피 여긴 매일 북적북적하잖아. 사실 외로울 새도 없는걸."

아무렇지도 않은데 왜 그러냐는 빅아이즈의 말에 가만히 시선을 돌린다. 내 뒤를 쫓아오고 있는, 기껏해야 여섯 살 먹었을 아이들의 까만 눈동자에 내 눈을 맞춘다. 과연 엄마 아빠가 보고 싶지 않을까? 편안한 집을 놔두고 이 먼 아부산에서 살아야 할 이유가 있을까? 영문도 모른 채 내 옷자락만 잡아끌며 세상 떠나갈 듯 웃고 있는 아이들, 나는 그 천진난만함이 부러울 뿐이다.

"사토, 사토!"

오늘도 어김없이 난 사토. 들어보니 그 사토라는 일본 사람은 남자인 것 같은데. 나는 사토라는 이름이 기분 나쁘기만 하다. 춘향전에 나오는 못된 사또가 생각나니 말이다.

오늘은 오너 아저씨가 점심식사에 초대해서 시간 딱 맞춰 찾아왔다. 자그마한 운동장에 발을 내딛으니, 언제부터였는지 스파이더맨이 손을 흔들며 내 이름을 부르고 있다. 스파이더맨이 그려진 빨간 티셔츠를 입고 있어 스파이더맨이라고 부르기 시작했는데, 오늘도 영락없는 스파이더맨이다.

스파이더맨을 따라 식당으로 총총 걸어가니 빅아이즈는 이미 식사 준비를 완료한 상태다. 살짝 눈인사를 건네고는 나도 손을 씻고 자리에 앉는다. 오너 아저씨가 마련해준 내 자리는 아이들과는 정반대의 위치다. 나는 일자형 식탁에 앉아 아이들을 바라볼 수 있고, 아이들은 U자형 식탁에 앉아 나를 동물원의 원숭이 보듯 쳐다볼 수 있는 자리다. 누가 인도 사람 아니랄

까 봐, 아이들은 입과 손으로는 식사를 하면서 눈은 계속 나를 향한다. 아이들의 호기심 가득한 눈망울이 나는 그저 즐거울 뿐이다.

오늘의 메뉴는 탈리, 인도의 서민적이고 대중적인 음식이다. 우리나라로 말하자면 백반 정도에 해당한다고나 할까. 스멀스멀 기어 올라오는 것만 같은 향신료 냄새에 아직 익숙하지 않아 매일 빵으로 끼니를 채우던 나지만, 오늘만큼은 기필코 맛있게 먹겠노라 다짐한다. 초대받은 거니까.

주방장으로 보이는 할아버지께서 큰 쟁반을 가져다주시며 푸근한 미소 한 점 전해주신다. 우리 할아버지가 생각나 가슴 한 구석이 아려온다. 쟁반 위에서 나풀나풀 날아다니는 흰 쌀밥, 콩으로 만든 인도식 수프인 달과 커리, 밀가루를 얇게 반죽해 구운 차파티와 피클, 그리고 요거트에 양파까지. 차파티와 커리는 따끈따끈할 때 먹어야 제 맛! 음식을 받자마자 잘 먹겠습니다, 소리 내고는 차파티를 쭉 찢어 커리에 찍어 입 속으로 집어넣는다. 음, 예상외로 꽤나 맛있다. 아이들이 먹는 음식이라 그런가, 밖에서 사먹는 그런 차파티와 커리가 아니다. 담백한 그 맛에 쌀밥을 얼른 달에 비벼 먹었다.

그런 내 모습을 킬킬거리며 보고 있는 아이들이 한국에서 빠알간 비빔밥을 비벼 먹으며 눈물 훔치던 백인 아줌마를 보고 웃던 내 모습과 겹쳐져 괜스레 웃음이 나온다. 달에 밥을 비벼 먹다 보니 느끼해져서 할아버지께 양파를 좀 더 달라고 했는데, 양파를 한 움큼 주시고는 다른 반찬들도 가득히 담아주신다. 아직 짧은 내 소견으로는, 세상 어딜 가나 밥 잘 먹으면 밑지는 일은 없는 것 같다. 뭐든 잘 먹는 내가 기특하다.

밥을 다 먹은 나는 쟁반을 들고 부엌으로 향했다. 부엌에서는 주방장 할아버지의 짝인 듯 보이는 할머니가 쟁반에 물을 쏟아 붓고 계신다. 나도 팔

을 걷어붙이며 도와드리겠다 하니 놀라 몸을 일으키며 절대 안 된다고 손사래를 치신다. 다 먹었으면 얼른 나가 아이들이랑 놀란다. 도와드리겠다고 떼쓰면 할머니가 더 부담스러워 하실까 봐 허리 숙여 인사하고 나왔다. 감사합니다, 할머니.

"보라, 크리켓 하자!"

빵빵해진 배를 두드리며 운동장으로 나오니 아이들은 벌써 운동장을 차지하고는 크리켓을 하고 있다. 대장급으로 보이는 키 큰 남자아이들은 이미 주요 포지션을 점령한 후다. 나랑 나이가 비슷한 듯한 남자아이들도 이 호스텔에 묵고 있다. 기숙사의 방장쯤 되는 것 같다. 아직은 혼자 아무것도 하지 못하는 어린아이들을 챙겨 아침마다 함께 학교에 가고, 돌아오면 숙제를 도와주고, 크리켓 게임도 함께 하는 형들이다.

"나도 크리켓 해볼래!"

괜히 신이 나서 대열에 합류했다. 공이 이쪽으로 오면 이렇게 방망이를 휘두르면 된다는 말에 고개를 힘차게 끄덕거리지만 나에게 날아오는 공은 그저 날 외면할 뿐이다. 어깨와 팔에 힘이 너무 들어간 모양이다. 아이들의 웃음소리에 나는 방망이를 내주고 말았다. 슬며시 뒤에서 웃고 있는 빅아이즈의 옆에 선다.

아부산에 머문 일주일 동안, 나는 매일매일 호스텔에 출석도장을 찍었다. 새로운 게임을 발견하면 눈이 반짝거리다가 이내 지쳐 오너 아저씨 침대에 쓰려져 자기도 했고, 염치없게 점심을 또 얻어먹기도 했다. 너무 신나게 놀아 방과후 스케줄을 방해하는 바람에 방장 친구들의 눈칫살을 먹기도 했지만,

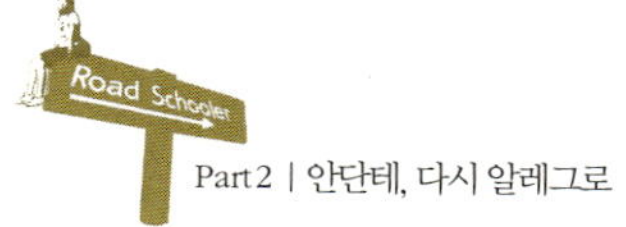

다음날이면 어김없이 낮잠 자던 아이들과 몰래
눈을 맞춰 운동장에 나가 신나게 뛰어놀았다.

아부산을 떠나던 날,
나는 친구들의 등교 시간에 맞춰
다시 호스텔을 찾았다.
그리고 빅아이즈의 교복 입은 사진을 찍었다.
꽤나 의젓해 보였다.

아부산 호스텔 친구들에게,

안녕, 친구들! 다들 잘 지내고 있지? 오늘도 거기는 시끌벅적하겠지.
나는 지금 다람살라라는 곳에 있어.
여기서 티베트 아이들을 돌보는 봉사활동을 하고 있는데,
이 아가들을 볼 때마다 너희가 생각나곤 해.
회상해보면, 아부산에서 나는 참 많이 외로웠던 것 같아.
한국 사람 말고는 아무에게나 정을 줄 수 없었고 그럴 용기조차 없었어.
숙소 옆에 호스텔이 있었던 건 나에게 정말 큰 행운이었어, 정말로.
나는 너희들을 만나 비로소 낯선 이들에게 정을 주는 법을 알게 된 것 같아.
다람살라와 아부산은 참 많이 닮았어. 그래서 너희들이 더 생각나.
이제는 외로워도 이불 속에서 질질 짜지는 않으려고!
방법은 얼마든지 있다는 걸 가르쳐준 너희들에게 고맙다는 말을 전하고 싶어.
진심으로, 고마워. 함께 찍었던 사진들을 보내. 또 편지할게, 안녕!

다람살라에서, 보라가.

안녕, 마요르

"여보세요, 광희?"

"누나야? 누나 본선에 올랐대. 집에 전화 왔었어."

중학교 3학년 때 인도 여행 중에 동생과 통화한 나는 '얏호!' 환호성을 질렀다. 전국중고생자원봉사대회에 봉사수기를 제출했는데 그게 본선에 오른 거다. 2박 3일간의 시상식을 내가 아직도 잊지 못하는 이유는, 예기치 못하게 금상을 탔기 때문일 수도 있지만 무엇보다도 그곳에서 만난 너무나도 다양한 사람들 때문이다. 특히 한비야 선생님 말이다.

이름만 들어도 누구든지 고개를 끄덕거리는 바람의 딸, 오지 탐험가로 이름을 날렸던 한비야는 이제 긴급구호활동가라는 이름을 가지고 다시 오지를 쏘다니고 있었다. 사실 그 전에는 한비야라는 이름만 알았지 책 한 권

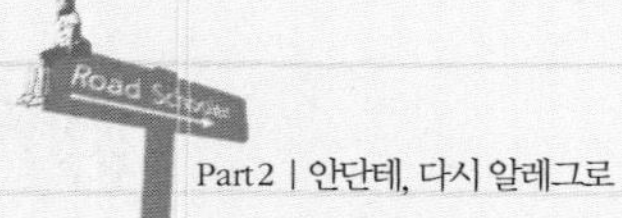

읽은 적 없었다. 고개만 갸우뚱하던 나에게 한비야 선생님은 "세계를 바라보자. 그리고 사랑하자"란 메시지를 전해주었고 『지도 밖으로 행군하라』라는 책 위에 이런 흔적을 남겨주었다.

'보라야, 지금 가진 꿈 꼭 이루길!'

시험기간이었지만 나는 선물 받은 책을 열심히 읽어나갔고, 중간고사 전날 한비야 선생님의 이상한 마력에 홀려 인터넷에 독자서평을 올렸다. 그리고 이 서평은 우수 서평으로 출판사에 선정되어 '한비야와 함께하는 맥주파티'로 향하는 티켓이 되었다.

맥주파티니까 보호자와 함께 오라는 말을 듣고 열여섯의 나는 친한 선생님과 함께 교문을 나섰다. 교복을 입고 나타난 나에게 맥주파티는 참으로 유쾌한 경험이었다. 바람의 딸인 동시에 긴급구호활동가인 한비야를 사랑하는 사람들이 이렇게 많다니! 이것은 국제구호에 관심을 가지고 있는 사람도 한둘이 아니라는 걸 말해주는 것이었다. 무엇보다 한비야 선생님의 한 마디 한 마디는 국제 NGO에서 소수자들을 위해 일하고 싶었던 나에게 희망의 싹이 되었다.

한비야 선생님을 만나고 돌아온 다음 날, 나의 독려에 힘입어 우리 반은 월드비전의 '한 학급 한 생명 살리기' 캠페인에 동참하게 되었다. 그리고 1년 후 고등학교에 입학한 나는 변함없이 이 캠페인에 새로운 친구들과 동참하고 싶었다.

"안녕, 난 이보라라고 해. 내가 여기 앞에 서게 된 건 우리 반도 '한 학급 한 생명 살리기'로 아이를 후원하면 좋겠다는 생각이 들어서야. 한 달에 500원씩 40명이면 2만 원이 되잖아. 동남아시아나 아프리카 지역에 살고 있는 아이들에게 한 달에 2만 원은 큰 힘이 된대. 한번 해보지 않을래?"

주변에서 터져나온 환호성과 함께 우리 반도 후원아동을 신청하기로 했다. 나는 곧바로 컴퓨터 앞으로 달려가 신청버튼을 꾹 눌렀다. 후원아동의 성별 및 국가를 선택할 수 있다는 창이 뜨자, 나는 친구들과의 상의도 없이 자연스레 '인도'를 찾았다. 특별한 이유는 없었다. 그냥 친근했을 뿐이니까. 인도 뭄바이 지역에 살고 있다는 마요르라는 남자아이와 우리 1학년 3반의 장거리 연애는 그렇게 시작되었다.

1학년 3반 마요르입니다 :

"우와, 짱 귀엽다!"

후원아동의 사진과 프로필이 우리 반에 도착했다. 친구들은 후원담당인 나를 불렀지만, 누가 먼저랄 것도 없이 달려들어 봉투에 손을 넣으려고 몸싸움을 했다. 봉투 속에서 나온 건 마요르의 사진. 사진 속의 마요르는 우리가 보고 있는 걸 알았는지 부끄럽다는 듯 몸을 배배 꼬고 있었다. 나는 친구들 손에서 위태롭게 오가던 마요르의 사진을 낚아채, 칠판 옆 게시판에 붙였다.

42명이던 우리 반은 한 명이 늘어 43명이 되었고, 마요르를 처음 만나는 선생님들께 일일이 소개시켜드렸다. 우리 반에 새로 온 친구라고. 수업시간에도, 쉬는시간에도, 심지어 야자시간까지 마요르는 마르고 닳아버릴 정도였다. 그리고 우리들의 코 묻은 500원, 500원이 모여 매달 마요르에게 송금되었다. 영수증도 게시판 위에 쌓여만 갔다.

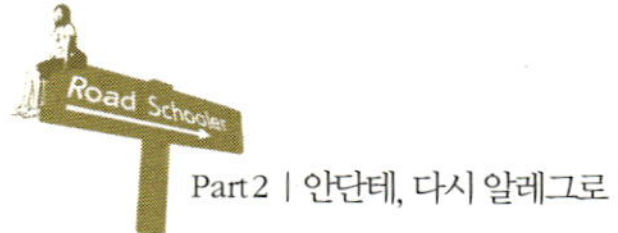

그렇게 몇 달이 지나 시험기간과 방학이 겹쳐 다들 정신없던 때였다. 어쩌다 보니 마요르에게 보내야 할 지로가 교탁 위에 몇 장 쌓였다. 죄책감에 시달리던 나는 긴급학급회의를 소집했다.

"야, 지금 마요르 굶고 있는 거 아냐?"

나의 말에 친구들은 각자 자기 생각을 털어놓았다.

"이 돈으로 가족들도 먹고살 텐데 가족들도 굶으면 어떡하지?"

"우리 세 달 밀린 돈 얼른 보내자. 미안해서 어떡해……."

죄책감에 어쩔 줄 모르던 우리는 그날로 얼른 돈을 모아 은행에 달려갔다. 1학년 3반과 마요르는 얼굴 한 번 본 적 없고, 비행기로 여덟 시간이나 떨어진 곳에 살고 있었지만 언제나 함께였다.

그리고 1년 뒤, 나는 어쩌다 보니 인도로 가게 되었고 마요르가 있는 뭄바이까지 가게 되었다. 아니, 사실 마요르를 만나러 뭄바이까지 찾아간 것이다.

"월드비전 뭄바이사업장이죠? 저 내일 뭄바이에 도착할 것 같은데. 도착하면 다시 전화 드릴게요. 걱정하지 마세요. 인도 여행한 지 한 달이나 됐는걸요. 잘 찾아갈 수 있어요."

아부산을 떠나 몇몇 도시를 거쳐 뭄바이까지 남쪽으로 쭉 달려왔다. 건기가 다가오는 시기에 남쪽으로 가는 건 자살행위라고 다들 말렸지만, 나는 가야만 했다. 마요르를 만나기로 했으니까. 역에 도착하자마자 숙소가 아닌 짐 보관소를 찾아 배낭을 맡기는데 어디선가 내 이름을 부르는 소리가 들린다. 엥? 소스라치게 놀라 뒤를 돌아보니 조그만 키의 인도 아저씨가 명함을 내민다. 월드비전 뭄바이사업장 존(John).

"아저씨. 저 마중 나오지 않으셔도 된다고 했잖아요. 마요르 만나러 가기
로 한 날은 내일인 거 잊으셨어요?"

"어, 뭐라고요?"

지난 번 전화통화에서 제대로 의사소통이 안 된 모양이다. 영어가 조금
늘었다고는 하지만 역시 입을 보지 않고 이야기하는 건 아직 무리다.

뭄바이에만 가면 쉽게 만날 수 있을 줄 알았던 마요르는 첩첩산중에 살
고 있었다. 그도 그럴 것이 뭄바이는 인도의 대표적인 경제도시로 물가가
만만치 않은 곳인데 월드비전의 후원을 받고 있는 마요르가 도심에 살고
있다는 건 말도 안 되는 일이다. 마요르는 뭄바이 시가지에서 교외전철을
타고 30킬로미터를 달리고 오토릭샤로 30분 더 걸리는 곳에 살고 있었다.

마요르네 동네에 들어서자 해맑게 웃는 아이들의 행렬이 나를 뒤따른다.
다리를 건너 한참을 걷다 보니 월드비전 사업장이 나왔다. 사무실이라고
소개했지만, 내가 보기엔 그냥 창고에 간이용 의자 몇 개와 캐비닛, 책상을
가져다놓았을 뿐이다. 사무실 안에서 푸근하게 생긴 아줌마가 사리(인도 전
통의복)를 곱게 차려 입고 나와
나를 향해 손을 모아 인사를
한다. 나도 얼른 손을 모아 인
사한다, 나마스테.

그리고 아줌마 뒤로 빨간
옷을 입은 아이가 슬쩍 숨
는다. 애가 바로 1학년 3반

앞의 두 아이가 마요르 동생과 마요르.
왼쪽에서 세 번째 아주마분이 마요르네 엄마.

마요르다. 사진 속의 모습처럼 여전히 몸을 꼬고만 있다. 마요르 엄마는 마요르에게 힌디로 뭐라고 말을 한다. "마요르, 인사해야지. 인사해봐. 안녕하세요, 하고" 따위의 말이었을 게 분명하다. 부끄러워하는 마요르에게 나도 부끄럽지만 인사를 건넨다.

나는 사실 아이를 좋아하는 성격은 아니지만, 후원아동인 마요르에게는 왠지 모르게 정이 간다. 마요르에게 주려고 뭄바이 시가지에서 아동용 시계를 사 왔는데, 채워주려고 손을 잡다가 '헉!' 소리를 내고 말았다. 나 만나는 날이라고 마요르도 가족들도 말쑥하게 차려입었지만 가늘고도 가는 손목만은 감출 수 없었다. 덩치 큰 아줌마들의 몸과 확연하게 대비되는 마요르의 손목에 재빨리 시계를 채워주고 나는 애써 웃음을 지어 보였다.

평소 NGO에 관심이 많던 나는 월드비전 지역사업장이 어떻게 돌아가는지 궁금했다. 아이들과 후원자를 연결하는 일뿐 아니라 그 지역에 살고 있는 아이들을 위한 여러 프로그램을 진행하고 지역 살리기에도 힘쓴다는 말에 내 눈은 휘둥그레진다. 그러다 문득 오른편을 바라보니 마요르가 날 신기하다는 눈길로 쳐다보고 있었다. 나는 마요르의 손을 잡고 말했다.

"마요르, 나만 널 후원하는 게 아니라 우리 1학년 3반 42명 전체가 널 후원하고 있어. 그중엔 네 이름, 키, 몸무게, 취미, 가족관계까지 달달 외우고 있는 친구도 있어. 걘 좀, 스스로 네 팬클럽 회장이라고 말하더라. 다들 네가 어떻게 지내는지 궁금해 하고 있어. 내가 한국에 돌아가면 꼭 안부 전해줄게. 기억해, 넌 정말 많은 사람들에게 사랑받고 있다는 걸."

부끄러운 마요르는 또 몸을 꼬며 엄마 치맛자락 뒤로 숨어버린다. 마요르에게 뭘 바라고 온 것도 아니니 섭섭한 건 아니지만 아이와 통역 없이도 이야기를 나눌 수 있었으면 좋겠다는 맘이 잠깐이나마 스쳐지나간다. 마요르와 함께 사진을 몇 장 찍는다. 찰칵, 찰칵.

마요르네 엄마는 그런 내가 맘에 드셨는지 몇 번이나 라시(인도 전통 발효 음료)를 내 손에 건넨다. '라시 잘못 먹으면 탈난다던데.' 나는 투박한 컵에 담긴 라시를 보고 잠깐 고민하다 단숨에 목구멍으로 넘겨버린다. 그와 동시에 얼굴에 함박웃음이 지어지던 마요르와 마요르네 엄마.

잘 마시는 내가 좋은지 마요르네 엄마는 한 컵 더 마시라며 건넨다. "하하, 괜찮은데." 손사래를 치던 나는 결국 받아 마시고 만다. "에이, 이 먼 곳에서 마요르도 만났는데, 이 정도야 거뜬하게! 맛있게 잘 마시겠습니다!" 꿀꺽꿀꺽 두 컵을 비우고 애써 웃는 내 앞에는 라시 한 잔을 더 들고 환하게 웃고 있는 마요르네 엄마가 있었다.

교외전철을 타고 다시 시가지의 숙소로 돌아가는 길, 스쳐 지나가는 뭄바이 교외의 판자촌 풍경을 보며 나는 혼잣말로 마요르에게 말을 건넨다.

"다행이야, 마요르. 밝게 잘 자라고 있어서. 엄마도 참 좋으신 것 같더라. 마요르, 우린 생김새도 다르고 살고 있는 환경도 다르지만 말이야, 많은 사람들이 널 생각하고 있어. 난 아이들과 함께 있는 게 아직 어색하고 부끄럼도 많아서 잘 표현하진 못했지만, 사실 널 만나게 되어 무지하게 기뻤어. 나도 너처럼 몸만 배배 꼬는 아이인가 봐. 덕분에 많은 걸 보고 배우고 가. 고마워. 아참, 오늘 마셨던 세 잔의 라시! 내 배가 괜찮을진 모르겠지만, 만약 괜찮다면 다음에 와서 한 잔 더 얻어 마실 수 있겠지? 건강해야 해, 마요르. 다들, 나마스테!"

"아이들 좋아하세요?"

＊맥그로드 간즈의 록빠 탁아소에서

이 도시는 유적지가 유명하니 관광은 필수고, 저 곳은 바다가 좋으니 해변에 꼭 들르고, 그 곳은 이틀 이상 머물 필요는 없고…….

한국에서의 나의 생활반경에서는 만날 수 없는 사람들을 만나기 위해 학교 밖으로 나온 나, 더 큰 세상을 보겠다고 배낭을 짊어진 나는 학교가 지워준 강박관념도 함께 짊어지고 있었다. 주어진 시간 동안 최대한 많은 것을 봐야 한다는 욕심에 최대한 빠르게 돌아다녔다. 빨리 가지 않으면 성적이 떨어지는 것도 아니고 혼나는 것도 아닌데 나는 무언가에 옥죄어 있었다. 늘 무언가를 꼭 해야 한다는.

그래서 가만히 있어보고 싶었다. 가만히 어딘가에 오래 있으면서 마음에 맞는 친구를 사귀어보고 싶었고, '빨리빨리'가 아닌 '느긋느긋' 바라보고

도 싶었다. 한 달을 인도에서 숨 가쁘게 달렸다면, 한 달은 느긋하게 쉬어
도보고 걸어도보고 싶었다. 나는 다시 수도 델리로 돌아와 북부로 향하는
버스표를 끊었다.

달라이 라마가 있대 :

"여기가 어디지?"

서늘한 바람 한 줄기가 불기에 겉옷을 걸치고 버스에서 내렸다. 불현듯
단어 하나가 떠올랐다. '낯익다.' 낯익은 풍경에 낯익은 사람들. 내가 서
있는 이곳은 분명 인도, 그러나 이상하게도 나와 닮은 사람들이, 나와 비슷
하게 생긴 사람들이 내 앞을 스쳐 지나가고 있었다. 저 앞 좌판에서는 우리
네 할머니로 보이는 사람이 빵을 팔고 있다. 아, 저 청년은 분명 한국 사람
일 거야, 나는 나지막이 중얼거렸다.

여기는 또 하나의 티베트. 중국 정부의 탄압을 피해 히말라야를 넘어온
사람들이 살고 있는 곳, 다람살라. 다람살라에는 맥그로드 간즈라는 티베트
난민 마을이 있다. 도착하자마자 낯익은 기운을 느낀 건 티베트가 나와 너
무 닮았기 때문. 생김새는 그렇다 치고, 음식은 또 왜 그렇게 비슷하던지.

향신료에 목이 켁켁 메여 아무것도 먹을 수 없었던 인도와는 달리, 인도
속의 티베트는 집을 떠올리게 하는 힘이 있었다. 칼국수와 흡사한 뚝바, 엄
마가 집에서 쭉쭉 찢어 만들어주던 수제비 같은 뗀뚝, 한국에서 매일 같이
먹던 만두 같은 모모까지. 나는 자꾸 길에서 멈춰 섰다. 아주 먼 옛날, 티베
트 사람이 산 넘고 산 넘어 우리나라에 정착한 건 아닐지, 혹은 그 반대이

거나. 여기는 꼭 우리 집인 것만 같았다.

다음 날, 티베트 사람들이 매일 간다는 불교 사원으로 나도 발을 옮겼다. 내 앞의 할머니는 끊임없이 마니차를 돌린다. 마니차 안에는 경전이 들어 있는데 이걸 돌리면 경전을 외는 것과 같은 효과가 있다고 한다. 나도 손을 내밀어 마니차를 힘차게 돌려본다. 사원을 한 바퀴 돌고 오니 저 멀리 반가운 얼굴이 보인다.

"보라야!"

델리에서 만났던 언니다. 예기치 못한 곳에서 우연하게 다시 마주치니 오랜만에 만난 옛 친구 같은 느낌이다.

"근데 이 아래 사원까지는 웬일로?"

"너 몰랐어? 오늘 남걀 사원에 달라이 라마 오신대! 나도 한국 비구니 스님께 들었어. 같이 가자."

뭐라고, 달라이 라마? 뉴스나 책에서만 보던 그분을 직접 볼 수 있단 말이야? 소문으로는 맥그로드 간즈에 한 달 이상 머물러도 운이 안 따라주면 그분을 뵙기 힘들단다. 기대도 하지 않았는데 오늘 오신다는 이야기에 망설임 없이 언니 뒤를 따른다. 들어가면 바로 보는 건가, 했더니만 할머니 할아버지들로 인산인해다. 사람이 하도 많아 숨이 막혀 죽을 것 같은데 내 옆의 할머니는 뭐가 그리 좋은지 천사의 얼굴을 하고 있다. 어떤 줄은 승려로 보이는 분들만 가득하다. 한국에서 잿빛 승복만 보다가 빨갛고 노란 티베트 승복을 보니 그저 신기할 뿐이다.

"어어? 보라야, 들어간다. 따라 오래이."

언니의 말이 끝남과 동시에 길고 긴 행렬이 함께 앞으로 움직인다. 자칫

하면 깔려 죽을 판이다. 한 걸음 한 걸음 조심히 내딛다 보니 저 앞에서는 몸수색을 하고 있는 것 같다. 오른쪽 줄에 서서 한참을 기다렸는데 수색관이 왼쪽 줄로 가란다. 뭐야, 기껏 기다렸는데 왜 왼쪽 줄로 다시 서라는 거야. 투덜거리며 뒤를 돌아본 나는 찍 소리도 못 내고 조용히 옆으로 이동했다. 남자 줄이었다.

줄이 줄어들길 기다리다가 내 차례가 되자 수색관이 "노 카메라"라며 나를 밀쳐낸다. 진작 좀 말해줘야 되는 거 아녜요, 라며 화 낼 틈도 없는 그곳에서 나는 슬금슬금 사무실로 기어들어가 구석에 카메라를 숨긴다. 에라, 모르겠다. 지금은 잃어버릴지 모르는 카메라보다 달라이 라마가 먼저다.

작열하는 태양 아래, 움직이는 그늘로 숨으려 안간힘을 써보지만 갈릴레이 양반의 말대로 지구는 돌고 있으므로 뜨거운 햇살을 피할 길은 없다. 앞에서는 여전히 힌디가 난무하는 정체 모를 행사가 진행되고 있는 것 같다. 하지만 우리의 소원은 달라이 라마. '언제쯤 오려나' 라고 중얼거리는 듯한 티베트 할머니와 나는 목을 빼고 그가 오기만을 기다린다.

두어 시간쯤 지났을까, 웅성웅성하는 소리에 행사장을 가득 메운 사람들의 시선은 모두 뒤를 향한다. 엄중한 호위를 받으며 사원에 들어서는 달라이 라마. 그 순간 나를 비롯한 사람들의 입가엔 미소 한 점이 지어진다.

"언니, 달라이 라마 눈에서 행복을 볼 수 있대!"

"누가 그라는데?"

"어떤 책에서 봤어. 그 사람은 달라이 라마 눈에서 행복을 발견했다던데?"

눈망울을 반짝이며 나는 언니에게 말을 건넨다. 그럼에도 불구하고 달라

이 라마는 아무 말도 하질 않는다. 그저 행사를 느긋하게 바라볼 뿐. 달라이 라마의 눈을 뚫어져라 쳐다보지만 그건 그냥 사람의 눈동자인 것만 같다. 그렇게 또 한 시간. 달라이 라마는 다시 엄중한 호위와 함께 행사장을 가르며 사원을 나선다. 세 시간을 넘게 기다려 만난 달라이 라마, 그가 '행복'에 관해 뭐라 말 한 마디 꺼낼 줄 알았던 나는 그저 그의 뒷모습을 바라볼 뿐이다.

누군가 달라이 라마의 눈에서 행복을 발견할 수 있었단 소리에, 나도 행복을 발견하고 싶었는지 모른다. 해탈의 경지에 올라 인간의 모든 감정을 다스릴 줄 알고, 참 행복의 의미를 알고 있을 것만 같은 달라이 라마가 나에게도 '행복'을 전해주기를 바랐는지도.

그런데 내 옆으로 웃음 가득 지은 티베트 할머니가 지나간다. 달라이 라마가 아무 말도, 아무것도 주지 않았는데 충분하다는 듯 기쁘게 돌아가는 할머니. 공연히 할머니를 질투해보지만 이내 그만두고 만다. 그리고 내 어깨에 아직도 놓여 있는 강박관념을 살며시 내려놓아본다. 여행하는 동안 꼭 무언가를 얻어야겠다는 강박관념, 시간낭비하면 안 된다는 부담감, 쉬지 말고 무언가를 계속 해야 한다는 생각들 모두. 그래, 멈춰 있자. 멈춰 있으면서 느긋하게 호흡하고 소통해보자. 거친 호흡을 가다듬어보자.

아 이 들   좋 아 하 세 요 ?   :

"보라야, 너 맥그로드 간즈에 얼마 정도 있을 거야?"

"나? 한 달 정도."

"그럼 나랑 같이 록빠 가자!"

"록빠가 뭔데?"

"록빠에서 더 일하고 싶은데 나는 귀국날짜를 못 바꾸겠더라. 너라도 거기서 일했으면 좋겠어서."

티베트말로 돕는 이, 친구라는 뜻의 이름을 가진 록빠(Rogpa)는 맞벌이 가정의 아이들을 아침부터 저녁까지 대신 돌봐주는 NGO. 후원과 자원봉사만으로 운영되고 있는데 바람 따라 물 따라 흘러가는 배낭여행자들이 소문 듣고 찾아와 돕기도 하고, 한국에서 일부러 찾아오는 사람들도 있고, 다른 나라에서도 인연이 닿아 정기적으로 후원하는 이들이 있단다. 무엇보다 아이들을 그저 돌봐주는 것에 그치는 탁아소가 아닌, 티베트의 독립을 위해 티베트 사람들의 삶의 질을 향상시키기 위해 노력하고 있는 록빠는 티베트 사람들의 또 다른 '친구'다.

"그런데, 아이들 좋아하세요?"

얼떨결에 언니에게 끌려 들어온 탁아소에서의 첫 물음. 원장으로 보이는 언니는 나에게 아이들을 좋아하냐고 대뜸 묻는다.

나는 집에 조그만 아이들이 놀러오기라도 하면 바로 문을 쾅, 하고 닫곤 했다. 시끄럽고 귀찮아 죽겠다는 나와는 달리 동생은 숨바꼭질과 술래잡기, 컴퓨터 게임으로 아이들과 함께 신나게 놀아주었다. 그러다 아이들이 내 방문을 조심스레 열고 들어와 "누나 바빠?"라고 말을 걸 때면, 나는 조금 미안해도 귀찮은 맘에 "응, 수학공부 중이야"라고 대답하곤 했다. 사실 스도쿠 따위나 하고 있었지만 말이다. 내가 노력을 전혀 안 했던 건 아니다. 성격을 바꿔볼까 싶어 장난 한 번 걸면, 아이들은 꽈당 넘어지거나 으앙 하고 울음을 터뜨리곤 했다. 아이들은 그저 나에게 귀찮은 존재였다.

원장 언니의 그 간단한 질문 하나에 보랏빛으로 변해버린 내 얼굴을 보고는, 날 데려온 언니가 서둘러 말을 꺼낸다. "아! 저기, 얘도 아직 어려서요." 하하하, 어색하게 웃고는 1층 사무실에서 자원봉사자 등록을 하려 하니 오늘 하루 봉사해보고 등록하라는 원장 언니.

사무실을 뒤로하고 철제 간이계단을 올라 2층 아가방에 들어서기 전에 조용히 자기최면을 건다. '잘할 수 있을 거야. 난 아이들을 못 돌보는 게 아니라, 안 돌봤을 뿐이라고!' 하지만 문을 열자마자 외계인이라도 나타난 듯 나를 말똥말똥 바라보는 티베트 아가들의 시선. 휴우. 오후 1시 반부터 5시까지 아이들을 돌보는데, 그 사이에 기저귀를 두세 번 갈아주고, 간식 시간에 간식을 먹여주면 일이 끝난단다. 나, 과연 잘할 수 있을까? 그냥 화장실 청소하라면 엄청 잘하는데.

어색한 기운이 감도는 탁아소. 자원봉사자용 초록색 앞치마를 두르니 아이들은 외계인의 세계로 하나둘씩 침범한다. 이름을 불러보면 나에게로 와 꽃이 되지 않을까? 어느 시인의 말처럼 아이들의 이름을 하나하나 외우기 시작한다. 까만 저 아이는 첸좀, 좀 허약하게 생긴 애는 빼돔, 저 직원 아저씨는 남곌. 무슨 포켓몬스터의 윤곌라도 아니고, 남곌이라니. 이름 참 괴상하다. 그리고 돌마, 빼마, 랑돌……. 어휴, 이름 참 어렵다!

한참을 외우고 있으니 이제 기저귀를 갈 시간이라며 남곌 아저씨가 손짓한다. 돗자리 위에 아이들을 눕힌 후 이렇게 기저귀를 가는 거라고 설명해주는 남곌 아저씨. 휴, 생각보다 어렵진 않은 것 같아 다행이다. 아가야, 이리 와. 이 아이를 이렇게 사뿐히 들어

눕히면 되는 거라는데 아이는 머리가 무거워 그만 쾅, 하고 고공낙하하고 만다. 놀란 맘에 고개를 두리번거리며 주변 상황을 살피니 다행히 모두 자기 일에 여념이 없는 듯하다. 애처롭게 나를 바라보는 아이의 눈을 애써 모른 척 하며 기저귀를 간다. 자원봉사자들이 큰 방에서 기저귀를 갈면, 아이들의 이름을 다 알고 있는 능숙한 직원들은 작은 방으로 들어가 아이들의 사물함에서 새로운 옷과 면 기저귀를 꺼내온다.

여기 맥그로드 간즈는 델리에서 하룻밤을 꼬박 달려야 하는 곳이므로 물건이 많이 부족한 편이다. 무엇보다 일회용 기저귀는 비싸다. 대부분의 아이들은 천 두 장으로 기저귀를 해결하는데 한 장으로는 아이들의 엉덩이를, 나머지 한 장으로는 그 위를 감싸 흘러내리지 않게 묶는다. 풍족한 물질사회에서 살다 온 나는 이 모든 것이 마냥 신기할 뿐이다. 한 사람 당 다섯에서 여덟 명 정도의 아기의 기저귀를 가는 것 같다. 다행히 힘들지는 않다.

그 다음 누구시냐. 얘, 엄청 잘 먹었나본데? 그런데 너무 무겁잖아, 하며 아이를 겨우 눕혀 바지를 내리려는데 왠지 느낌이 좋지 않다. 묵직한 느낌만 드는 이것은 바로! 큰. 일. 첫날부터 왜 하필……. 징징거리는 목소리로 당황하고 있으니 보다 못한 직원이 자기가 하겠다며 나를 일으킨다.

우여곡절 끝에 기저귀를 다 갈고나니 어느 새 간식시간! 주방 아저씨가 죽 비슷한 걸 가져오신다. 물어보니 '포리지'라는 음식이란다. 뜨겁게 소독된 물수건으로 아이들의 손을 닦아주려는데 아이들이 없다! 새내기라 무시하는 건지, 내가 익숙지 않아 그런 건지 모두 자기가 좋아하는 자원봉사자나 직원 앞에 삼삼오오 모여 앉아 있다. 내 앞엔 달랑 울기 좋아하는 여자아이 하나뿐.

　방금 전까지만 해도 내가 좋다며 품에 꼭 안겨 있던 아이가 다른 직원 앞에 앉아 있는 걸 보니 배신당한 기분이다. 가서 머리를 콱 쥐어박고 싶지만 애써 무덤덤한 척하며 마음속으로 참을 인 다섯 번을 그린다. 앞에 앉은 여자아이의 손을 닦아주려는데 이 아이, 절대 손을 펴지 않는다. '쳇, 딴 애들은 잘 받아먹는데 넌 왜 질질 흘리는 거냐? 그나저나, 죽 맛있냐? 난 죽을 맛인데.' 또 속으로 혼자 중얼거린다.

　이제 아이들과 신나게 노는 시간! 아까 종일 내 품에 안겨 있다가 식사시간에는 다른 직원 앞으로 총총 달려간 아이는 첸좀이라고 한다. 첸좀 가족은 얼마 전 티베트에서 인도로 망명했는데, 이 아이도 티베트와 인도 경계에 버젓이 서 있는 히말라야를 건너 왔단다. 나는 아직 못 가본 히말라야를 건너왔다는 사실이 첸좀을 특별하게 보이게 했다. 다른 아이들은 이상할 정도로 하얀 피부를 가지고 있어 마치 한국 아이 같은데 첸좀은 완전 티베트 사람 같다. 자기 몸보다 훨씬 큰 옷과 끈으로 매는 바지를 입고 있는 이 아이가 유난히 내 눈에 밟힌다.

　날 자꾸 당혹스럽게 만드는 아이들과 나 사이에 그어진 경계선을 살며시 넘어본다. 첸좀의 손을 잡아 아가방 이곳저곳을 향한다. 왠지, 좀 친해진 것 같다. 첸좀과 함께 큰 방을 뛰어다니다 이제 좀 친해지려나 싶더니만 어느새 창가에 아가 엄마들의 모습이 가득하다. 벌써 5신가 보다. 아가들은 내게 부리던 어리광을 그만두고는 자기들의 둥지로 달려간다. "아마 아마(티베트어로 엄마)" 외치며.

　아이들을 둥지로 보내고는 앞치마를 벗고 가방을 챙겨 1층 사무실로 다시 향한다. 뿌듯한 표정으로 사무실에 내려가 자원봉사자 양식을 작성해

원장 언니에게 내민다. 어땠냐며 묻는 언니에게 나는 그냥 "괜찮았어요"라고 말한다. 내 서류를 천천히 살펴본 원장 언니의 눈동자가 다시 날 향한다. 티베트 이름이 뻬마라는 언니는 조심스레 묻는다.

"그런데 몇 살이에요?"

"열여덟 살이요."

뻬마 언니는 난감하다는 표정을 짓는다. 사실 록빠에서는 청소년 자원봉사자를 일체 받지 않는단다. 한국에서 단체로 자원봉사 오면 관리하기도 힘들고, 열심히 하지 않는 것 같아서란다. 하지만 이미 하루 일해버린 아이에게 청소년 자원봉사자는 받지 않는다는 말을 할 수 없었던 뻬마 언니. 결국 힘내라는 한 마디를 던진다.

"우리, 잘해봐요."

휴, 다행이다. 나도 대답한다.

"네, 열심히 하겠습니다!"

환경을 사랑하는 록빠의 잔칫날

*초록빛 록빠 페스티벌

"보라는 우유팩 잘라서 모금함 좀 만들어. 미나, 이거 끝내야 갈 수 있어, 알았지?"

딱 걸렸다. 일 시작한 지도 얼마 안 됐는데 행사가 바로 코앞이란다. 빼마 언니는 모든 직원과 자원봉사자들에게 일을 못 시켜서 안달인 것만 같다. 밤 10시, 록빠 식구들의 하루일과는 끝난 지 한참이지만 빼마 언니와 사무실은 아직도 분주하다. 우린 전혀 분주하고 싶지 않은데 일감을 마구 가져다주는 빼마 언니 덕에 다들 분주해졌다.

사무실 한편에서는 파란 눈을 가진 자원봉사자가 다 쓴 페트병을 무지개 색으로 칠하고 있고, 또 한편에서는 페트병에 꽃을 담고 있다. 나도 말린 우유팩에 예쁜 색지를 붙여 모금함을 만든다. 하품이 계속 나오는데 빼마 언니는 어딘가 계속 전화하느라 졸릴 새도 없어 보인다.

"이거 아랫마을 빵집에서 후원해준 초콜릿 빵이에요. 그리고 이 종이상자는 쓸 수 있을 것 같아서 좀 주워 왔어요." 아까 나갔던 직원과 미국인 자원봉사자가 문을 열고 들어오며 말한다. 손에 종이상자가 한 가득이다. 다들 이젠 길거리의 재활용품만 눈에 띄나 보다.

우리가 이렇게 정신없는 건 얼마 남지 않은 록빠 페스티벌 때문. 록빠의 가장 큰 연중행사인 페스티벌은 록빠 운영기금 모금 및 가족들의 만남의 장 마련에 의의를 두고 있다. 페스티벌에서는 아이를 맡긴 부모님, 직원, 자원봉사자들이 열심히 뛰지만 주인공은 단연 록빠의 꽃인 아가들.

그런데 왜 이렇게 열심히 '재활용' 하냐고? 2007년 록빠 페스티벌의 슬로건이 바로 '그린데이'이기 때문이다. 빼마 언니의 압박에 못 이겨, 우리는 재활용할 수 있는 거라면 뭐든지 찾아내 창작품을 만들어내기 시작했다. 우유팩에 고운 색깔의 종이를 붙여 예쁜 상자로, 페트병을 오색 빛깔의 화분으로, 종이박스를 뽑기 상자로, 심지어 계란박스를 하나하나 잘라 초록색으로 염색해 실을(자루를 해체해 얻은 실이다) 달아 코에 걸 수 있게 만든 그린노우즈까지! 옆에서 함께 일하는 나도 혀가 내둘려질 정도다. 준비는 열심히 하고 있는 것 같은데, 과연 잘될까?

록빠 페스티벌 :

행사장에서 내가 할 수 있는 일은 뭘까? 뛰어다니기? 옷 팔기? 음식 나르기? 한참을 고민했는데 빼마 언니가 "라모 봐"라며 한 마디 툭 던진다.

중·고등학교 내내 학생회에서 학교 행사를 기획하고, 행사 날에는 정신이 하나도 없을 정도로 뛰어다녔는데. 그리고 그 일이 세상에서 가장 즐거웠는데 아직 빼마 언니는 내 진가를 모르는 것 같다.

"라모야, 가자." 라모의 손을 붙잡으며 가자, 말하지만 함께 가기 영 내키지 않는다는 표정으로 나를 바라보는 라모. 흥, 나도 너 별로거든.

운동장에 들어서자마자 보이는 건 1루피 프로젝트. 1루피 이상 내라기에 이게 뭔가 싶어 일단 10루피를 내고 본다. 그리고 내 손에 쥐어진 건 펜과 나뭇잎 모양의 종이 한 장. "이름과 소원하는 바를 나뭇잎에 쓰세요. 그리고 이 나뭇잎을 희망의 나무에 붙여주세요. 우리 각자의 돈과 힘은 아주 미미하지만 모이고 모이면 이 나무처럼 풍성해진답니다."

나도 이름과 소원을 적어 희망의 나무에 곱게 단다. 10루피밖에 안 되는 돈, 그리고 고작해야 열여덟 살이지만 파릇파릇해지고 있는 나무에 귀한 물을 준 것 같아 어깨에 힘이 들어간다.

가장 시끄러운 건 역시 먹을거리 장터다. 점심때라 그런지 더 정신없어 보이는 장터. 록빠 직원들과 아기 아빠들이 음식을 하고 있는데 왠지 부실해 보여 의심이 꼬리를 무는 나는 그냥 지나치기로 한다. 패스! 먹을거리 장터 옆엔 코가 큰 백인 아저씨가 상자를 들고 와서 뭔가를 열심히 하고 있다. 좋다고 달려드는 아이들을 보고 궁금해진 나도 헤치고 들어가 요상한 상자 안에 뭐가 있을지 열심히 머리를 굴린다.

어떤 선물이 나올까?

조그만 라모는 영 재미없는지 딴 곳을 바라보며 내 손을 잡고만 있다. 한 아이가 동전을 내고 박스에 손을 집어넣는다. 우와아아, 울려 퍼지는 환호성과 함께 작은 선물이 박스에서 나온다. 아이는 눈을 반짝이며 선물을 가져가고, 자원봉사자는 아이들이 낸 순수한 기부금을 모으고. 재밌는 아이디어다 싶었는데 알고 보니 이 행사는 록빠가 기획한 것이 아니었단다. 관광객 아저씨가 자발적으로 상자를 만들어서 가져와 깜짝 이벤트를 진행하고는 수익금 모두 록빠에 기부하고 갔다는 사실을 듣고 나는 일기장에 이렇게 적었다. '이 세상, 아직 살만 함.'

"라모, 라모. 재밌어?"

다람쥐를 닮은 라모는 어딜 가나 인기 만점이다. 라모가 예뻐 죽겠다는 언니에게 이때다 하고 라모를 맡기고는 줄행랑을 친다. 난 정말 떼쓰는 아이랑은 못 살겠다. 가만 들어보니 행사장 가득 음악이 울려 퍼지고 있다. 예사롭지 않다 싶었는데 오늘 행사를 위해 초청한 인도 전통음악 연주팀이란다. 티베트 마을에서 인도 음악이라니. 나는 약간 고개가 갸우뚱하지만 티베트 사람들은 개의치 않는다. 어울리지 않는 두 나라의 사람이 어울려 사는 모습은 나에게는 참 신기할 뿐이다.

자리를 이동하니 옷들이 아무렇게나 널브러져 있다. 혹시 나도 쓸 만한 옷을 구할 수 있을까 싶어 들춰보지만, 이미 한국에서 들어온 괜찮은 옷들은 다 팔리고 없단다. 옷 자루를 풀자마자 들이닥친 아줌마들에 꽤나 당황

했다고. 그 모습이 상상돼 혼자 낄낄 웃었다. 교실 안에서는 신나게 물감놀이를 해 손과 얼굴이 빨강노랑파랑이 되어버린 티베트 아이들이 웃고 있다. 아이들보다 더 신나게 웃고 있는 자원봉사자에게 엄지손가락을 들어 보이고 싶은 순간이다.

한편으로는 그 모습과 대비되는, 이상하리만큼 조용한 무리들도 있다. 같은 교실에 컬러사진과 흑백사진이 함께 놓여 있는 것만 같다. 왜 그리 열심히 바느질을 하나 싶어 쳐다봤더니 수첩을 만들고 있는 사람들이다. 한지 수첩을 만들고 있단다. 나도 끼고 싶지만 조용히 앉아 있기엔 엉덩이가 간지러울 것 같아 재빨리 교실을 나온다.

슬슬 배가 고파와 아까 패스했던 먹을거리 장터에 슬금슬금 기어 들어가는데, 저 멀리서 엄마 손을 잡고 걸어오는 탁아소 아이들이 보인다. 반가운 맘에 "안녕?" 하고 인사를 건네지만 절대 아는 척 하지 않는 녀석들. 마음 같아선 탁아소에서처럼 한대 꾹 쥐어박고 싶지만 한 덩치 하는 엄마들의 얼굴을 보고는 금세 꼬리를 내려버린다. 내일 보자.

행사의 마지막 순서는 다 함께 춤을 추는 거란다. 요새 아이를 데리러 온 엄마들이 모여 뭘 그리 열심히 준비하나 했더니. 오늘 티베트 전통춤을 선보이려는 거였다. 곱게 전통의상을 차려입고 동그랗게 원을 만들어 춤을 추는 아가 엄마들. 사이사이에 금방 친해진 록빠 직원들도 보인다. 티베트 사람들은 가무에 능하다던데, 그 수식어가 아깝지 않다.

그 순서가 끝나자 바로 음악이 바뀌

이번 록빠페스티벌의 슬로건은 그린데이.

며 페스티벌을 함께 준비한 직원들과 자원봉사자들이 나온다. 현란한 라틴댄스도 보이고, 몇몇은 부끄럽지도 않은지 엉덩이를 빼며 춤을 추기 시작한다. 리치라는 미국인은 평소에도 심상치 않아 보였는데 역시 심상치 않은 춤을 추는 게 과연 심상치 않은 사람이다.

록빠에는 참 다양한 사람들이 모인다. 검은 얼굴이 너무나 매력적인 흑인부터 대다수를 이루는 한국 사람, 그리고 백인들까지. 하지만 오늘 저 운동장에서 춤을 추고 있는 사람들 사이에 한국인은 없다. 우리 민족도 가무를 좋아하긴 하지만, 술 한 잔 들이키지도 않고 가무를 즐기는 수준까지는 아닌 것 같다. 나이가 어리다는 핑계로 한쪽 구석에 숨어 있는 나를 포함해서 말이다.

운동장 한가운데서 춤을 추고 있는 사람들도, 부끄러워 한쪽 구석에서 그 풍경을 바라보고 있는 사람들도 그날은 하나같이 같은 마음으로 웃고 있었다. 록빠라는 이름으로, 친구라는 이름으로 말이다.

뗀달, 가기두

"언니! 뗀달 후원자 있어요?"

"아니, 아직. 왜?"

"저 뗀달 후원자 할래요!"

"대학교나 졸업하고 해. 너 아직 돈도 못 벌잖아. 한 달에 34,000원이야. 근데 갑자기 웬 후원?"

"음, 뗀달이 어떻게 크는지 계속 보고 싶어서요."

빼마 언니에게 이 말을 꺼냈다가 된통 잔소리만 듣고 말았다. 경제력도 없으면서 후원을 하겠다고 설치는 나도 웃기지만, 뗀달이 얼마나 좋으면 이런 말을 꺼내겠냐고요. 록빠에서는 일대일로 아동을 후원할 수 있다. 하지만 한 달에 34,000원이 하늘에서 떨어지지 않는 나는 그저 혼잣말로 하소연만 늘어놓을 뿐이다. 어느 새 내 블로그와 일기장에는 뗀달 이야기로 가득하다. 아이, 예뻐라.

오늘도 맥그로드 간즈에는 다람살라로 내려가는 커다란 버스가 서 있고 버스에 타려는 사람들로 분주하다. 그 풍경 속에 물건을 쌓아놓고 파는 아저씨도 보이고 여전히 요란한 택시 기사들과 오토릭샤 기사 아저씨들도 보인다. 지나가는 승려들과 마을 주민들의 평화로운 웃음소리로 가득한 거리를 지나려는데 노란 턱받이가 내 눈에 꽂힌다. 가게 앞에 멈춰 서서 한참을 만지작만지작 하는 나. 주인 아줌마가 나와서 빤히 쳐다본다.

탁아소 일이 손에 붙을 즈음 혜성처럼 내게 다가온 아이. 입술이 너무 예뻐 여자앤지 남자앤지 매일 헷갈리긴 하지만, 어쨌든 그 아이의 이름은 뗀달. 매일 얼굴이 울상이라 록빠 직원과 자원봉사자들의 눈살을 찌푸리게 하는 아이. 아직 어린 뗀달은 아가방에 있었다. 그리고 어린아이들을 돌보는 법도 모르고, 잘 돌보지도 못하는 나는 큰방에서 큰아이들과 함께 놀아야만 했다.

그런데 어느날 직원 롭상이 아가방에서 돌보던 한 아이를 나에게 넘겨줬다. 노오란 옷이 너무나도 잘 어울리는 그 아이를 얼떨결에 받아 안고 나서야 나는 비로소 알게 되었다. 사람들이 왜 그렇게 아기를 예뻐라 하는지 말이다.

그후 나는 1시 반에 딱 맞춰 오던 출근시간을 1시로 옮겼다. 일찍 오면 일찍 올수록 기저귀를 더 많이 갈아야 하지만, 가만히 자고 있는 뗀달을 볼 수만 있다면 그것으로 충분했다. 큰방에서 큰아이들을 돌보다가도 아이들끼리 잘 놀고 있는 것 같으면 직원들의 눈치를 살살 봐가며 아가방에 들어갔다. 곤히 자고 있는 뗀달 옆에 누워 쌔근쌔근 숨소리를 들어보기도 하고, 뗀달과 마주보고 누워 가만히 바라보기도 하고, 뗀달의 그 조그만 손에 내 손가락을 넣어보기도 하고, 그러다 내 손을 꾹 잡을 때면 얼굴이 빨개져 어쩔 줄 몰라 하기도 하고. 깨기라도 하면 "울지 마, 울지 마" 하며 번쩍 안아 토닥여주기도 했다.

뗀달과 뗀달 엄마.

사랑에 빠지면 모든 생각과 모든 말이 '그'로부터 비롯된다고 했나. 이상하게 나도 그랬다. 자연히 일기장의 시작은 '오늘 뗀달이~'였고 내 입에서 흘러나오는 록빠 이야기에도 뗀달 이야기가 빠지질 않았다. 물론 뗀달에게 관심 없는 언니들은 별 반응을 보이지 않았지만 말이다.

하지만 나의 편집증적인 사랑에도 불구하고 내 품에 안긴 뗀달은 절대 울음을 그치지 않았다. 으앙, 울어버리는 아이를 두고 어쩔 줄 몰라 당황하면 여지없이 롭상이 나타나 데려갔다. 그리고 마치 요술이라도 부린 듯 뗀달은 뚝 하고 울음을 그쳤다. 뭐야, 왜 내 품에선 엉엉 울다가 롭상한테 가니까 저렇게 뚝 그치는 거지? 뗀달, 내가 롭상보다 널 더 아낀다고. 내가 더 많이 좋아한단 말이야! 나는 너무 억울해 롭상을 미워했다. 그가 뗀달을 안고 있을 때마다 질투심 가득한 눈으로 힐끗 노려보며 롭상을 괴롭혔다.

내 맘을 알았는지 롭상은 자고 있는 뗀달을 나에게 안겨주었다. 눈이 반쯤 감겨 곤히 잠이 들던 뗀달은 다행히 깨지 않았다. 가슴 너머로 느껴지는 뗀달의 심장소리, 쌔근쌔근 숨 쉬는 소리에 가슴이 펑하고 터져버릴 것 같았다. 정말 눈에 넣어도 아프지 않을 것 같았고, 이렇게 하루 종일 안고 있으면 소원이 없겠다 싶었다. 그제야 나는 모든 걸 다 가진 듯한 표정으로 세상에서 가장 행복하게 미소 짓는다. 아기 좋아하는 사람들의 마음을 이제야, 정말 이제야 알 것 같다.

"으앙, 으앙!"

큰방으로 나와 놀던 뗀달이 마구 울기 시작한다.

"졸린 거야. 들어가서 재워."

자원봉사자 언니는 아무렇지도 않게 대답하지만, 나는 어떻게 우는 아이를 달래야 할지 몰라 발만 동동 구른다.

"뗀달, 졸려? 잘까?"

졸린가 싶어 뉘어보지만 울음소리는 그치질 않는다. 기저귀가 젖은 건가? 아님 내가 잘못 재우는 걸까? 뭐 짜증나는 일 있나? 도대체 뭐지? 다급한 맘에 기저귀를 들춰 보다가 아니다 싶어 담요를 가져와 덮어주지만 뗀달은 여전히 울상이다. 나는 고개를 두리번거리다 뗀달 사물함 위의 우유병을 발견했다. 저거다! 얼른 가져와 뗀달을 무릎 위에 천천히 누였다. 그러자 우유병 꼭지를 덥석 무는 뗀달.

"어, 잘 먹는다! 뗀달 안 운다, 안 울어! 내가 뗀달 맘을 알아챈 거라고!"

구사일생이라도 한 듯 나는 환하게 웃었다. 한 손으론 우유병을 잡고, 한 손으로는 뗀달의 머리를 쓰다듬으며 나는 다시 말한다.

"뗀달, 가기두(티베트어로 '사랑해'), 가기두!"

한참을 턱받이를 잡고 고민하고 있으니 주인 아줌마의 시선이 따갑다. 노오란 턱받이, 뗀달이랑 정말 잘 어울리겠다 싶어 주섬주섬 지갑을 꺼내

며 얼마냐고 묻는다. 자원봉사자 규칙상 아이나 부모에게 개인적으로 선물을 하면 안 된다는 빼마 언니의 말이 있었지만 이것만큼은 뗀달에게 꼭 주고 싶다. 겨우 턱받이인걸! 오늘만 착한아이 안 하지 뭐.

웃으며 턱받이를 건네주는 아줌마에게 "투체체"(티베트어로 '감사합니다')하며 길 한구석에서 혹시라도 뗀달을 만날 수 있을까 싶어 또 길가를 서성인다.

돌고 돌아 이어지는 마음

*록빠와 빼마 언니, 그리고 사람연대

처음 맥그로드 간즈에 도착했을 때 가끔 차가운 바람이 휘잉 불기도 했는데 2주 새 반팔셔츠를 입고 다녀도 땀이 삐질 나는 늦봄이 되어버렸다. 여기 다람살라는 지대가 높아 인도의 다른 도시들보다 기후가 온화한 편이다. 그래서인지 외국인 장기체류자들을 흔히 만날 수 있다. 참 재미있는 곳이다.

아이들을 무서워하며 벌벌 떨던 때가 엊그제 같은데, 록빠에서 일한 지 어느새 두 주가 훌쩍 지났다. 오늘도 어김없이 아침과 점심을 숙소 근처 카페에서 해결하고는 신나게 달려 록빠로 향한다. 계단을 우당탕탕 뛰어 올라가니, 내 뒤로 빼마 언니도 뒤쫓아 올라온다. 사무실에만 있으니 답답하다는 빼마 언니. 매일 일만 하는 것 같아 보이는 언니는 록빠와 어떻게 인

연을 맺게 되었을까.

록빠와 빼마 언니 :

올해 스물아홉 살인 빼마 언니는 대학시절, 인도에 너무 가보고 싶어 지인 백 명에게 만 원씩 후원해달라는 편지를 돌리고 그 돈으로 인도를 여행했단다. 운명이었을까. 한 차례의 인도 여행 후에 언니는 다시 비행기 표를 끊어 다람살라로 돌아오게 되었다. 다람살라에서 티베트 남자 잠양과 사랑에 빠졌고 결국 결혼까지 하게 되었다고. 잠양과 빼마는 인도에 살고 있지만, 아직도 억압당하고 있는 자국 티베트의 독립을 위해 무언가 하고 싶었단다. 하지만 모래 위에 성을 쌓을 수는 없는 법. 작은 것부터 시작해보자는 빼마의 제안에 탁아소를 만들게 되었다고 말한다.

"지금은 탁아소뿐이지만 앞으로 티베트 여성들이 자립할 수 있는 여성작업장도 만들고 싶어. 티베트 노인들을 위한 공간이나 청년들을 위한 문화작업공간도."

티베트 사람들이 자립할 수 있도록 이런 일을 하고 있다는 빼마 언니. 하는 일도 많고, 하고 싶은 것도 많은 빼마 언니는 록빠를 처음 만들 때를 회상하며 목에 힘을 주어 나에게 말한다.

"정말 아무것도 없었어. 단지 록빠를 만들고 싶다는 그 마음만 있었거든. 근데 그 말만 믿고 선뜻 후원해준 사람들이 있었어. 믿어주고 고개를 끄덕여준 사람들. 그렇게 록빠는 시작된 거야."

아무것도 보이지 않고, 아무것도 이뤄진 것 없는 상황에서 누군가를 덥석 믿고 도움의 손길을 내미는 사람들. 나 또한 사람들의 힘으로 여행을 시작했기에 언니의 말에 크게 고개를 끄덕인다. 국제 NGO는 그저 잘사는 선진국이 후진국에게 만들어주는 것, 결정만 내리면 떡하니 세워지는 것인 줄 알았는데. 아주 작게, 이렇게 독립적이고 자발적으로 만들어지고 성장하고 있는 NGO도 있다는 게 난 그저 신기할 뿐이다. 이어 빼마 언니는 록빠를 키워나갔던 이야기를 꺼냈다.

록빠의 자원봉사자들과 직원들.
앞줄 왼쪽에서 세 번째가 빼마 언니.

"쉬운 길도 있었지. 〈인간극장〉 같은 TV 프로그램, 인터뷰 제의가 들어왔던 게 한두 번이 아냐. 당연히 좋은 기회지. 일단 찍고 나면 엄청난 후원이 쏟아져 들어올 테고, 그럼 록빠는 빠르게 성장할 수 있을 테니까. 근데 그건 아니라는 생각이 불현듯 들더라. 나랑 잠양은 록빠를 그렇게 쉽게 키워나가고 싶지 않았어. 지속적 관심이 아닌 충동적 관심이라면 받고 싶지 않더라고. 무엇보다 우리는 록빠와 함께 차근차근 커가고 싶어. 조금씩 조금씩 우리 힘으로 성장하는 그런 록빠 말이야."

우리 힘으로 성장하는 록빠, 빼마 언니는 그 대목에서 눈망울을 반짝인다. 지금 록빠 탁아소에는 티베트인 매니저 한 명과 티베트인 직원 서너 명이 자리를 지키고 있다. 빼마 언니는 원장으로 이 공간을 맡고 있지만, 티베트 사람만으로도 이 탁아소가 돌아갈 때쯤이면 그때는 탁아소 말고, 티

베트 사람들이 자립할 수 있는 또 다른 공간들을 만들어나갈 예정이다.

빼마 언니는 록빠를 열기 전에 맥그로드 간즈에 한국식당도 차렸는데, 이름이 카페 리(ri)이다. 티베트어로 '산' 이라는 뜻을 가진 이 카페 안에 들어서면 정겨운 한글들이 먼저 인사를 건넨다. 훈민정음이 새겨진 한지를 잠양과 빼마 언니가 직접 벽에 발랐다고 한다. 소박하지만 알찬 이 식당의 한편에는 한국 책들이 꽂혀져 있다. 한국에서 지인들이 보내준 책 혹은 여행자들이 놓고 가는 책을 모아 다른 여행자들에게 빌려주고 있다. 나 역시 이 작은 도서관의 덕을 톡톡히 보고 있다. 일할 때 느껴지는 언니의 추진력 덕분에 '정말 악독한' 이라는 단어가 내 머릿속에서 떠나지 않지만, 내가 보기에 빼마 언니는 그 누구보다 인간적인 사람이다. '악독' 과 '인간적' 이라는 단어는 병행할 수 있다.

어느덧 록빠에 익숙해진 나는 어느 날 'NGO록빠' 라는 단어를 듣고 깜짝 놀랐다. 일이 끝나면 함께 저녁밥을 먹고 이야기를 나누는 이 언니가 NGO에 종사하는 사람이었다니. 학교 안에서는 NGO에 관심이 많다고 해도 입시 공부다 뭐다 해서 시간에 치여 그쪽 분야의 사람들을 많이 만날 수 없었다. 하지만 학교 밖을 나서니 꼭 만나고 싶었던 사람들과 함께 맛있는 반찬을 집어 먹으며 편하게 이야기 나눌 수 있는 기회가 주어졌다. 아니, 기회는 주어지는 게 아니라 만들어나간다는 것이 맞는 말일지도 모르겠다.

나의 천 원이 돌고 돌아 :

감기 기운 때문일까. 목이 아파 빼마 언니에게 어리광 부리니 언니는 가방 깊숙이 손을 넣어 무언가를 꺼낸다. 가방에서 나온 건 바로 아기용 감기약.

"자, 열 살짜리 애가 두 알 먹으니까 넌 서너 알 먹으면 되겠다. 이거 엄청 많이 있으니까 아프면 또 말해. 아니다, 그냥 이거 한 박스 너 가져라."

자기 맘대로 약을 처방하는 언니는 억지 약물 남용의 대가다. 도대체 이 많은 약들을 어디서 후원받았냐며 묻자 언니는 아무렇지도 않게 "사람연대에서 후원받았다"고 말한다. 사람연대? 어디서 많이 들어본 듯한 느낌이 들어 꼬치꼬치 캐묻는다. "이름이 사람연대예요? 사람연대에서 어떻게 후원받고 있는 건데요?"

아! 곰곰이 생각해보니 사람연대의 정체를 알겠다. 나는 사람연대의 정기후원자다. 고모의 소개로 사람연대를 알게 되었는데, 당시에는 사람연대가 출발하는 시기였기 때문에 적은 돈이라도 함께하는 게 좋겠다 싶어 청소년인 나는 최소 후원금액, 천 원을 후원금액란에 적어 넣었다. 어쨌든 정기후원자는 정기후원자인 셈. 천 원이라는 액수가 부끄러워 말하지 말까, 순간 머뭇하지만 너무나 반가운 맘에 빼마 언니에게 사람연대와 나의 관계를 설명한다.

"우와, 진짜 신기하다. 그럼 내가 낸 돈이 돌고 돌아서 록빠까지 오는 거네요?"

록빠와 나는 필연이 아니었을까. 사람 일은 참 모르는 거라며 빼마 언니도 하하 웃는다. 어디에 쓰이는지 몰랐던 나의 후원금이 사람의 손을 건너고 건너 인연을 만들고, 그 인연 속으로 퍼져 인도 산골마을까지 전해진다는 사실이 왠지 모르게 따뜻하다. 지금도 지구 어디엔가는 내 사랑을 받고 행복해하는 누군가가 있겠지. 어떤 이의 그 미소를 생각하니 갑자기 기분

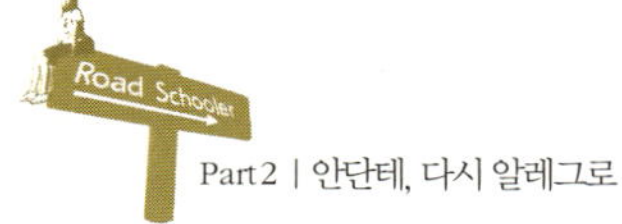

이 좋아 내 마음은 신나게 날아오른다. 이 세상, 정말 좁고도 좁다. 그래서 오늘 나는 행복하다. 록빠(친구)가 되었으니 말이다.

한국에서 다시 만난 티베트 :

맥그로드 간즈에 다녀온 지 일 년 후, 티베트 유혈사태가 벌어졌다. 올림픽 개최 준비를 하고 있던 중국은 순식간에 아수라장이 되어버렸고, 세계의 관심은 중국으로 쏠렸다. 다람살라에서 '프리 티베트'를 외치던 빼마 언니 는 한국에도 이 일을 알리기 위해 입국했다. 나 역시 '티베트 팽창전' 준비 에 돌입했다.

"보라, 너 한국에서 다시 만나니까 다른 느낌이다. 인도에선 진짜 고딩 같았는데, 지금은 아니네."

"학교를 안 다니고 있어서 그런가? 헤헤, 그나저나 언니, 애들은요?"

행사를 준비하러 가자, 빼마 언니처럼 다람살라에서 티베트 남자와 결혼 해서 살고 있던 다른 언니도 만나게 되었다. 록빠에서 만났던 사람들이 한 둘 보인다. 빼마 언니의 추진력은 여기서 또 느껴진다. 언제 이 사람들을 다 모았을까? 무섭다, 무서워.

내일 행사를 위해 나는 버튼에 쓰일 그림을 자르고 또 자른다. 평화의 팔 찌를 포장하고, 올림픽성화 평화봉송 때 쓸 가면을 만들고 또 만든다. 빼마 언니의 말에 의하면 이 단순노동은 머리와 마음을 깨끗이 정화시켜준다는 데, 아무래도 그건 우리를 달래기 위한 말인 것만 같다. 이렇게 일하면 떡 을 주는 것도 아니고 밥을 주는 것도 아닌데, 오히려 지하 생활자가 되어

때마다 넣어주는 만두만 집어 먹을 뿐인데 고딩부터 아기 엄마들까지 다들 모여 평화를 준비하고 있다. 여긴 정말 이상한 곳이다.

'평화로운 세상을 희망하는 이들의 PEACE TIBET 팽창전', 대학로에서 펼쳐진 오늘의 행사. 11시까지 모이라고 했지만 전날 자원봉사 하느라 외우지 못한 영어단어를 외우다가 늦게 자버렸다. 대학생 언니오빠들을 따라다니며 현수막을 달고, 행사장 주변에 룽타(기도 깃발)를 걸었다. 다들 바빠 아직 붙이지 못한 발바닥을 집어 들고 지하철역으로 나선다. 평소에는 아무런 생각 없이 마구 밟고 다녔던 행사용 발바닥을 내가 붙이고 있으려니 이 발바닥, 정말 소중해 보인다.

"안녕하세요, 손도장 캠페인 참여하고 가세요! '우리, 유엔에 평화를 보내요' 라는 캠페인인데요. 반기문 총장님께 티베트의 목소리를 전하는 거예요. 여기 한번 읽어보고 동의하시면 이름과 주소 적어주시고요. 뒷장에는 사인펜이랑 지장 이용해서 예쁘게 꾸며주시면 돼요. 샘플들 보이시죠? 이런 식으로요."

부스에는 벌써 사람들의 평화를 담은 손도장 엽서가 가득하다. 그나저나 유엔 총장님이 한국 사람이라 다행이다. 그렇지 않았더라면 분명 사람들은 다들 약속이나 한 듯 'FREE TIBET' 이라고 적을 수밖에 없었을 테니까.

비도 한바탕 쏟아진 뒤지만, 어떻게 알았는지 사람들이 하나둘씩 행사장으로 들어오기 시작한다. 연인의 손을 잡고 온 사람, 다람살라에서 봉사활동을 했는지 들어오자마자 자원봉사자들에게 반갑게 인사를 건네는 언니, 엽서에 티베트어로 평화를 담아주신 티베트 스님, 반 아이들을 모아 행사에 참여하러 온 초등학교 선생님까지. 다들 생김새도 다르고 옷 색깔도 다

르지만 손도장을 찍으며 평화와 티베트를 지지한다. "우리는 평화를 원해요!"

마지막 순서는 다큐멘터리와 영화 상영이다. 다람살라의 티베트 중고등학교에서 만든 영화들을 보니 맘이 찡하다. 유치하고 어이없는 스토리에 풋, 하고 웃음이 절로 나오지만 티베트 친구들이 영화도 찍으면서 유쾌하게 지내고 있다는 사실이 내 마음을 잡는다.

이어 나오는 다람살라의 평화롭고 아련한 풍경들, 그리고 티베트인의 평화시위가 무지막지하게 탄압받고 있는 동영상까지. 울부짖는 사람들의 얼굴을 차마 지켜볼 수가 없어 나는 고개를 돌린다. 진실에 무뎌져야만, 각진 곳을 깎아내야만 나는 이 세상을 편하게 살 수 있으니까. 무뎌져야만 다른 사람과 부딪치지 않고 '순조롭게' 살아갈 수 있을 테니 나는 바라보지 않으려 한다. 하지만 빼마 언니는 오늘도 이렇게 사람들에게 이야기한다.

"모두들 기억해야 해요. 우리는 이 행사를 치르면서 이렇게 웃지만 티베트, 인도 다람살라에는 평화를 외치며 죽어가는 사람들이 있다는 걸 말이에요. 생각해보세요, 당신이 사랑하는 그 티베트 아이가 커서 느낄 조국의 현실을. 그 아이가 아무리 애써봐도, 발버둥쳐봐도 바꿀 수 없는 그 현실. 그 속에서 가슴 아파할 아이가 그려지지 않나요? 그게 바로 우리가 티베트를 위해 조금이라도 움직여야 할 이유라고 생각합니다. 그것만으로도 충분하지 않을까요?"

＊
티베트 난민촌 탁아소 록빠 웹사이트 : www.tibetrogpa.org

Part Three>>>

죽음의 집에서 삶을 보다

칼리가트는, 마더하우스는 그런 곳이 아닐까.
상처받은 육신을 도우러 오는 곳이 아닌, 상처받은 영혼들이 모이는 곳.
세계 각국에서 사람을 만나고 싶은 사람들이 모여 사랑을 만나는 곳. 그 사랑으로 자신을 치유하며 웃음을 나누는 곳.
그래서 사랑으로 넘쳐나는 마더하우스는 오늘도 바빠 보인다. 무언가를 가득 채워주고 싶어서 말이다.

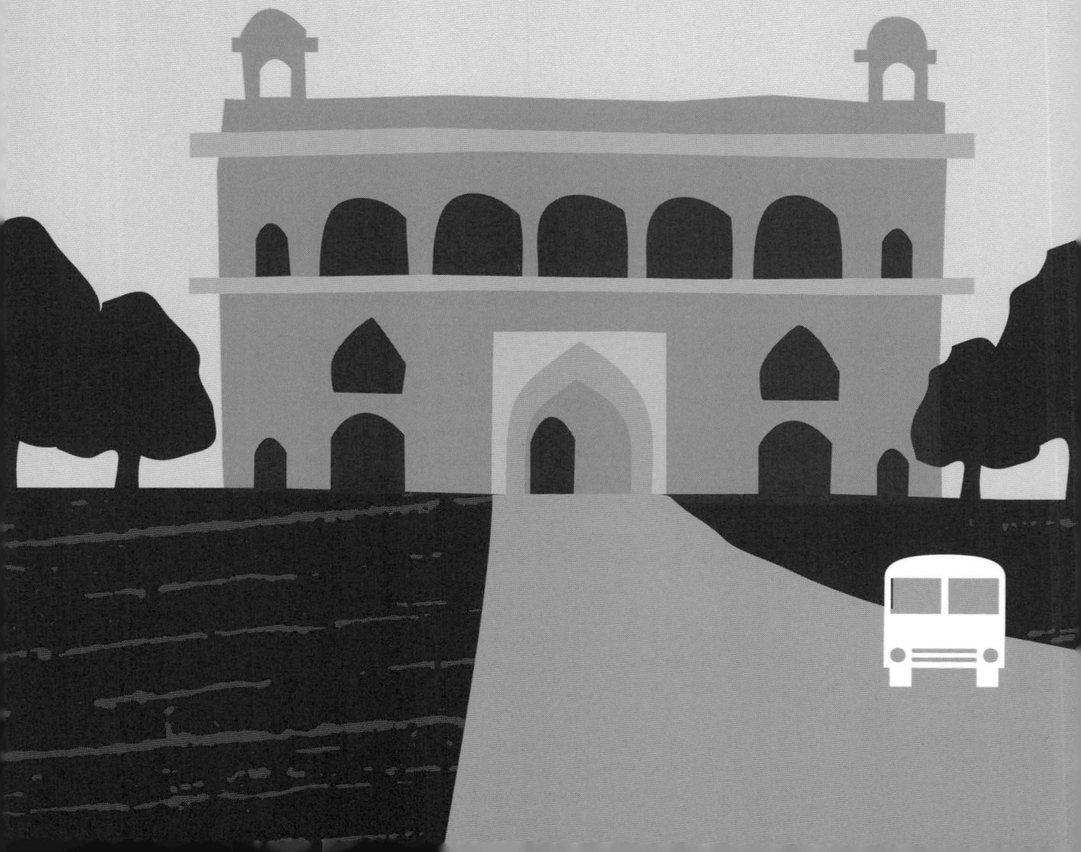

죽음을 기다리는 집에서

＊캘커타의 마더 테레사 하우스

　인도의 무시무시한 여름이 시작되었다. 아니, 정확히 말하자면 인도의 여름은 내가 인도에 첫발을 딛을 때 이미 시작되었지만 맥그로드 간즈에서도 땀이 삐질, 하고 나기 시작한 것이다. 산간지방에서 따뜻한 봄을 보낸 나는 버스를 타고 무더운 땅으로 내려왔다. 마더 테레사 하우스가 있는 캘커타로 내려가서 봉사활동을 해보고 싶다는 나에게 많은 여행자들은 말했다.

　"너 6월에 거기 가면 쪄 죽어!"

　무지막지하게 비가 쏟아져 내리는 습한 우기가 시작되기 전의 인도는 뜨겁다 못해 타오른다. 가면 고생만 실컷 할 거라는 한 언니의 말에도 불구하고 왠지 가야 할 것만 같았다. 나는 캘커타로 향하는 표를 들고 기차에 올랐다.

캘커타로 향하는 기차에 올라탄 외국인들을 모두 한 칸에 몰아넣었는지, 내 앞에는 반가운 한국 사람이, 그 옆에는 유럽 사람이, 내 옆에는 매사 조심스럽게 행동하는 일본 사람이 앉았다. 캘커타에 왜 가냐, 살며시 묻자 일본 아저씨가 떠듬떠듬 영어단어를 한 자 한 자 짚으며 대답했다.

"마더 테레사 하우스에 갈 거예요. 그중 나는 칼리가트(죽음을 기다리는 집)에 갈 예정이에요."

왜 하필 칼리가트인지 물었다. "음, 사실 아내가 얼마 전에 이 세상을 떠났어요. 그 뒤로 무척이나 힘들었어요. 마음을 추스르기 위해 인도에 온 거고, 칼리가트에서 봉사하게 되면 죽어가는 사람들을 만나게 되잖아요. 그들을 돌보며 이제는 아내를 떠나보내고 싶어요."

영어가 능숙하지 못해 떠듬떠듬 이야기하는 일본인 아저씨. 생글생글 웃으며 이야기를 꺼냈는데 되돌아오는 숙연한 대답에 나는 그저 미안한 표정밖에 지을 수 없었다. '그럼 너는 왜 가냐' 는 질문이 되돌아왔다.

마더 테레사 하우스는 나에게 로망 그 자체였다. 학교에 다닐 때 가장 열심히 읽은 건 수필, 그중에서도 여행기였다. 새로운 장소를 찾아다니며 겪는 이야기들, 낯선 사람과의 낯선 만남. 그중에서도 인도 캘커타에 틈만 나면 찾아간다는 조병준의 『제 친구들하고 인사하실래요?』는 나로 하여금 '언젠가 마더하우스에서 꼭 일해야지!' 라는 결심을 하게 만들었다.

세계 각국의 다양한 사람들이 봉사활동과 만남을 위해 찾아온다는 마더하우스. 사실 나는 첫 번째 여행지로 인도를 선택한 게 아니라, 캘커타의 마더하우스를 선택한 것이었다. 마더하우스로 향하는 길목에 서자마자 조병준이 말했던 '친구' 들을 만났고, 우리는 캘커타의 하우라 역에서 내려

택시를 잡아탔다. 마더하우스에서의 새로운 배움이 시작된 것이다.

하루 봉사 희망자에서부터 한 달 봉사자, 또 평생을 바치겠다는 사람까지 각양각색의 사연을 가진 사람들로 가득한 마더하우스. 하루 이틀 일하고 가버리는, 바람 같은 사람들이 방해될 것은 당연지사이겠지만 그럼에도 불구하고 모든 봉사자들을 다 받아들이는 것은 테레사 수녀의 마음 때문이란다. 테레사 수녀는 자신이 평생 헌신한 이곳에서 느꼈던 그 감정을, 그 사랑을 한 사람이라도 더 알았으면 해 어떤 자원봉사자든지 가리지 않고 다 받아들이자고 했단다.

마더하우스에서 일반 여행자들에게 공개된 곳은 대표적으로 네 군데. 이젠 '죽음을 기다리는 집'이란 이름으로 더 유명한, 죽어가는 사람들이 있는 칼리가트, 병든 사람을 돌보는 병원 프렘단, 정신적 질환을 가진 사람을 돌보는 다이아단, 아이들이 있는 쉬슈바반 등이다.

이제는 한국에도 많이 알려져 고개를 돌렸다 하면 한국 사람을 찾을 수 있을 정도다. 덕분에 한국인 신부님께 한국어로 오리엔테이션을 받는 특혜를 누릴 수 있었다. 어느 봉사지에서 일하고 싶냐는 물음에 나는 주저없이 "칼리가트요!"라고 대답했다. 맥그로드 간즈에서 아이들과 함께 지냈다면, 캘커타에서는 죽음과 마주해보고 싶었다. 아마도 기차에서 만난 일본인 아저씨가 한 몫을 했을 게다.

아침 6시, 부지런히 일어나 땀에 절어버린 몸을 씻고 본부로 향한다.

40도를 웃도는 더위에 숨이 막히지만, 짜이(인도 밀크티)를 마실 생각에 기운을 북돋아본다. 7시부터 본부에서는 자원봉사자들을 위해 간단한 아침을 제공한다. 짜이와 식빵, 바나나가 전부이지만 다국적의 사람들과 이런저런 담소를 나누며 끼니를 해결할 수 있다는 것만으로도 나에겐 소중한 시간이다. 이런 소소한 것에도 행복해지는 이곳은 바로 천국이 아닐까. 식사를 마치면 기도문을 읽고 찬송가를 부른 뒤, 각자의 봉사지로 향한다. 또 다른 만남과 배움을 위해.

버스를 타고 내려서도 10분은 걸어야 하는 칼리가트. 8시에 도착한 나는 저절로 하품이 나오지만 칼리가트 사람들의 아침은 시작된 지 오래다. 식빵과 짜이, 바나나가 올려진 접시를 나르는 사람들. 나도 접시 몇 개를 할머니들께 가져다드리고는 부엌으로 향했다. 이곳도 이미 분주하기는 마찬가지. 자원봉사자들은 누가 말하지 않아도 설거지 팀과 식사봉사 팀으로 나뉘어 있다. 그리고 몇몇 사람들은 이미 빨래터에서 빨래를 짜고 있다.

여기서 오랫동안 일했다는 한 아저씨는 익숙하게 비누를 풀고 빨래를 밟는다. 나도 빨래를 있는 힘껏 짜서 바구니에 담는다. 땀인지 물인지 모를 것들이 후두둑 떨어지고, 바구니는 어느 새 빨래로 가득해진다. 조금은 무거운 바구니를 들고 조심히 잿빛 계단을 오른다. 47도는 아마도 이 정도일 거야, 홀로 중얼거리며 다다른 옥상. 새까만 도화지 위에 그려진 오색 빛깔의 빨래들. '일그러진 영웅'의 표정으로 빨래를 너는 언니는 이렇게 말한다.

"계속 떨어지는 땀 때문에 빨래한테 미안할 지경이야."

작열하는 태양 아래, 그것도 새까맣게 칠해진 지붕 위에서 빨래를 너는 사람들. 오색 빛깔로 춤을 추는 빨래보다 아름다운 칼리가트 사람들의 땀. 나는 흐르는 땀을 슬며시 닦고 다시 아래층으로 내려가 빨래를 짠다.

"보라야, 살살 해. 살살 짜도 40도라 금방 말라." 혼신의 힘을 다해 짜고 있는 나를 보고 옆에 있던 언니가 안쓰러운 표정으로 말한다. 언니, 그래도 기왕 짜는 거 확실히 하면 좋잖아?

다시 채워진 바구니를 들고 까만 지붕으로 향한다. 새까만 지붕 위에서 팔을 걷어붙이고 나도 하겠다며 미끄러지는 안경을 바로 잡는다. 지붕 봉사를 전담한 아저씨가 피부 다 탄다며 선크림을 건네주기에 발라보지만, 이미 땀으로 가득한 피부와 선크림은 따로 놀기만 한다. 에라, 모르겠다. 될 대로 되라지! 나도 노랗고 빨갛고 파란 빨래들을 탁탁 털어 넌다.

빨간 옷 옆에 노란 옷을 널자 지붕 전담 아저씨, "그렇게 하면 안 된다"며 비법을 전수해주신다. 바지는 좌향좌! 원피스는 우향우! 그냥 막 널어버리면 자리도 부족하고, 나중에 빨래 걷을 때도 불편하단다. 수녀님들이 이거 해, 저거 해 하고 일거리를 따로 정해주지 않는 칼리가트에서는 이렇게 비밀리에 봉사 비법이 전수된다. 빨래 팀이 빡빡해 보이면 빨래를, 설거지가 바빠 보이면 설거지를, 수녀님들의 일손이 부족해보이면 수녀님들에게. 스스로 일을 찾아 해야 하는 칼리가트. 남이 시키는 것, 정해진 커리큘럼을 따라 움직이던 내가 변해야 하는 순간이다. 마더하우스라는 새로운 학교에서는 자발적으로 몸과 마음을 움직여야 한다.

흐르는 바람을 느끼며 빨래를 툭, 하고 턴다. 노란색 꽃무늬 옷이 바람을 따라 움직인다. 옥상으로 올라오는 빨래 바구니는 끝이 없다. 아, 그런데 터벅터벅 발걸음 소리가 내 옆에서 멈추자 내 얼굴에 함박웃음이 지어졌다.

파란 눈을 가진 청년이 바구니를 들고 왔다! 어렸을 적부터 '국제결혼'이란 거대한 꿈을 지녀왔던 나. 두근거리는 가슴을 다잡아 살짝 말을 건넨다. "때, 땡큐!" 미소로 화답하는 그 앞에서 나는 얼굴이 빨개져버렸다.

옥상의 햇볕은 점점 따가워지지만, 빨래들의 무지갯빛 향연이란! 입에 감탄이 절로 나온다. 자원봉사 기간 중에 사진을 찍을 수 없다는 게 야속한 순간이다. 마더하우스에서는 마지막 봉사 날에만 사진을 찍을 수 있다는 약속이 있다. 할 수 없이 눈에 지붕 위 풍경을 담는다. 이 순간, 필름은 그저 내 기억 한 조각일 뿐이다. 찰칵.

빨래를 다 널고는 다시 1층 할머니들 방으로 들어섰다. 한쪽에서 수녀님들은 약을 짓고 드레싱을 한다. 숙련된 장기봉사자는 익숙한 듯 드레싱을 돕고, 나처럼 초짜는 대충 눈치를 보다 일거리를 만들어내거나 수녀님 옆에 서 있다가 일을 부여받는다. "이 약이랑 시럽, 저 할머니께 드리세요. 물이랑 같이요." 하지만 어수룩한 나는 수녀님이 가르쳐준 할머니가 이 할머닌지, 저 할머닌지 한참을 헤맨다. '30번 할머니라 그랬나, 13번 할머니라 그랬나? 이름이 안젤 뭐였는데.'

부여받은 일도 쉽지만은 않다. 이리저리 약을 들고 할머니들 사이를 헤매다보니 어느 할머니가 나를 툭툭 친다. 고개를 돌려 그 할머니가 가리키는 방향을 바라본다. 자원봉사자들이 시계를 바라보며 계단을 오르고 있다. 아, 티타임! 10시 반의 티타임이 되면 모든 자원봉사자들은 2층에 모여 짜이, 비스킷, 식빵, 생선 등으로 허기를 달래곤 한다.

아침을 식빵 몇 조각과 짜이르 때운 혈기왕성한 청소년인 나는 비스킷 상자 뚜껑이 열리자마자 덥석 하나 베어 물었다. 한 컵 가득한 짜이와 식빵만큼 커다란 열량 높은 비스킷 세 장, 두세 장의 식빵에 생선도 한 조각 집어 그릇에 올린다. 이미 칼리가트 2층의 이쪽저쪽은 이야기 한마당이 펼쳐졌다. 나도 일본인 아줌마들 사이에 앉아 허겁지겁 음식을 집어넣고는 이야기를 꺼내보려는 찰나, 아줌마들은 "잘 먹었습니다" 하며 자리를 뜬다. 흑, 다들 정말 열혈봉사자다.

나도 그릇을 비우고 다시 할머니들이 있는 곳으로 내려간다. 이제부터는 할머니들이 기다리고 기다리던 칼리가트의 점심시간! 누가 인도 아니랄까봐 칼리가트에도 커리가 빠지지 않는다. 맛살라 향 그윽한 커리와 밥, 그리고 과일. 할머니들은 늘 무표정인 줄만 알았더니, 점심시간이 되자 다들 신난 눈치다.

꼬르륵, 간식을 먹고 내려왔지만 나도 배가 고프다. 다시 자원봉사자들은 할머니의 수발을 거드는 팀과 설거지 팀으로 나뉜다. 나도 할머니들 틈에 끼어 숟가락을 들고 식사를 거든다. 이 할머니는 자기 손으로 숟

식사를 도와드리고 안젤리할머니와 함께한 컷

가락을 들지 못한다.

"할머니, 제가 너무 빨리 먹여드리는 건 아니죠? 꼭꼭 씹어 드시고 계세요?" 말을 걸고 싶지만 힌디를 모르는 나. 몇 단어 알고 있긴 하지만, 인도라는 나라는 어마어마하게 크기 때문에 굉장히 많은 종교만큼 굉장히 많은 언어로 채워져 있다. 캘커타는 벵갈어를 주로 쓴다고 한다. 어쩔 수 없는 나는 할머니에게 한 마디 겨우 건넨다.

"아차(힌디로 '괜찮으세요')?"

할머니가 오른쪽으로 고개를 갸우뚱한다. 깜짝 놀라 할머니를 다시 바라보는 나. 아참, 인도는 고개를 갸우뚱하는 게 '그렇다'는 의미지. 낯설지만 나도 고개를 갸우뚱하며 "아차"라는 말을 입에서 내뱉어본다.

이렇게 칼리가트의 오전 일과는 끝이 난다. 좀 더 부지런한 자원봉사자들은 오후 봉사까지 뛴다고 하지만 정오 쯤에는 무지막지하게 더운 이런 나라에서는 침대에 누워 그저 푹 자주어야 하는 것이 법칙이다. 영화 보러 간다는 사람들에게 잘 갔다 오라며 안녕을 고하고 나는 침대로 몸을 던졌다.

털털거리며 팬이 돌아가는, 자다 보면 땀이 뻘뻘 쏟아지는 캘커타 여행자숙소의 침대 위에서 나는 희미하게 미소를 짓는다. 한국에서의 생활과는 비교할 수 없는 이곳에서의 배움. 나는 눈을 비비며 일어나 여행자숙소 카운터에 돈을 내밀며 이렇게 말했다. "한 달 방세 미리 낼게요. 그 대신 좀 깎아주실 거죠?"

한디는 몰라도 수화가 되잖아

*압둘, 그리고 우리 엄마 아빠

기억해? 우기가 시작되기 전에 푹푹 찌고 찌던, 저절로 얼굴을 찌푸렸던 캘커타의 6월을. 가만히 서 있어도 땀이 주르륵 흐르던 그 거리에서, 너네 가게에 찾아와 늘 가지볶음밥을 시키고는 땀을 뻘뻘 흘리며 그릇을 싹싹 비우던 노오란 곰돌이 티셔츠의 아이를. 먹다가도 너의 손짓 발짓을 숨죽여 바라보았던, 바라보다가 알아듣겠다는 듯 피식 웃었던 그 아이를 말이야.

나, 너와 새끼손가락을 걸고 했던 약속은 아직 지키질 못했어. 그래서 이렇게 대신 편지를 보내. "다음엔 꼭 너희 부모님이 오셨으면 좋겠어. 다음에 꼭 모시고 와! 그게 정 힘들면 너희 부모님만 오셔도 상관없고 말야." 너의 바람대로 우리 엄마 아빠도 꼭 인도에 가볼 날이 오면 좋겠다.

나 솔직히 널 처음 봤을 때, 정말 깜짝 놀랐다. 정말로. 저 앞 티루파티라는 포장마차에서 가짜 한국 음식을 판다는 소리에 찾아갔는데, 메뉴 중에 그래도 가지볶음밥이 제일 맛있겠다 싶어 그걸 골라 먹었거든. 근데 너와 네 친구가 이야기를 하더라. 손과 발을 동원해서 말이야. 물론 익살스런 표정도 함께 말이지.

난 그 표정, 정말 오랜만에 봤어! '말'이라는 언어 대신 수화를 쓰는 사람들은 얼굴 표정부터가 다르거든. 꼭 무대 위에서 과장된 연기를 하고 있는 사람들 같달까. 반갑기도 했고, 동시에 신기하기도 했어. 아빠가 한국 수화와 외국 수화는 다르다고 이야기할 땐 반신반의 했는데 정말 다른 거야! 대화 내용의 뉘앙스는 풍겨져 오는데 도대체 무슨 소린지 알 수가 있어야지.

근데 왜 바로 아는 체 하지 않았냐고? 일단 난 수화를 할 줄 알지만, 그래도 좀 무서웠어. 우리가 아예 소통하지 못하면 어쩌나, 하고 걱정했거든. 무엇보다 엄마 아빠가 생각나서, 눈시울이 붉어져서 참을 수 없었어. 그야말로 눈물 콧물 섞인 감동의 가지볶음밥이었다니까. 아마 네가 그런 날 봤으면 '가지볶음밥이 그렇게 맛있나?' 생각했을지도 몰라, 헤헤. 알지? 그 뒤로 나 티루파티 매일같이 출석했던 거.

"우리 엄마 아빠도 너처럼 말도 못하고, 듣지도 못해. 그래서 나 수화를 할 줄 알아."

그 다음날 널 만나자마자 나는 용기를 내어봤어. 손짓 발짓을 크게 하며 얼굴 표정을 익살맞게 지어 수화로 말을 걸었지. 그런 나를 본 넌 가지볶음밥을 건네주다 말고 눈이 댕그래졌었을 거야. "뭐라고? 야, 쟤네 엄마 아빠

도 말 못한대. 쟤 봐봐. 저거 코리아 수화래."

나는 너와 이렇게 대화할 수 있을지 생각조차 못했었어. 한국 수화랑 인도 수화는 확연하게 다른데 의사소통을 할 수 있을까, 걱정했거든. 하긴, 다른 사람들은 언어의 장벽 따위 가뿐히 뛰어넘고 사랑까지 한다던데. 모든 언어의 시초인 수화가 통하지 않을 리 없지!

"그럼 너네 엄마 아빠는 어디 있어?"

"당연히 한국 집에 있지."

"왜 엄마 아빠는 함께 오지 않았어? 여기서 만나는 여행자들은 온통 비장애인들뿐이야. 비장애인들은 우리 수화를 잘 알아듣지도 못하잖아. 난 다른 나라 청각장애인들도 많이 만나서 이야기해보고 싶은데 말야. 비장애인들과는 대화가 잘 안 통하니 별로 재미가 없어."

사실 난 너의 그 말에 아무 말도 하지 못하겠더라. 우리 엄마 아빠가 왜 이곳에 오지 않았는지, 아니 오지 못했는지 수화로 이야기하기엔 너무 버거웠어. 만약 한국 수화와 인도 수화가 같았다고 해도 난 대답할 수 없었을 거야. 왜 여기엔 늘 비장애인들뿐인지 말이야. 그래서 난 이렇게 짧게 대답했지. "돈과 시간이 없어서, 아닐까?"

"난 청각장애인들이랑 같이 이야기해보고 싶고, 놀러도 가보고 싶은데 도저히 만날 수가 없잖아. 정말 억울해!"

너는 울분을 터뜨리며 말했어. 나는 그저 웃을 수밖에 없었지, 뭐. 네 앞에서는 참 막막했는데 한국에 돌아오니까 아쉽더라고. 말 꺼내기 어렵더라

압둘이 일하는 식당 티루파티

도 너와 함께 있을 때 충분히 더 설명해줄걸, 하고 말이야. 곧 더 많은 장애인들이 널 찾아와 말을 건넬 거라고. 그럼 넌 산에 함께 놀러도 가고, 캘커타도 구경시켜줄 수 있을 거라고. 왜 난 한 마디 말도 못하고 끙끙댔는지 몰라.

너와 처음 이야기를 시작한 날, 그날이 티루파티의 휴가 전날인지 나는 몰랐지. 캘커타에 찾아온 우기로 도저히 장사를 할 수 없어 고향으로 돌아갈 예정인지 나는 몰랐어. 그래도 다행이야! 내가 캘커타를 떠나던 날, 기적적으로 네가 캘커타로 돌아왔으니 말야.

"압둘, 정말 오랜만이야! 고향 집에 잘 다녀왔어? 이제 다시 티루파티 문 여는 거야? 네 친구들은 다 어디 갔어?"

"응, 기차 타고 다녀왔어. 이제 그릇도 닦고 가게 열 준비 해야지. 같이 일하던 친구도 자기 집에 갔는데 언제 올지 잘 모르겠어. 너도 알다시피 아무런 연락 수단이 없잖아. 그냥 기다려야지 뭐."

아차, 당연히 연락수단이 있을 거라 생각했던 나는 또 실수를 해버리고 말았다. 어렸을 적에는 우리 집에 팩스가 있었다. 엄마 아빠는 매일 같이 종이에 무언가를 끼적이며 친구들과 이야기를 주고받았다. 그리고 나는 엄마 아빠의 이야기를 수화기 너머의 누군가에게 전해주었다. 어느 새인가 팩스는 서랍 속으로 자취를 감추었고, 엄마 아빠의 손에는 핸드폰이 쥐어졌다. 무언가를 끼적이던 손은 핸드폰 키패드를 꾹꾹 누르고 있었다.

그러다 집에 커다란 화면이 달린 전화기가 들어왔다. 텔레비전에서만 보던 화상전화기라는 거였다. 그것이 어느 새 핸드폰 안으로 들어오게 되었고, 비로소 엄마 아빠는 언제 어디서나 친구들과 자연스레 이야기를 나눌 수 있게 되었다. 하지만 그 혜택은 한국에서 이루어질 뿐이었다.

"우와, 그럼 정말 불편하겠다. 근데 압둘, 왜 이렇게 늦게 왔어. 나 오늘 밤에 떠나, 다즐링이라는 산으로. 이거 봐, 오늘 밤 11시 기차표야."

"뭐, 간다고? 가지 마. 우리 본 지도 얼마 안 됐는데 왜 벌써 가? 너랑은 말이 통해서 훨씬 재밌단 말이야. 다른 사람들은 내 말 이해도 못하는걸. 그러니까 가지 마, 응?"

"미안, 압둘. 하지만 이제 가야 해. 기차표도 끊었는걸. 대신 편지 할게!"

서둘러 떠나야 한다고 했던 그 순간이 지금 와서 조금 후회되긴 해. 그냥 더 머물러 있을걸, 너와 함께하면서 인도 수화도 배우고 네 친구들도 좀 더 많이 사귀면서 깔깔 웃어볼걸 하고. 그 시절의 나는 무엇에 그리 쫓겨 다녔는지 몰라.

"그럼 너 돌아가서 꼭 엄마 아빠한테 전해줘. 인도에서 청각장애인 친구를 만났다고. 다음엔 꼭 엄마 아빠도 여기 오라고. 딸과 함께 올 수 없다면 둘이서 와도 괜찮다고. 내가 너무 너무 뵙고 싶어 한다고 말야, 알겠지? 나 다른 나라 청각장애인들도 많이 만나보고 싶어. 이야기해보고 싶고."

사실 나는 또 그저 웃을 수밖에 없었다, 압둘. 확답을 주기 힘들었어. 그게 불가능해 보였거든. 그냥 이렇게 말할걸 그랬나? 이 세상엔 다양한 모습을 가진 사람들이 살고 있는데 그중에는 비행기를 쉽게 탈 수 있는 사람도 있고 입에 풀칠하기 힘든 사람들도 있다고. 그냥 조금 '다른' 것뿐인데 사람들의 삐뚤어진 시선으로 그 사람들은 힘겨워하며 살고 있다고 말이야.

어쩌면 한국은 인도보다 더 갑갑한 사회, 닫힌 사회일지도 몰라. 한국은 다양성을 많이 억압하고 짓누르거든. 팔과 다리는 당연히 두 개여야 하고, 눈과 귀도 두 개여야 하지. 남들과 같지 않으면 사회에서 튕겨져버려.

아! 지금까지도 잊을 수 없는 캘커타의 가지볶음밥. 너를 보며 먹던 가지볶음밥은 엄마 아빠 생각으로 온통 눈물 콧물 범벅이었다구. 나는 요즘 힘들어하는 엄마 아빠를 보면서 청각장애인들은 도대체 어느 나라에서 행복할 수 있을까, 편안할 수 있을까 하는 생각을 해. 간혹 엄마 아빠는 텔레비전 속 화면을 보며 "나중에 캐나다로 이민 가자, 호주로 갈까?"라고 말을 하지만 과연 그곳은 다를까 하는 의문이 들거든.

압둘, 넌 지금 그곳에서 행복하니? 인도 캘커타의 6월, 그곳에서의 나는 행복했었던 것 같은데……. 내가 행복했으니까 우리 엄마 아빠도 그곳에서 행복할 수 있을까? 네 소원대로 얼른 비행기 표 끊어서 보내드려야겠다! 아, 네가 함께 가져오라던 텔레비전도 빼먹지 않고 말야. 그럼 우리 모두, 다 행복할 수 있을지도 몰라. 우리 모두가 신나서 저절로 배를 잡고 웃을 수 있는 날을 기약하며. 행복해, 압둘!

※
캘커타에서는 유독 청각장애인들을 많이 만날 수 있었는데, 그 이유는 캘커타 서더스트리트(여행자거리) 근처에 DFFC(DEAF FOREVER FRIENDS CIRCLE)가 있기 때문이다. 나도 가보고 싶었으나 떠나는 날 이곳을 알게 되었기에 갈 수 없었다. 청각장애인에게 관심이 있다면 추천해주고 싶다.
주소: 125 Park street, Kolkata 700017

"나 너 좋아해"

한 여름 캘커타의 끈적끈적한 거리. 때에 맞춰 조금씩 쏟아져 내리는 단비와 반갑지만은 않은 모래바람. 그리고 고깃덩어리가 떡 하니 갈고리에 걸려 있는 정육점, 이라기보다는 푸줏간이라 불러야 할 것 같은 가게. 연극무대 같은 풍경을 뒤로, 나와 끄아는 고기를 사고 있었다. 물론 옆에서 인도아이들이 달라붙어 끊임없이 "기브 미 원 루피! 기브 미 원 루피!"를 외쳐댔지만.

"나 오늘 밤에 파티 할 건데, 같이 고기 사러 안 갈래?"

"근처에 정육점이 있어? 우와! 같이 가자."

푸줏간에 갈 거라는 끄아를 따라갔더니 인도아이들은 끄아의 뒤를 신나게 좇는다. 저번에도 끄아가 돈을 줬나? 귀찮은 표정으로 끄아는 주머니에서 꼬깃꼬깃하게 접힌 10루피를 꺼내 던지고 만다.

"끄아, 이거 그냥 주면 우째! 길거리에서 박시시(구걸)하는 애들한테는 쉽게 돈 주면 안 되는 거 알고 있잖아."

"그래도 귀찮은걸 어떡해. 어유, 귀찮아."

끄아가 던진 10루피를 서로 갖겠다고 싸우는 아이들 속을 비집고 들어가 다시 뺏어오는 나. '줬다 뺏는 건 세상에서 가장 치사한 일이니까…….' 나는 잠시 고민하다 길가 가판대로 달려가 한 장의 지폐를 열 개의 동전으로 바꿔 온다.

"자, 사이좋게 2루피씩! 어라, 두 개 남네? 그럼 이건 내 몫."

동전 두 개를 주머니에 집어넣는 나를 보며 끄아는 킬킬 웃는다. 그날 밤 푸줏간에서 구입한 정체 모를 고기는 끄아의 정체불명 태국식 고기볶음요리가 되었고, 그 요리는 정말 '최고'였다. 여행을 하는 것도 아니요, 그렇다고 마더하우스에서 봉사활동을 하는 것도 아닌데 캘커타의 여행자거리를 누비며 먹고 자는 친구, 끄아.

끄아는 유학 아닌 '유학'을 온 것이라고 한다. 끄아네 아빠는 태국의 소시지 공장 사장님인데 무슨 일이 있었는지 당분간 들어올 생각 하지 말라며 캘커타로 유학을 보냈다고. 유학을 왔다지만 아직도 어눌한 끄아의 영어발음과 영어단어는 "온지 꽤 됐어" 하며 웃는 끄아를 머쓱하게만 한다.

로맨스가 뭔데? :

뒤척이는 소리만 가득한 여행자숙소 파라곤의 도미토리(다인실). 나 빼고는

온통 남자인 방에서 땀을 흘리며 자고 있는데 누군가의 손길에 소스라치게 놀라 일어나고 말았다. 눈을 떠 바라보니 바로 끄아. 나는 손목시계를 가리키며 말한다.

"지금 새벽 3시야. 나 내일도 6시에 일어나서 칼리가트 가야 한다고!"

여덟 시간은 꼬박꼬박 자줘야만 최상의 에너지를 발휘할 수 있는 나. 그런 내가 싫어하는 두 가지 유형의 사람이 있다. 1. 먹는데 방해하는 사람, 2. 자는데 방해하는 사람. 왜 깨우냐고 물으니 끄아는 얘기 좀 하자며 목청을 높인다.

"쉿! 옆 사람 깨면 어쩌려고 그래. 알겠어, 나갈게. 제발 조용히 해."

끄아와 함께 복도 계단에 앉았다. 그러자 기다렸다는 듯 시작되는 끄아의 이야기. "나 너 처음 봤을 때부터 관심 있었어. 혹시 남자친구 있니?"

끄아! 정말 별난 취향이다. 사실 내가 파라곤에 처음 도착했을 때 정말 이상하다 못해 괴상한 양 갈래 삐삐 머리를 하고 있었는데! 그 모습이 좋았다는 건지, 말로만 그러는 건지, 아님 술주정인지 구분할 수는 없지만 나 좋다는 사람 매몰차게 밀어내기 힘들어 고개를 끄덕이며 나는 끄아의 말을 열심히 듣는다.

"진심이야. 나 너 좋아해. 남자친구 없지?"

20분은 지났을까. 이러다 내일 못 일어나겠다 싶어 끄아에게 말한다. "미안, 나 사실 남자친구 있어. 이제 정말 자야겠어. 잘 자!" 남자친구가 도대체 누구냐며 끈질기게 묻는 끄아를 일으켜 바로 옆 도미토리로 등을 떠민다. 그리고는 나는 침대로 다이빙! 으악, 내일 일어날 수 있을까?

날 좋아한단 말에 끄아가 부담스러워지기 시작했다. 술주정이었는지, 진심이었는지 그건 모르겠지만 좋아하지도 않으면서 내가 먼저 오해 살 행동을 하면 안 되니까. 정 주고 마음 줘버리면 괜히 끄아만 힘들 테니까. 밤마다 끄아와 함께 이야기하던 나는 이제 종종 책 읽는 척을 했고, 자는 척을 했고, 바쁜 척을 했다. 부자연스럽게 행동이 바뀌어버린 나를, 끄아는 이상한 눈초리로 쳐다보곤 했다.

그날도 어김없이 칼리가트에 다녀온 나는 숙소 계단에 앉아 겨우겨우 눈을 굴리며 책을 읽고 있었다. 어디선가 살기가 느껴져 휙 고개를 들려 왼쪽을 바라보니 숙소 구석에 놓인 테이블에서 끄아와 다카시가 날 심각하게 쳐다보고 있는 것이 아닌가. 두 남자의 눈빛이 너무 진지해 순간 얼어버린 나는 살짝 웃음을 지으며 태연하게 책 읽는 척을 했다. 터벅터벅, 일본 친구 다카시가 다가와 나에게 말했다.

"보라, 나랑 진지하게 이야기 좀 하자."

다카시는 나를 구석으로 데리고 가 사뭇 진지한 표정으로 말을 건넸다.

"끄아가 너 좋아하는 거 알지? 끄아가 말했다며."

"어, 어? 으응."

"넌 끄아한테 관심 없어? 끄아는 너 진심으로 좋아해. 내가 보기엔 보라 너도 관심 있어 보이는데 한국 사람들이 너희 둘 사이를 좀 간섭하고 있는 거 같애. 한국 사람들이 끄아에 대해 나쁘게 말하니?"

다카시의 난데없는 질문에 당황한 나. 사실 마더하우스 가는 길에 사람들이 나에게 그렇게 이야기했던 적이 있지만, 끄아에게 감정 표현을 못하는 건 그것 때문이 아니었다. 끄아가 날 좋아한다는 사실은 고맙고 유쾌한 일이지만 더 이상 사람들을 혼란시켜서는 안 되겠다는 생각이 들었다.

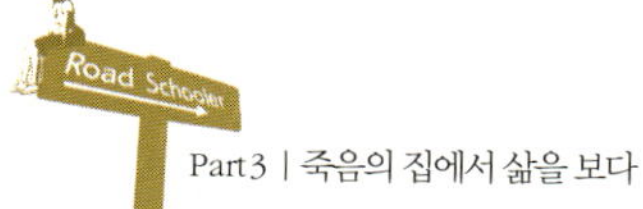

"아냐, 끄아는 단지 내 친구일 뿐이야. 좋아하지 않아."

이내 당황한 표정을 지으며 다시 내 생각을 물어보는 다카시.

장난스런 표정으로 햄버거를 먹고 있는 끄아.

"으응, 너 끄아 안 좋아해? 끄아에 대해서 로맨스를 느끼는 거 아냐?"

로맨스? 로맨스란 단어는 영화에서나 나올 법한 그런 단어라고.

"다카시, 로맨스란 단어는 정확히 뭘 말하는 건데?"

"로맨스? 뭐라고 말해야 할까. 음, 예를 들면 로맨스를 느끼면 손도 잡고 싶고, 키스도 하고 싶고, 섹스도 하고 싶잖아. 그런 거 말야."

"뭐라고? 다카시, 나 아직 인터내셔널에이지로 16살이야. 그리고 섹스라는 말도 나한텐 아직 부자연스러워. 넘을 수 없는 벽같이 느껴지는 그런 거 있잖아. 사실 그게 뭐 잘못되었다는 말은 아닌데 아무튼 난 아직은 아닌 것 같애. 난 끄아랑 키스하고 싶지도 않고, 섹스하고 싶지도 않아. 노 로맨스야, 노 로맨스!"

따발총같이 말을 다다다 뱉어내는 나의 모습이 당황스러웠는지 다카시는 갑자기 꼬리를 내리며 미안하단 말을 연거푸 뱉어낸다.

"으악, 미안해. 보라, 나는 네가 끄아를 좋아하는데 표현 못하는 줄 알고. 그래서 끄아를 도와주고 싶었던 거야. 단지 그것뿐이야. 미안."

그래도 내심 좋았다. 미안하고 당혹스러워 끄아의 눈을 진지하게 쳐다볼 수는 없었지만, 날 쳐다봐주는 끄아가 좋았다.

어느 날, 끄아는 늘 앉아 있던 숙소 테이블에 여전히 더위 먹은 표정으로 앉아 있었다. 그런데 끄아가 만지고 있는 것이 바로 내 카메라가 아닌가. 어라, 이상하다. 내 카메라는 자물쇠 달린 물품보관함에 있는데, 어떻게 꺼냈지? 나는 의심 머금은 표정으로 끄아에게 한 마디 내뱉는다.

"야, 이거 내 카메라잖아! 너 이거 어떻게 꺼냈어? 야, 이 도둑놈아."

"무슨 헛소리야. 이거 내 카메라거든?"

얼른 달려가 보관함을 확인해보니 멀쩡히 들어 있는 내 카메라. 우연찮게 카메라 기종까지 똑같았던 끄아와 나. 끄아는 카메라 기종도 같은데 사진 연습하러 근처 공원으로 사진 찍으러 가잔다. 비록 내가 약속시간에 늦어버려 사진은커녕 공원에도 들어가지 못했지만, 맥도날드에서 아이스크림은 먹을 수 있었다.

예전과 똑같이 날 대해주는 끄아. 다행이다, 아무것도 변하지 않아서. 아무렇지 않게 사진도 찍으러 다니고 맛있는 것도 먹으러 다닐 수 있어서 참 다행이다.

끄아에게 보내는 뒤늦은 답장

"1년 반이나 캘커타에 있었다며, 이제 집에 가고 싶지 않아?"라는 내 질문에 가끔은 너무 가고 싶어서 비행기 표를 알아보기도 한다고 귀띔해주던 너. 술을 좋아해 매일 술 마시다 돈이 떨어져 밥을 굶기도 하고, 자기가 요리를 하겠다며 지갑을 탈탈 털어 파티를 벌이고는 다음 날 일어나 또 돈이 떨어졌다고 걱정하고. 하루 종일 하는 것 없이 숙소에서 놀고 있는 것 같아 내가 이렇게 타일렀잖아. "끄아, 오늘은 술 먹지 말고 일찍 자. 내일 6시에 일어나서 같이 마더하우스 가자." 그러나 다음 날 역시 술 먹고 뻗어 있는 널 보며 나는 한숨 내쉬었지.

마리화나를 구입했다며 담뱃잎에 돌돌 말고 있는 널 보고, "우와 신기하다. 이게 마리화나구나. 끄아, 근데 이거 그만 좀 해. 몸에 좋지도 않잖아. 너 계속 이거 하면 내가 대신 핀다!" 그래도 난 피우면 안 된다며 내 손에 들린 마리화나와 담뱃잎을 바로 낚아채던 너. 날 좋아한다고 수없이 얘기했던 너. 사실 네 덕분에 캘커타에 머물던 한 달 동안 정말 맘이 편했어. 힘들고 지칠 때, 혹은 즐거운 일이 있어 자랑하고 싶을 때 넌 늘 웃으며 내 어깨를 토닥여줬으니까 말이야.

하지만 난 너를 치료할 수 없을 거라고 생각해서, 너에게 아무 도움이 되지 못할 거라고 생각해서 캘커타에 머무르던 내내 마음이 불편하곤 했어. 날 좋아한다는 너에게 어떻게 대해야 하는지도 잘 몰랐고 말야. 그런데 돌아와서 생각해보니 오히려 내가 너에게 치료를 받았던 건 아닐까, 하는 생각도 들어. 가끔 한국에서 지치고 힘들 때, 네가 생각 나기도 하니까 말야.

나, 네가 전해준 편지 아직도 가지고 있어! "보라, 너 인도 다음에 네팔 갔다가 태국 간다고 했지? 이거 한 개는 꼭 태국 가서 열어봐. 꼭. 절대 그 전에 열어보면 안 돼! 알았지?" 나 네 편지가 너무 너무 궁금했는데 참고 참아 태국 도착하자마자 읽었다! 나 착하지? 네 편지에 넣어둔 네 사진, 혹시라도 흰 봉투에 비칠까 여러 장의 종이를 겹쳐 넣은 너의 센스에 그만 푸하하, 하고 웃음을 터뜨려버렸어. 네가 내게 장난치며 늘 했던 그 말, 편지 마지막 줄에도 여전히. 기억해? 우리 둘만의 비밀 아닌 비밀. 보고 싶다, 끄아.

제 친구 란나 아줌마예요

*칼리가트의 최강 커플

"보라야, 일어나!"

같은 숙소를 쓰고 있는 한국인 자원봉사자 오빠가 나를 깨운다. 아직도 아침에 혼자 힘으로 일어나기가 힘들다. 어젯밤엔 홀로 감상에 젖어 일기를 길게 쓰다 보니 새벽 1시에 잠이 들고 말았다.

캘커타의 여행자거리 풍경은 다른 도시와는 약간 다른 느낌이다. 여행자들이 많이 모인 곳이면 밤마다 시끄럽다 못해 음악과 소음, 불평불만이 터져 나오는 게 당연한데 이곳 여행자 중 반은 마더하우스 봉사자들이라 밤 10시만 되어도 취침 준비에 여념이 없다. 물론 끄아가 푸줏간에 다녀와 음식을 만드는 날은 그렇지 않지만.

오늘도 본부에서 간단하게 아침을 먹고, 여기서 친해진 언니와 칼리가트

로 향한다. 아침부터 푹푹 찌는 더위에 숨이 저절로 막혀오지만 언니의 걸음걸이는 나를 늘 주저앉게 한다. 한국에서 가져왔다는 전통부채를 들고 휙휙 걷는 언니의 모습을 보고 있자면, 정말 조선시대 양반들 걸음걸이가 저랬으리라 싶다. 언니 덕분에 오늘도 배를 잡으며 웃는다.

막 도착한 칼리가트에서는 오늘도 시신이 옮겨지고 있다. 오늘은 두 구다. 늘 있는 일인데도, 이 풍경은 나에게 어색하다. 어떤 표정, 어떤 생각으로 그 풍경을 바라보아야 하는지 나는 그저 고민할 뿐이다.

중학교를 다니는 3년 동안 나는 복지원에 봉사활동을 나갔다. 할머니와 눈을 마주치며 손톱 발톱을 깎아드리던 순간이 아직도 잊히지 않는다. 사실 그 기억 때문에 아이들을 돌보는 것보다는 할머니 수발드는 게 더 자신 있고 익숙했다. 하지만 내가 나가던 복지원엔 '죽음'이란 게 없었나보다. 아니, 열다섯 살의 나는 인식조차 하지 못했던 것 같다.

나는 '죽음을 기다리는 집이라는 칼리가트에 가면 죽음이 뭔지 조금은 알 수 있겠지' '죽음에 대해 생각할 수 있는 시간이 있겠지'라고 막연히 기대하고 칼리가트를 신청했다. 다른 사람들은 칼리가트에서 삶과 죽음이 공존하는 순간이 아이러니하다는데 나는 잘 모르겠다. 생각할수록 머리만 아프다. 모든 생각이 해피엔딩으로 끝나는 유쾌한 성격의 나는 그냥 삶만을 생각하기로 한다. 죽음도 삶의 한 과정인 게 아닐까? 오늘도 나만의 해피엔딩으로 생각을 마무리 짓고, 앞치마를 두르자마자 란나 아줌마에게로 달려간다.

"아줌마! 나 왔어요."

오늘도 날 보자마자 환한 미소로 인사를 건네는 아줌마. 아줌마의 웃는 얼굴을 보고 있자면 정말 여기가 죽음을 기다리는 집인가, 하는 생각이 절로 든다. 그의 웃음은 삶, 그 자체니까.

란나 아줌마는 하체가 불편해 잘 걷지 못한다. 그래서 발 대신 손으로 걷는다. 오늘도 하체트레이닝을 하겠다는 아줌마와 함께 구석에 있는 계단으로 향한다. 계단의 몸뚱이를 잡고 몸을 움직여 앉았다 일어나기 수십 번을 반복하는 아줌마.

"엑, 도, 띤, 짜르, 빤쯔!"

다섯 개까지는 입을 모아 함께 세지만 다섯 이상은 힌디로 표현할 수 없는 나. 대신 손짓으로 열심히 세며 머쓱하게 웃는다. 오로지 몸짓과 눈빛으로만 소통할 수 있는 란나 아줌마와 나지만, 신나게 노는 데는 칼리가트의 그 어느 누구도 우릴 따라올 수 없다.

말이 통하지 않아 누구도 놀이를 제안할 수 없었고, 게임 방법을 설명할 수도 없었지만 우리에겐 마음으로 이야기하는 놀이가 존재했다. 이름도 소박하고 놀이방법도 소박한, 입에 공기 불어넣고 빼기 놀이. 이 게임은 각자 입 안에 공기를 마구 불어넣어 탱탱하게 한 후, 손바닥으로 볼을 쳐 요란한 소리를 내며 공기를 조금씩 빼내는 놀이다. 란나 아줌마의 반응은 정말 폭발적이다. 한 번 하고나면 꺄르르, 하며 몸을 제대로 가누질 못한다.

이 놀이가 뭐가 그리 좋은지는 몰라도, 어느 순간부터는 내 얼굴을 보자마자 질세라 입에 공기

부터 불어넣는다. 아줌마에게 귀엽다는 표현을 써도 되는지는 잘 모르겠지만, 아무튼 귀여워 죽겠다. 윙크 놀이도, 메롱 놀이도, 자는 척 하기 놀이도 시끄럽고 신나게 하는 우리. 배를 잡고 한참 웃다 보니 슬슬 수녀님들의 눈치가 보이기 시작한 나는 이따 보자며 살짝 눈인사를 건넨다.

"일 좀 한가해지면 올게요. 이따 봐요."

내 말을 알아듣는 건지, 아님 그냥 웃는 건지 손을 흔들어주는 란나 아줌마. 왠지 연애하는 것 같단 생각이 들어 입가에 웃음이 피어오른다. 모든 사람들이 봉사활동을 연애처럼 한다면 세상은 핑크빛으로 물들겠지.

란나 아줌마를 만나기 전의 칼리가트는 나에게 그저 봉사지, 혹은 일터에 불과했다. 하지만 이제는 뭐랄까. 가족이 있는 곳 같다. 내가 신이 나 달려오는 곳, 보고 싶은 사람이 있어 찾아오는 곳이다. 봉사활동을 하는 사람들이 "내가 행복해서 봉사를 해요"라고 말하면, 가식처럼 느껴질 때도 있다. 하지만 나도 이 순간만큼은 이렇게 고백하고 싶다. "마치 연애하는 것 같아요!"

죽음이 궁금해 칼리가트를 찾아왔지만, 난 오히려 산 사람들을 만나고 있었다. 란나 아줌마, 안젤리 할머니, 파리에서 왔다는 친구, 수녀가 될 거라는 일본 아줌마……. 그들은 나의 굳은 감수성을 콕콕 찔러 움직였고, 길 위에서의 배움 그 자체가 되었다. 때로는 초롱초롱한 눈빛으로, 진심 담긴 목소리로, 따뜻한 말이 담긴 편지로 친구가 되어준 사람들. 같은 곳을 바라보며 함께 일할 친구는 꼭 필요하다는 걸 나는 캘커타에서 배웠다.

그들은 눈사람을 찰 줄만 알아

*어른들의 충고는 나를 아프게 한다

눈사람은 말한다.

햇빛보다 더 무서운 것은 어른들이야.

어른들은 눈사람을 만들 줄도 몰라.

그들은 눈사람을 발로 찰 줄만 알 뿐이지.

눈사람에게도 뜨거운 감성과 차가운 이성이 있다.

－안도현의 「눈사람」 중

"야, 그거 하지 마. 하면 안 돼."

한 오빠가 슬쩍 던진 충고 한 마디가 비수로 변해 내 가슴에 꽂힌다. 사

실 별 말도 아니었는데, 날 위해 한 말인데. 앞뒤에 아무런 설명이 안 붙은 그 말이 나는, 너무 싫었다. 어른들은 마치 선심 쓴다는 듯 충고와 조언 보따리를 조금씩 풀어놓는다. 지나가는 어른들에게는 그저 한두 마디일 뿐이지만, 여행길 위에서 수많은 어른들을 만나는 나는 그 충고와 조언을 하루에도 한 보따리씩 챙겨 받는다.

심지어 처음 만나는 어른들에게도 "예, 예" 하며 이야기를 들어야 하는 열여덟의 나는 너무 힘들었다. 수십 번의, 수백 번의 비수가 가슴팍에 꽂히는 일이. 뭐 해라, 뭐 하지 마라, 이거 하면 다친다, 거기 가면 위험하다, 안 된다. 분명 '어른'이라는 사람들에게도 '열여덟'의 시절이 있었을 텐데도 그들은 끊임없이 비수를 던졌다. 어른들을 이해하려고 노력해봐도 그 버거움을 이기지 못하는 나는 오늘도 눈물을 훔치며 숙소를 나선다.

노란 가로등이 줄지어 서 있는 캘커타의 여행자거리, 화가 난 맘에 달려 나왔지만 그 캄캄한 어둠 속에서 나는 막상 갈 곳이 없다. 서러운 맘에 눈물이 왈칵 쏟아지고 말았다. 간밤의 노고를 털어놓으며 수다 떨고 있던 릭샤 운전사 아저씨가 무슨 일이냐며 걱정스레 묻지만 억울하고 짜증나는 나는 아무것도 아니라며 획 고개를 돌려버렸다.

그때 나를 찾아내 시원한 망고주스를 한 잔 건네던 아주. "괜찮아, 보라야. 나한테 다 얘기해. 네가 말했듯이 난 외계인이니까 네가 횡설수설하는 말도 다 알아들을 거야. 걱정 말고 얘기해봐."

어른들이 던져주는 조언과 충고 쪼가리들을 곱게 펴 맘속에 차곡차곡 채워넣지 못하는 내가 미웠다. 어찌할 바를 몰라 그저 구깃구깃 늘어놓을 뿐이었다. "날 다 안다는 양 충고하는 사람들이 싫어. 자기들이 나에 대해 뭘 안다고 그런 말을 쉽게 하는 건데?"

눈물을 글썽이며 쌓인 종이들을 끄집어내었다. "착한 학생이니까 이런 건 하지 말아요." "뭐, 나이가 어리니까 못하는 거죠." 나이가 많다는 이유 하나만으로 우위에 서려는 그들의 마음을 나는 이해할 수 없었다. 나이를 소개하는 그 순간부터 호칭과 격식이 달라지면서 위치가 정리되니 말이다.

내 말에 고개를 끄덕이던 아주는 말했다. "나도 상처 받은 적 많아. 그들의 말이 다 좋은 것도 아니고 믿을 수 있는 것도 아냐. 나도 많이 상처받고 아팠어. 지켜준다고, 도와준다고 말하면서 정작 필요할 땐, 내가 너무 힘들 땐 도와주지 않더라. 내가 왜 힘들어하는지 몰랐나봐."

열여덟에 여행을 하는 아주와 나는 다국적의 많은 사람들을 만나고 많은 이야기를 듣는다. 하지만 국적이 한국인 사람들은 먼저 나이를 묻는 이상한 습관이 있다. 관계를 맺는 데 나이가 그리 중요한 걸까. 나이를 묻지 않아도 할 수 있는 이야기들은 참 많은데. 내가 열여덟이요, 말하면 사람들은 '우와' 하며 신기한 표정을 짓는다. 하지만 내가 무슨 말만 하면 "어리니까 그런 거예요"라며 무시하는 사람들도 있었고, "뭐, 크면 알게 될 거예요"라고 말하는 사람도 있었다. 어쩌면 그건 나이와 상관없는 일일 수도 있는데 말이다.

아주, 아주? :

테레사 수녀님이 평생을 바쳐 헌신했다는 인도 캘커타의 마더하우스. 그 수많은 사람들 속엔 해맑게 웃는 아주가 있었다. 아주 역시 마더하우스에

관한 책을 읽고 당장 비행기 표를 구해 날아왔다고 했다. "너무너무 오고 싶어서 당장 부모님께 말씀 드렸지."

나랑 동갑인 90년생 아주는 고등학교에 입학원서를 냈지만, 바로 자퇴하고 검정고시를 보았다고 했다. 우리나라 여행도 꽤 했고, 수능도 여러 번 보았다는 아주.

"여기 온 지 한 달 조금 넘었는데, 한 달 정도 지나니까 친한 사람들은 다 떠나버리고 다시 새로운 사람들로 가득 차버렸어. 그게 좀 아쉽긴 해. 나랑 친한 사람들이 없어지는 거. 다들 떠나야 하는 건 알지만 남겨진 사람 맘은 또 그게 아니잖아."

한편으론 아쉽고 섭섭하다는 아주에게서 내 모습을 발견했다. 사실 나도 헤어지는 것에 익숙하지 않아 함께 다니던 일행과 헤어질 때쯤이면 내가 먼저 배낭을 메고 이별을 고하곤 했다. 길 위에 혼자 남겨지면 서럽고 섭섭할 게 분명하니까. 남겨지는 쪽보다는 새로운 곳으로 먼저 떠나는 게 덜 가슴 아프니까. 아쉬움과 그리움을 지우기엔 설렘과 두근거림이 딱일 테니 말이다.

길 위에서 함께 배운 동갑내기 친구, 아주.

국적을 막론하고 마더하우스 자원봉사자들의 귀여움을 독차지하던 아주. 아주는 항상 웃고 있었다. 싱글벙글 아주에겐 걱정 근심 따윈 어울리지 않았고, 우는 모습은 없을 것만 같았다. "힘들 때 보호막이 되어주겠다고 했지만, 사실 보호막은 없어. 한 번 겪어봤기 때문에 이젠 가슴 깊이 어른들을 믿진 않아."

위로는커녕 신경조차 쓰지 않는 그들의 모습에서 어떻게 혼자 살아나가야 하는 건지 알았다고 말하는 아주. 아주는 생각보다 강했다. 늘 웃는 모습이 가벼워 보였지만 너무나도 강했다. 혼자 살아남는 법을 배운 아주 덕분에 나는 하루를 버텼고, 아주 덕분에 또 하나를 배웠다. 스스로 마음을 추스르는 법.

로드스쿨러에껜 책이 필요해!

나는 캘커타에 머무는 동안 시가지의 한 대형서점을 신나게 드나들었다. 그다지 책을 좋아하는 편은 아니었지만, 한국에서 가져온 책들이 똑 떨어지니 이상하게 너무 읽고 싶었다. 영어를 마스터해서 영어로 된 책을 읽거나, 한국에서 한국어로 된 책을 들여오거나 둘 중에 하나를 선택해야 하는 기로에 선 것이다.

사실 여행 짐을 쌀 때만 해도 고민이 태산이었다. 이 책을 가져갈까, 저 책을 가져갈까. 짧게 다녀올 여행이라면 상관없지만, 길고 긴 여행 중에 책이 읽고 싶은 순간은 반드시 있으리라 생각했다. 그래서 길에서 만나는 사람마다 붙잡고 "한국어로 된 책 있으세요? 저랑 바꿔 읽으시겠어요?"라고 매일같이 물어봤지만 내가 맘에 드는 책, 상대방이 맘에 드는 책을 갖고 있진 않았다.

맥그로드 간즈에 체류할 때는 빼마 언니의 카페나 다른 한국식당을 찾아 책을 찾아 읽는 재미로 아쉬움을 달랬지만, 캘커타에는 아무것도 없었다. 여행자거리에 이렇게 한국 사람이 넘쳐나는데도 말이다. 어쩔 수 없이 배낭 안에 넣어둔 재미없는 자기계발서를 내내 읽다 안 되겠어서 나의 둥지, 블로그에 SOS신호를 보냈다.

다들 잘 지내고 계시죠? 저는 캘커타에서 신나게 지내고 있답니다. 하지만 하나 필요한 게 있어요. 영어 말고, 한국어로 쓰인 책을 읽고 싶어요. 입에 가시가 돋을 지경에 이르렀답니다. 아래 주소로 책을 보내주시면 감사히 꼭꼭 씹어 먹겠습니다!

얼마 뒤, 소포가 왔다며 숙소 카운터에서 날 불렀다. 앗싸, 이게 웬일이냐! 인도 델리에서 한 개, 한국에서 두 개가 연이어 도착했다. 하지만 델리에서 책을 보낸 이는 내가 모르는 사람이었다. '엥, 누구지?' 소포를 열자마자 툭 하고 까만 글씨로 적힌 종이가 하나 떨어졌다.

"델리 마더하우스에서 봉사활동을 하고 있는 사람이에요. 블로그 글 잘 보고 있어요. 책이 필요하다기에 내가 읽었던 책 하나 보내드려요." 누군지도 모르는 사람에게서 날아온 책 한 권. 눈물이 핑 돌았다. 멀리서 날아온 관심과 애정에 나는 그저 "꼭꼭 씹어 먹겠습니다!"라고 대답할 뿐이었다.

다음 소포는 예상했던 대로 나의 멘토 고모에게서 날아왔다. 인도에 있으니 간디와 친해지라며 보내준 어마어마하게 두꺼운 간디 자서전이었다. 카페 리에서 체게바라 평전을 읽으며 주먹을 불끈 쥐던 시절, 나는 고모에게 메일을 보내며 말했었다.

"고모, 체는 쿠바 혁명을 이루고 나서 왜 볼리비아로 다시 떠나야만 했을까? 쿠바에서도 아직 할 일이 많았을 텐데 말이야. 어쩌면 체는 그저 유토피아를 꿈꾸기만 한 사람이 아닐까? 이 책에서는 체가 너무 영웅적이잖아!"

나는 체의 새빨간 평전을 읽다가 체가 죽는 순간이 나오자 길 가는 한국 사람을 붙잡고 체가 죽었다는 둥의 타령을 했었고, 마지막 장을 덮자마자 눈물을 찔끔 흘리며 쿠바를 떠올려보기도 했었다. 그런 나에게 고모는 간디 자서전보다도 더 두꺼운 피델 카스트로의 자서전을 보내주었다. 두께는 그렇다 쳐도 면적은 얼마나 큰지! 책이 생겼다는 기쁨보다는 이걸 언제 다 읽어, 하고 한숨을 내쉬었다.

그리고 종이접기 몇 장이 소포 안에 숨어 있었다. 어린이집에 다니는 사촌동생이 직접 만든 꽃이었다. 낯을 많이 가려 말도 잘 꺼내지 않던 동생이 보내준 정성 어린 편지는 그 어떤 책보다도 귀했다. 나는 소포를 들고 숙소를 신나게 뛰어다녔다. 이제는 며칠 동안 서점에 가지 않아도 될 테니까.

맥그로드 간즈에서의 독서열풍 :

맥그로드 간즈에서 읽었던 베르나르 올리비에의 『나는 걷는다』. 세 권짜리 시리즈인데다 각 권의 두께도 만만치 않아 책꽂이에 꽂혀 있는 걸 본 순간 나는 헉, 했다. 빼마 언니는 놀리기라도 하듯 세 권 모두 뽑아 건네주며 말했다. "두껍지만 재밌어서 술술 읽혀. 걷기 여행에 관한 책이야."

터키 이스탄불에서 중국 시안까지, 실크로드를 오직 걸음 하나로 횡단했다는 사실이 그저 놀라울 뿐이었다. 무엇보다 놀랐던 건 저자의 꼼꼼함이었다. 노트북을 들고 간 것도 아니었을 테고, 그저 펜과 노트 하나를 들고 실크로드를 걸었을 텐데, 책의 어디에도 빈틈이 없었다. A라는 마을에서 B를 만나고 C를 만났다, 그 뒤로는 D를 먹었고 E를 했다. 이 책만 읽고도 실크로드를 직접 여행할 수 있을 정도로 저자는 꼼꼼하고 철저하게 기록했다. 무엇보다 느릿느릿 걸으며 사람들과의 소통을 시도하는 그의 모습이 가장 충격적이었다. 느릿느릿 여행하는 일, 그건 속도강박에 시달리며 빨빨 돌아다닌 나에게 가장 필요한 것이었으니까.

올리비에의 책을 덮고, 나는 체를 만났다. 매일같이 체 이야기를 하고 다녔고, 심지어는 느려터진 인터넷 카페에서 검색창에 '체'를 치고 스크롤바를 내리는 일도 빈번했다. 그후에는 록빠의 몇몇 아이들처럼 히말라야를 넘은 아이들의 이야기가 담긴 책을 만나기도 했다. 맥그로드 간즈에서의 꿀맛 같은 독서는 메마른 목의 샘물 같았고, '책 읽기'에 대한 생각을 완전히 바꿔놓았다.

고등학교 1학년 때, 도서관에서 빌린 책을 야자 시간에 읽은 적이 있다. 그런 날 본 선생님은 "책 읽지 말고 공부해"라고 말했고, 나는 책을 많이 읽어야 훌륭한 사람이 된다며 말대꾸를 했다. 그러나 선생님은 책도 좋지만 야자 시간에는 수학문제 하나라도 더 풀어야 한다, 며 내가 읽고 있던 책을 덮었다.

그때부터 나는 문제집만 빽빽하게 꽂혀 있는 서점이 싫었다. 어린이 코너는 따로 마련되어 있으면서 중·고등학생 코너에는 약속이라도 했는지 입시 문제집만 정신없이 꽂혀 있는 그 모양새란. 책을 한 권 더 읽기보다는 문제집을 한 권 더 풀라고 말했던 대한민국에서 나는 그만 정신의 끈을 놓고 말았다.

책 에 서 만 난 스 승 들 :

두꺼운 피델 카스트로 책을 들고 다니며 똑똑한 척을 하던 나에게 소포 하나가 더 도착했다. 누군가 했더니 우리 엄마 회사 동료였던 언니다. 일을 그만두었다기에 어디서 뭘 하고 있나 했더니 벌써 결혼해서 애가 뱃속에서 쑥쑥 자라고 있단다.

"너의 용기를 지지해주고 싶었어. 나도 그런 여행을 하는 게 꿈이었거든, 아직 이루진 못했지만 우리 아이가 자라면 함께 다니고 싶어. 요즘은 매일같이 아이에게 이야기해. 보라, 너처럼 넓은 세상을 많이 보고 다녔으면 좋겠다고."

소수자들의 목소리를 담은 『다르게 사는 사람들』은 캘커타에서의 나에게 운명과도 같은 책이었다. 그 다양한 울림 속에는 성적 소수자도 있었고, 나처럼 십대 청소녀도, 우리 엄마 아빠와도 같은 장애인도 있었다. 사회의 삐뚤어진 잣대로 소수자가 되어버린 사람들. 나는 캘커타에서 그런 사람들과 함께하고 있었다.

그래서였을까, 책장을 넘기며 만나게 된 사회의 다양한 사람들은 '내가 꼭 이 일을 해야겠구나' 라는 결연한 의지를 불러일으켰다. 그들을 위해 일하는 매개는 이 책처럼 글이 될 수도 있고, 내가 좋아라 하는 다큐멘터리가 될 수도 있을 것이다. 그리고 그것에 담아낼 메시지, 본질적인 것을 만드는 것이 내겐 가장 중요했다. 그래서 나는 바다를 건너 날아온 이 책을 들고 란나 아줌마를 만나러 칼리가트에 가곤 했다.

바다를 건너 날아온 상자들 안에는 크고 작은 것들이 차곡차곡 쌓여 있었다. 한국의 풍경을 안고 날아온 작은 시 한 구절, 다람살라에서 만났던 티베트 아이들의 목소리가 담긴 글, 언니가 대신 보내준 응원과 격려 한 마디. 소포 상자를 뒤덮고 있는 포장테이프부터 시작해, 직접 손으로 쓴 편지까지 나는 우걱우걱 씹어 먹었다. 단 하나도 놓치고 싶지 않았다.

그리고 인도 델리의 한국식당에서 우연히 만난 만화 『오디션』. 주인공들이 얼마나 천재적인 재능을 가졌는지, '나도 음악을 했어야 했어!'라는 착각을 불러 일으켜 여행 중임에도 불구하고 밤마다 기타 연습을 하게 만들었다. 또 『안도현의 아침엽서』의 글귀들은 심금을 울리며 나를 문학소녀로 향하는 길목에 데려다주고 말았다. 여행길에서 만난 글귀들은 시시때때로 나를 지배했고 움직이게 했다. 그 글귀들은 아직도 내 몸 깊숙이, 따로따로 혹은 함께 자리잡고 있다.

더 좋은 잔디를 찾다가 결국 어디에도 앉지 못하고 마는
역마의 유랑도 그것을 미덕이라 할 수는 없지만
나는 아직은 달팽이의 보수와 칩거를 선택하는 나이가
되고 싶지는 않습니다.

왜냐하면 역마살에는
꿈을 버리지 않았다는 아름다움이

있기 때문이며

바다로 나와버린 물은

골짜기의 시절을 부끄러워하기 때문입니다.

옷자락을 적셔 유리창을 닦고

마음속에 새로운 것을 위한 자리를 비워두는 준비가

곧 자기를 키워나가는 일이라 생각됩니다.

-신영복의 『감옥으로부터의 사색』 중

얼떨결에 파라곤 국제미용사?

✳숨어 있는 재능을 발견하다!

"보라짱, 나도 머리 잘라줘!"

휴, 이젠 일본 친구까지 찾아온다. 어느 새 나는 여행자숙소 파라곤의 대표 미용사가 되어버렸다.

장기간의 여행을 하다 보면 여행자들의 머리는 산발이 되기 일쑤. 나는 어느날 나날이 길어가는 내 앞머리와 옆머리를 다듬기 위해 가지고 있던 유일한 칼인 과도를 들고 숙소 1층 거울 앞에 섰다. 스윽, 스윽. 그런 내 모습을 지켜보던 한국인 대학생 오빠가 옆으로 다가왔다.

"우와, 너 머리 잘 자른다. 나도 잘라주라."

"예에? 전 앞머리밖에 안 잘라봤는데요."

"그래도 앞머리 잘라봤으니까 잘 자를 거 아냐. 인도 스타일로 자르는 거

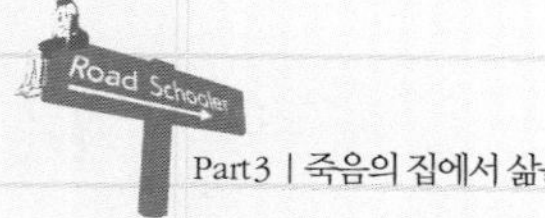

보다 네가 자르는 게 나을 것 같아서 그래."

이렇게 보라미용실 첫 손님이 나타났다. 시작은 미미하였으나 끝은 창대
하리라는 성경말씀도 있는데, 보라미용실의 결국은 어찌 될 것인가!

어서 오세요, 보라미용실입니다 :

파라곤 국제미용사 이용 제1원칙, 신문지 한 장과 의자는 알아서 구해온다.

나는 첫 손님이 가져온 신문지를 반으로 접어 구멍을 냈다. 끈적끈적한
여름날, 의자에 나를 앉히고 신문지 옷을 입혔던 우리 엄마, 이 신문지는
바로 그 아득한 기억의 산물인 셈이다. 칼을 준비하고 손님을 앉힌 나는 먼
저 이렇게 말한다.

"망해도 책임 절대 안 져요."

가위를 이용해 싹둑싹둑
머리를 자를 거라 생각하면
큰 오산! This is India, 과도
로 긁어버린다. 처음엔 뒷머
리를 위아래로 약간 손질하며
길이를 조절한다. 이때 주의
할 점은 너무 많이 자르면 안
된다는 것. 왜냐고? 짧게 깎
았다가 이상하게 자른 거

보라미용실을 이용하려면 신문지 지참은 필수

티 나면 안 되니까. 지저분한 부분만 다듬어 최대한 손님의 기분을 좋게 해드려야 한다.

그 다음엔 옆머리. 오른쪽 왼쪽이 대칭을 이루어야 하는 이 과정이 가장 어렵고 가장 조심스럽다. 이건 엄마가 내 머리를 자르다 "어, 양 옆이 안 맞네" 하며 결국 나를 바가지 소녀로 만들고 말았던 무섭고도 두려운 기억에 기인하는 것이다. 마지막으로 손님의 앞머리는 귀엽게 손질한다. 짧으면 짧을수록 귀여워지는 오빠들의 머리. 열여덟 살인 내가 다 흐뭇하다.

우여곡절 끝에 그들의 머리카락은 땀방울과 함께 바닥으로 우수수 떨어진다. 으아아악! 하는 비명소리와 함께. "휴, 고마워 보라야. 머리 마사지한 것 같다. 시원하네!" 오빠는 머리를 매만지며 애써 웃어 보인다. 오빠, 미안. 지켜보던 다른 오빠도 한 마디 던진다. "야, 그건 머리를 자르는 게 아니야, 긁어내는 거지!"

하긴, 맞다. 전문적인 기술도 없고 가위도 없는 야매 미용사는 한 줌의 머리칼을 잡고 과도로 스윽 긁어내는 수밖에 없다. 긁으려면 머리칼을 세게 잡아야 하기 때문에 본의 아니게 손님에게는 '신선하고 짜릿한 고통'을 선사하게 되지만. 뭐, 내가 자르고 싶다고 졸랐남? 바닥에 떨어진 머리카락을 쓸어내며 나는 퉁명스럽게 대답한다.

"기회비용은 어디나 존재하는 법이거든요."

첫 번째 손님의 머리는 대성공! 아주 조금 다듬은 것뿐이지만 고객께서 꽤나 만족하는 모습에 나는 안도의 한숨을 내쉰다. 휴우.

그러나 불과 며칠 후, 고객이 늘기 시작했다. 작열하는 캘커타의 태양 아래서 빨래 너는 일을 하느라 지친 나는 미용업을 한사코 거부했지만, 경제

활동의 올바른 지표를 이루기 위해 수요와 공급은 맞아떨어져야 했다. 나는 첫 손님보다 좀 더 나이 든 대학생 오빠를 두 번째 손님으로 받았고, 대학생 언니도 받게 되었다. 모두들 미용의 고통에 머리를 쥐어 잡으며 "으아아악" 소리를 질렀지만 나의 뛰어난 실력에 감탄하며 이렇게 말했다.

"와, 머리 꽤 괜찮은데? 두피 마사지도 받은 기분이야! 게다가 공짜!"

야매 미용사는 땀을 뻘뻘 흘리며 과도로 머리카락을 긁고, 손님은 소리를 꽥꽥 질러대는 이 풍경에 지나가던 외국 친구들도 박수를 치며 오픈 미용실의 관객이 되었다. 그렇게 나는 한 달간의 파라곤 숙소 체류 중 총 다섯 명의 소중한 고객님을 정성스레 모셨다. 그중 한 명은 나의 서비스에 감탄하여 한 번 더 찾아오기도 하셨으니, 이쯤 되면 국제미용사란 이름표를 달아도 되지 않을까.

머리가 꽤 길었다며 자르고 싶은 기색이 역력했으나 소심한 맘에 주저주저한 이가 있으니, 그의 이름은 아쯔시. 그 이름을 연달아 부르면 어느 새 '아저씨'가 되어버린다. 그래서 나는 아예 아쯔시를 오지상(일본어로 아저씨)이라고 부르기 시작했다.

"오지상, 오지상! 머리 자르자. 자르고 싶다며 뭘 그렇게 고민해? 벌써 며칠째야. 그냥 확 잘라버려."

"음, 자를까? 아, 어쩌지."

"그냥 잘라. 한 번뿐이잖아. 게다가 넌 여행중이라고! 뭐 어때."

다음 날 오후, 아쯔시는 머리를 자르겠다고 조심스레 말을 꺼냈다.

"정말 괜찮지? 너 후회하는 거 아냐?"

"아냐, 보라 네 말대로 이건 정말 '캘커타의 기억'으로 남을 거야. 자, 잘

라줘!"

한 편의 아름다운 기억을 위해 고통까지 감수하겠다는 그의 소중한 결단
에 나는 지금 당장 자르자고 대답했다. "분명 오지상 너에게도, 그리고 나
에게도 소중한 기억이 될 테니까. 그러니까 얼른 자르자!" 일일 미용실을
준비하는 나를 보던 소심한 오지상은 자기 침대로 뛰어가며 말한다.

"앗, 잠깐만! 한 번만 더 생각해볼게. 자, 잠시만 기다려! 보라, 잠시만!
으아악! 안 돼!"

마지막이 꼭 특별한 건 아니다

*마더하우스에서의 마지막 날

가지 말라는 뜻이었을까.

맥그로드 간즈를 떠나는 날에는 버스가 끊길까 걱정될 정도로 비바람이 몰아쳤는데, 마더하우스에서 마지막으로 일하는 오늘도 우산이 무색할 정도로 사방에서 비가 쏟아진다.

장마철이 찾아온 캘커타의 거리. 뜨겁다 못해 따가운 날씨에 지친 사람들은 쏟아지는 비를 반가워했지만, 나는 무릎 위까지 올라 차는 빗물에 경악하고 말았다. 캘커타는 인도에서도 최악의 도로 배수시설을 자랑하는데 장마철이 되면 도로는 온통 황토색 물바다로 변하기 일쑤. 최소한 무릎, 심할 경우 허벅지까지 차오르는 황토바다에 인도 사람을 제외하고는 누구나 경악의 눈초리를 보낸다.

그나마 순수한 황토물이라면 용서할 수 있겠지만, 인도의 거리에는 소똥이 가득하고 길가의 공중화장실(달랑 벽 두 개로 이루어진)에는 문도 없으며, 사람들이 뱉어낸 침과 오물이 가득하다. 그래도 굶어 죽을 수는 없으니 그 물 사이로 지나다니며 식량을 조달해야 한다. 긍정의 힘이라는 게 있다니, 나는 조금 불쾌하지만 어떻게든 해피엔딩으로 이 상황을 해결하려 한다.

'어디선가 들었는데 물은 스스로 정화할 수 있는 능력을 가지고 있대. 그럴 거야, 그치?' 절박한 심정으로 마지막 봉사를 하기 위해 마더하우스 본부로 향한다.

본부에는 늘 떠나는 사람들이 있다. 떠나는 사람들을 위해 땡큐송이 빠르지만 슬프게, 슬프지만 아름답게 매일 불려진다. 드디어 나도 오늘 그 땡큐송의 주인공이다. 그러나 주위를 둘러보니 아는 사람이 거의 없다. 지난 며칠 사이 친구들이 다 떠나갔고, 남은 친구들마저 심한 폭우로 얼굴조차 보이지 않는다. 모르는 사람들에게서 진심이 아닌 것 같은 땡큐송을 받으며 약간 서운했다면 내가 너무 이기적인 걸까.

오늘의 일과를 위해 칼리가트로 이동하려는데 마더하우스 본부 바닥에 벌써 물이 흥건하다. 게다가 들고 나온 우산이 부끄러울 정도로 사방에서 몰아치는 비바람. 도저히 본부를 나설 엄두가 나질 않아 다들 우물쭈물 하고 있다. 나는 우산을 들고 천천히, 하지만 당당하게 행진했다. 앞장서서 걸으면 다른 사람들도 뒤를 따라 올 줄 알았건만 다들 아직도 제자리를 지키고 있다. 선두가 아닌, 외톨이가 되어버린 나는 머쓱하게 웃으며 다시 본부로 되돌아갔다.

"비 참 많이 오지?"

"응, 칼리가트 가야 되는데 갈 수 있을까?"

"갈 수는 있는데 흠뻑 젖는 건 감수해야 된다는 거지, 뭐."

저 비를 맞으며 칼리가트에 일하러 갈 것이냐, 아니면 내일을 '마지막 날'로 바꾸고 내일 다시 올 것이냐. 본부 의자에 앉아 진지하게 고민하다, 가만히 있기 뭐해서 본부 바닥 청소를 거들었다. 그리고 내가 고민하는 동안 용기 있게 출발한 칼리가트 자원봉사자들의 발자취를 따라 나도 본부를 나섰다. 땡큐송도 받았으니 오늘 꼭 마지막 봉사를 해야 한다는 쥐꼬리만 한 자존심이 있었나보다.

하지만 나의 자존심만 지키기엔 정말 모든 것이 최악이었다. 버스를 타야 하는데 차장 아저씨가 외치는 힌디를 도저히 알아들을 수 없었다. 바빠 보이는 그 말소리에 끼어들어 '칼리가트 가요?'라고 외치지 못했던 소심한 나는 벌써 세 대의 버스를 놓쳐버리고 말았다. 우여곡절 끝에 한 인도 아저씨에게 빌붙어 버스에 탔지만 이 버스는 내가 알지 못하는 새로운 사차원의 세계로 향하는 버스였다.

인도 여행 3개월째니 이런 고생은 안 할 거란 생각은 큰 오산이었다. 결국 칼리가트 주변으로 추정되는 곳에 내리긴 했는데 여기엔 눈 큰 인도 아저씨들만 가득하다. 여긴 어디, 그리고 나는 누구? 다시 물어물어 버스를 타고 도착한 칼리가트. 나는 그날 칼리가트의 문을 닫고 들어온 마지막 지각생이었다.

부끄러운 맘에 앞치마를 얼른 둘러메고 주방으로 달려가는데 그만, 으악! 와당탕탕. 짜이 주전자를 들고 가던 인도 아줌마와 부딪혀 주전자통에 가득 담겨 있던 짜이가 바닥에 다 쏟아지고 말았다. 그것도 갓 끓인 뜨거운 짜이였는데 말야. 뜨거워 어쩔 줄 몰라 하는 나에게 아줌마는 소리를 지르며 마구 화를 냈다.

할아버지 할머니, 그리고 모든 자원봉사자의 눈동자는 껌뻑껌뻑 나를 향했고 바깥에는 비가 억수로 쏟아지고 있었다. 버스도 잘못 타 헤매며 겨우 도착했는데, 마지막 날이라 맘도 울적해 죽겠는데 아줌마는 아직도 고래고래 소리를 지르고 있다.

"죄송해요, 죄송해요."

"무슨 일이에요?"

수녀님들이 달려와 상황을 묻자 인도 아줌마는 나를 손가락질하며 소리를 버럭 지른다. 나는 조용히 고개를 숙여 입술을 꽉 깨문다. 눈물 그렁그렁한 내 눈을 이 사람들에게 보여주긴 싫다. 나는 고개를 숙인 채, 죄송하단 말만 연거푸 뱉어낼 뿐. 아무 말도 할 수 없었다. 나에게 쌓인 분풀이를 다 했는지, 아줌마는 다시 짜이 통을 들고 어디론가 사라져버렸다. 마치 아무 일도 없었다는 듯 칼리가트는 다시 빠르게 돌아가기 시작했다. 나만 홀로 그 자리에 남았다.

들썩이는 어깨를 주체할 수 없어 할머니들 방으로 달려갔다. 아무렇지 않은 표정을 지으며 할머니께 뒤늦은 아침인사를 건네고 있으려니 한 할머니가 요강을 내밀며 치워달라고 한다. 화장실에서 요강을 닦고 있자니 아까 일이 생각나 '한 달간의 자원봉사가 뭐였나' 싶은 맘에 눈물이 주르륵 흘렀다.

결국 일 보시는 어떤 할머니 옆에 앉아, 요강을 붙잡고 꺼이꺼이 울기 시

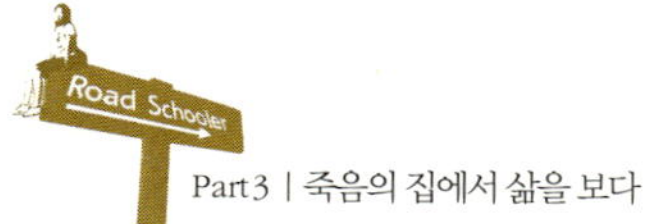

작했다. 안 그래도 늦게 와서 미안해 죽겠는데 이런 일이 생기고, 속상한 맘에 누구에게라도 털어놓고 싶은데 그럴 이 하나 없고, 날씨까지 으르렁대니 내가 밉고 또 미워서 애꿎은 천장만 노려보았다. 돕고 싶어서 이곳에 온 건데, 한 달간 나는 오히려 이들에게 짐이 되었던 건 아닐까.

자책감과 회의감이 밀려들 무렵, 일을 다 본 할머니가 나를 다독여주신다. 사람에게 상처받은 건 사람으로 치유하랬다고, 할머니는 오랜 인생 경험으로 그걸 알고 있었나보다. 칼리가트는, 마더하우스는 그런 곳이 아닐까. 상처받은 육신을 도우러 오는 곳이 아닌, 상처받은 영혼들이 모이는 곳. 세계 각국에서 사람을 만나고 싶은 사람들이 모여 사랑을 만나는 곳. 그 사랑으로 자신을 치유하며 웃음을 나누는 곳. 그래서 사랑으로 넘쳐나는 마더하우스는 오늘도 바빠 보인다. 무언가를 가득 채워주고 싶어서 말이다.

라스트, 마지막. 사람들은 처음과 마지막에 굉장한 의미를 둔다. 그래서 처음과 마지막이라는 것은 사람에게 부담을 주기도, 때로는 실망을 안겨주기도 하나보다. 기대하지 말아야 하고, 또 부담을 느끼지도 말아야 하는데 그걸 조절하기는 쉽지 않다. 마지막 날 내가 꺼이꺼이 울어버린 것은 그날이 나에게 마지막 날이어서, 칼리가트의 마지막 날이어서 그랬나보다.

나는 이번 여행중에 길 위에서 많은 사람을 만났다. 또래도 있었지만 날 무시하는 어른들도 있었고,
인격체로 대해주던 언니 오빠들, 딸처럼 다독여주시던 아줌마 아저씨들, 그리고 고향 사람 같은 현지인들도 있었다.
비손으로 떠나 비손으로 돌아온 내가 얻은 건 결국 사람과 세상을 바라보는 눈이다.

"중국에서부터 유럽까지 갈 거야"

＊길에서 만난 동갑내기 친구들

"처음 봐요, 고등학생이 여행하는 건!"

사람들은 날 보고 특이하다고 말했다. 하지만 내가 "아니에요"라며 우길 수 있었던 건 인도에서 티베트까지 이어지는 여정 속에서 세 명의 동갑내기 친구를 만났기 때문이다. 세 명의 친구 중 나는 태은이와 가장 많은 이야기를 나눴다.

태은이는 인터넷을 통해 만난 친구다. 파키스탄으로 가는 비자 문제를 해결하기 위해 중국에서 인터넷 서핑을 하던 태은이는 우연히 내 블로그를 방문하게 되었고, 대문에 걸린 나의 교복 입은 사진과 글을 보며 '어엇?' 하다 동갑내기 친구라는 걸 알게 되었다. 호기심에 남긴 태은이의 댓글 하나로 우린 네팔에서 극적인 상봉을 했다.

보라에게,

아, 안녕하세요가 아니라 안녕? 정말 너에게서 답장이 올 줄은 생각도 못했어.

내 여행의 동기는 아마도 너와 같을 것 같아. 하지만 난 부모님에게 허락받고 여행을 시작한 게 아니었어. I학년 마지막 수업을 마치고, 아버지 통장에서 몰래 돈을 빼서 출발한 거지. 물론 잘못된 행동이었지만 왜 그랬을지는 네가 가장 알아줄 것 같구나. 지금이야 상하이에서 아버지를 만나서 같이 여행도 했고 이틀에 한 번씩은 전화 드리고 있으니 부모님도 이해해주시는 것 같아.

나도 또래의 친구가 이렇게 여행하고 있는 것을 보곤 '하, 정말 세상이 넓구나' 하고 생각하고 있지. 정말 반가워. 좀 늦었나. (중략) 쓰면 글이라고, 그냥 마구잡이로 길게 써봤는데 일단 이틀 동안은 매일 인터넷에 들어올 수 있을 것 같으니까 짧게라도 답장 부탁해. 그럼.

Internet Cafe, NanNing, China

2007. 04. 21. 태은.

친구는 남녀노소를 가리지 않는다. 하지만 몇 개월간 내 또래를 거의 만나지 못하다 보니 무언가 아쉬웠다. 격식을 차려 대해야 하는 사람 말고, "야, 야" 반말 하며 일상의 사소한 이야기까지 훌훌 털어낼 수 있는 그런 친구가 필요한 시점이었다. 맥그로드 간즈에서 일하고 있던 나는 태은이가 보내온 메일을 읽고는 그가 어떤 친구인지 얼른 알고 싶었고, 어떤 이유로 여행을 결심했고, 어떻게 여행하고 있는지 세세하게 듣고 싶었다.

류 — 태 — 은? :

고등학교 1학년 종업식이 끝나자마자, 부모님 통장에서 천만 원을 빼내 일본으로 향하는 배를 탔다는 태은. 남들 다 하는 입시공부 속에서 자신이 진정 잘할 수 있는 것이 무엇인지 알기 위해, 세상을 알기 위해 배낭을 멨단다. 일본으로 향하는 배 안에서 쿵쾅거리는 가슴을 진정시키고 있을 때 갑자기 들려온 안내방송.

"류태은 학생, 지금 곧 안내사무소로 오시기 바랍니다."

말하지도 않았는데 어떻게 학생인 걸 알았을까? 당황한 마음으로 안내사무소로 달려가니, 부모님께서 지금 오신다며 여기서 기다리라는 말을 하더란다. 부모님 몰래 모든 걸 계획했지만, 여행자보험 신상정보란에 무심코 적어놓은 집 전화번호가 화근이 된 것이다.

출항 직전에 도착하신 부모님. 어머니는 계속 눈물을 보이시다 네가 선택한 길이니 보내주겠다 하셨고, 아버지께서는 의미 있는 여행을 하라는 당부의 말씀을 하셨단다. 일본어 실력이 대단한 태은이는 일본에서 세계여행 준비를 마쳤고 이번에는 중국으로 향하는 배에 올라탔다. 그리고 중국에서부터 많은 나라를 거쳐 네팔에 왔고, 나도 맥그로드 간즈에서 내려와 캘커타를 거쳐 네팔로 입국했다.

대한민국에는 큰 공장이 있다. 사람마다 체격이 다르고 생김새도 다른데 공장에선 이

미 똑같은 옷을 중고등학생 수만큼 찍어내버린다. 다품종 소량생산이 익숙한 현대사회에서 아이러니하게도 청소년에게만은 소품종 대량생산의 방식을 채택하고 있다. 고등학교 1학년 도덕교과서는 다원화의 현대사회를 이야기하고 있는데 정작 그 교과서를 들고 공부하는 학생들은 똑같은 옷에, 똑같은 머리에, 똑같은 수업방식으로 공부하고 있지 않은가.

중학교를 졸업하면 좀 더 좋은 고등학교에 가야 하고, 고등학교를 졸업하기 전에 당연히 수능을 봐야 한다. 한국의 중고등학생들은, 그렇다. 소위 선진국이라는 스위스의 대학 진학률은 27퍼센트라는데 우리나라 대학 진학률은 83퍼센트로 OECD 1위를 자랑하고 있다. 다들 그렇게 대학을 가는데, 왜 이태백이 생기는 걸까? 몸에 맞는 옷을 입혀줘야 하지 않을까?

학교에서 수학문제를 풀고 있는 것만이 배움은 아니라고 생각한다. 학교 밖에서도 배울 수 있고, 수능이 아닌 다른 방법으로 내 능력을 평가받을 수 있음을 대한민국 청소년들은 잘 모르고 있다. 아니, 알아도 모른 척 하고 있겠지. 그런 고민하고 있으면 선생님께 뒤통수 얻어맞기 딱 좋을 테니. 내신과 수능에 하등 도움이 될 게 없는 고민거리이다.

나 역시 그렇게 자랐다. 시골 학교였지만 중학교를 좋은 성적으로 졸업해 비평준화 지역에서 잘나간다는 고등학교에 진학했다. 친구들과 선생님들과 부대끼며 공부하는 건 즐거웠으나 나에겐 성장통을 겪을 시간이 부족했다. '진정한 나' 는 없어진 지 오래였고, 더 큰 세상을 보긴 커녕 입시공부만 하고 있는 껍데기만 남았다. 나는 그래서 학교를 나왔다. 나를 만나기 위해, 더 큰 세상을 보기 위해, 또 다른 배움을 위해 로드스쿨러가 된 것이다.

한국 사회에는 다양한 배움의 모델이 필요하다. 청소년 하나하나가 다른 모습을 가지고 있듯이, 그에 따른 다양한 배움의 장소와 길이 필요하다고 생각한다. 누군가는 말했다. 그럼 너는 학창시절의 추억이 없어지는 거라고. 친구들과의 추억 따위는 없는 거라고. "그렇지만 지금은 20세기가 아닌걸요"라고 대답하며 그를 빤히 쳐다볼 걸 그랬다.

벌써 많은 로드스쿨러들이 여러 소모임과 강좌를 통해 만나고 있다. 서울에는 로드스쿨러들의 집합소인 민들레사랑방과 도시형대안학교 겸 문화작업장인 하자센터가 있다. 로드스쿨러는 점점 늘어나고 있고, 그들을 위한 제도도 속속 만들어지는 요즘 학창시절의 추억 따위를 운운하는 건 고리타분하게 들릴 수밖에 없다.

대한민국에서라면 소위 '비뚤어진' 우리, 태은과 나는 네팔에서 더 큰 도약을 준비했다. 우리는 이미 어떻게 하면 웃을 수 있는지 알고 있었다. 그리고 어떻게 하면 내 몸에 딱 맞는 옷을 재단할 수 있는지 배우기 위해 여행을 하고 있었다. 로드스쿨링으로서의 여행을.

그냥 천천히 걷자

＊태은이와 함께한 네팔 트래킹

나는 트래킹엔 젬병이야. 정말 젬병이야! 결론부터 말하자면, 난 그냥 산속 마을에 소풍 다녀온 것뿐이야. 정말 그뿐이야. 누가 트래킹이래?

네팔에는 이름만 들어도 신비롭고 신성하게 느껴지는 칸첸중가, 로체 등 8천 미터를 가뿐하게 넘기는 산만 8개나 된대. 산은 지친 영혼을 포용하는 힘이 있다지. 그래서일까? 네팔은 1년 365일 산에 죽고 못 사는 트래커들로 북적여. 트래킹에 정말 자신 없는 나도 세 번이나 네팔 입출국 스탬프를 찍었을 정도니까 말이야.

네팔, 하면 모두들 트래킹을 말한다. 네팔 트래킹. 그래서 나도 짐을 꾸렸다. 네팔에서 조우한 태은이와 내가 선택한 곳은 그 유명한 에베레스트. 6월 말부터는 지독한 우기가 시작되어 트래커들도 몸을 사린단다. 하지만

근성으로 똘똘 뭉친 대한민국 청소년 둘은 포터(짐꾼)도, 가이드도 없이 길을 나섰다. 하지만 길에 들어서자마자 첫 번째 관문에 부딪힌다. 걸어서 들어가느냐, 비행기를 타고 들어가느냐. 시간이 빠듯하고 돈이 넉넉하다면 네팔의 수도 카트만두에서 비행기를 타고 2800미터에 위치하고 있는 루클라까지 가서 트래킹을 시작하면 되지만 시간 많고 돈 없는 로드스쿨러들은 아무 말 없이 에베레스트 초입부 마을, 지리 행 버스표를 끊었다.

트래킹 하루 전, 태은이와 나는 카트만두를 샅샅이 뒤져 초콜릿 등의 간식거리를 사고 트래킹 장비들을 챙겨 배낭을 쌌다. 문 닫을 때가 되었다는 인터넷카페 주인 아저씨께 "잠시만요!" 사정사정해 부모님께 메일을 보내고 블로그에 글을 올렸다. 바로 여기서부터였을 거다. 우리들의 잘못된, 아니 조금 비뚤어진 선택은 말이다.

좀 천천히 걸으면 뭐가 덧나? :

"오늘 어디까지 가세요?"

"음, 반달까지 가려고요."

"에이, 안 돼요. 첫날이니까 그냥 시발라야까지만 가세요."

지리에서부터 걷기 시작했는데 만나는 사람마다 무리하지 말란다. 왜? 처음부터 빨리 가면 좋잖아. 산길을 신나게 걷던 나는 눈앞에 나타난 돌계단 앞에서 그만 산산조각이 나고 말았다.

"빨리 좀 와."

어깨가 부서질 듯 아프다. 짐 줄인다고 줄였는데, 뭐 이렇게 무겁지? 일기장을 빼놓고 올 걸 그랬나. 아니, 과자를 얼른 먹어버려야겠어. 시디는 한 장만 가져올걸. 아냐, 시디플레이어를 가져오지 말걸! 에이씨. 어깨가 무거워진 나는 태은이의 독촉에 결국 폭발하고야 말았다.

"야, 사람들도 천천히 걸으라고 했잖아. 빨리 오란 소리를 도대체 몇 번 하냐? 나도 말 다 알아듣거든. 그리고 넌 남자고 난 여자잖아. 좀 천천히 걸어주면 뭐가 덧나?"

그토록 주장하던 양성평등은 트래킹을 시작하면서 내 머릿속에서 사라져버린 것 같았다. 불편을 이겨내면 더 많은 것을 볼 수 있다는 걸 뻔히 알면서도, 그 불편이 싫어 중얼중얼 불평을 늘어놓기 시작했다. 우리가 다투는 목소리가 너무 커서 그랬을까, 아니면 느린 나의 발걸음을 재촉하게 만들려던 것이었을까. 구질구질하던 하늘은 결국 물을 뿌리기 시작한다.

'에이 가랑비겠지.' 비옷조차 입지 않은 나를 비웃기라도 하듯, 비는 세차게 아주 세차게 쏟아져내린다. 비옷 대신 급하게 꺼내 입은 방수가 된다던 옷은 차갑기만 하다.

"어어? 아아악!" 와당탕, 흙탕물에 넘어지고 말았다. 창피하기 그지없는 순간에 태은이가 손을 내밀어준다. 짜식, 이럴 땐 좋은 친구다. 비 피할 곳 없는 그 길에서 그냥 묵묵히 걸었다. 저 아래 내려가면 집이 있겠지, 조금만 더 걸으면 마을이 나오겠지, 조금만 있으면 비가 그치겠지. 하지만 점점 무거워져가는 배낭에 어깨는 아파만 온다.

쏟아지는 빗방울에 짜증내며 겨우 도착한 시발라야. 달랑 침대 세 개 놓여 있는 두세 평 남짓한 방이지만 지친 우리에게는 여기가 바로 천국이다. 태은이보다 먼저 씻으려고 얼른 짐을 푸는데 배낭 속이 온통 물바다다. 어,

어라? 축. 축. 하. 다? 배낭 맨위에 올려놓았던 옷은 물론, 배낭 맨아래 깔아놓았던 일기장까지 온통 물이다. 바로 '마데 인 인디아' 배낭커버.

인도에 오자마자 내가 애지중지하던 연두색 배낭커버가 끊어졌다. 그래서 새로 구입한 인도산 배낭커버. 지금까지 비 맞으며 배낭 멘 적이 없어 몰랐는데, 그건 방수커버가 아니었던 것이다. 아니, 이렇게 황당할 데가! 이제 겨우 인도를 잊어가나 싶었는데 인도는 아직 날 놓아주지 않았나보다. 지긋지긋한 인크레더블 인디아 같으니라고. 하지만 누구에게 화를 내랴.

혼자 미친 듯이 인도 욕을 하다가 에취 에취, 기침을 한다. 갑자기 쏟아지는 비에 급히 꺼내 입은 옷이 문제였다. 방수가 되는 줄 알았던 옷은 전혀 방수가 되지 않는 바람막이일 뿐이었다. 덕분에 머리부터 발끝까지, 아니 배낭까지 무방비상태로 쏟아지는 비를 반긴 셈이다. 그렇게 두 시간을 걸었던 나.

모든 게 허탈해 장작불 앞에 털썩 주저앉아 오들오들 떨리는 몸을 말렸다. 장작을 넣고, 또 넣어도 춥기만 하다. 물에 잠겨버린 신발과 배낭도 장작불 앞에 놓아둔다. 가져왔던 조그만 책과 일기장도 살며시 펴서 불 앞에 누인다. 첫날부터 이게 뭐람. 좀 더 가볍게 배낭을 꾸리지 않았던 날 탓한다.

아, 그냥 열심히 걸으면 되지, 저 쓸데없는 것들은 왜 가져온 거야. 죄 없는 배낭커버와 방수가 안 되던 바람막이를 괜히 노려보지만 부엌 안에는 애꿎은 장작연기만이 가득할 뿐. 누가 시키지도 않았는데, 네팔에 왔다고 꼭 트래킹을 해야 하는 것도 아닌데, 산도 좋아하지 않으면서 무작정 산에 들어온 내가 밉기만 하다. 탓할 사람이 없어 더 속상한 순간, 타오르는 장작불을 노려보고 있자니 눈물인지 콧물인지 모를 것들이 흘러내린다. '이건 연기 때문에 그러는 거야. 진짜야, 매워서 그런 것뿐이라니까.'

트래킹의 진짜 목적은 :

어제 종일 비를 맞아 그런지 감기 기운이 있는 것 같다. 아침에 일어나기가 얼마나 싫던지. 차라리 여기가 카트만두 시내였으면 싶더라. 사실 어젯밤 몰래 손전등을 켜고 이 근처 가까운 비행장은 어딘지 지도에서 찾아보기까지 했다. 어휴, 끔찍한 에베레스트. 몸이 무겁다. 그렇지만 나도 자존심이 있고, 면목이 있다. "아직 3일도 걷지 않았으니 힘을 내자"며 스스로를 독려한다. 하지만 얼굴이 저절로 찡그려진다.

그러나 어제 무슨 일 있었냐는 듯 오늘의 해는 쨍쨍하기만 하다. 그저 다 미워 죽겠다. 찡그린 얼굴을 어르고 달래 다시 길에 오른다. 나무들은 푸르디 푸르고, 흙은 자기 색을 자랑하느라 바쁘다. 어제는 바삐 걸어야 한다는 나의 고집으로 가려졌던 산이 이제야 보이는 것 같다. 매일 밟던 아스팔트 길이 아닌, 흙길이 주는 정겨움 때문일까. 오늘도 내 발걸음은 느리기만 하다.

결국 태은이도 뒤에서 묵묵히 걸어온다. 계속되는 내 투정에 포기한 걸까. 이유야 어떻든 투정부릴 수 있는 누군가가 묵묵히 뒤에서 걸어준다는 것만으로도 큰 위로가 되어 고마워진다. 어제만 해도 톱니바퀴가 잘 안 맞는다며, 우리는 너무나 다르다며 일기장에 혼자 끼적거리던 내가 태은이가 있어 다행이라고 생각할 수 있게 된 건 산이 준 깨달음이겠지. 산은 일상의

걱정거리를 물어준다. 그리
고 소소한 것들의 소중함을
다시금 일깨워준다. 그래서
사람들이 산을 찾는지도 모르
겠다.

대화 끝에 결국 우리는 트
래킹의 목적을 바꾸기로 했다.
오로지 에베레스트 베이스캠프였던 목표를 '사람과 산'으로 돌린 것이다.
그러고 나니 모든 게 한결 나아 보인다. 그것이 나의 느린 걸음에 정당성과
자부심을 부여해주고 있지 않은가. 우리가 만들어놓은 빡빡한 일정과 고단
한 몸을 쉬게 해줄 수 있어 다행이다. 이제야 걷는 일이 참 즐거워 보인다.

지나가는 네팔 사람들을 왠지 그냥 보내기 아쉬워 조심스레 입을 열어보
았다. "다이(네팔리로 형제), 나마스테!"

삐약삐약 반가운 병아리 소리, 새 지저귀는 기분 좋은 소리, 살갗을 스치
는 시원한 바람소리, 띠룩띠룩 정겨운 메뚜기 소리, 내 옆에 서서 울고 있
는 염소 소리까지. 길 모퉁이에 앉아 따스한 햇살을 즐기는데 어미닭을 따
라 종종걸음으로 뛰어다니는 병아리들이 보인다. 샛노랗다. 정말 샛노-랑
다. 산행 이틀 만에 깨닫는다. 산이 주는 여유와 평안 속에 푹 쉬어가는 것
이 바로 트래킹의 진정한 목적임을. 그것이 바로 트래킹임을.

"아, 힘들다. 우리 여기서 며칠 쉬었다 갈까?"
쉬었다 가자고 제안할 때만 해도 몰랐다. 우리의 에베레스트 트래킹이

여기에서 끝날 줄은. 카트만두에서 버스로 8시간 떨어진 지리 마을, 그리고 지리 마을에서 이틀을 걸어야 반달 마을이 나온다. 깊고 깊은 산속도 아니요, 그렇다고 불빛 가득한 도심도 아닌 이곳은 그야말로 현실과 이상 사이의 경계요, 안과 밖의 경계가 되는 마을이다.

반달 마을 깊숙이 숙소를 잡고 마을을 둘러보고 있으니, 어느 새 그림자처럼 내 뒤를 쫓는 꼬마아이들. 뭐가 그리 신기한지 내 카메라를 보다가 가방을 빤히 쳐다보고, 그러다 나랑 눈이라도 마주치면 친구 뒤로 홱 숨기 일쑤다. 아이들의 눈을 보고 있자니, 두려움에 질려 카메라와 가방을 꼬옥 품에 안고 있는 내가 정말 싫다.

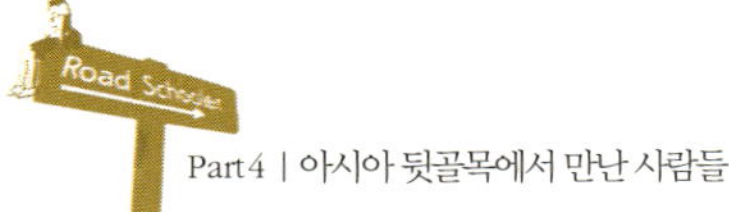

옆집 사는 안젤리와 우루밀라가 내 손을 잡고 어딜 가잔다. 통역해줄 이 하나 없는 이곳에서 나는 묵묵히 그들을 따라나선다. 검은 봉지 소리가 요란하기만 하다.

"차이나, 차이나!"

죽어도 중국인이라는 소리는 듣기 싫은 나는 꽥, 하고 "노노, 코리아, 코리아" 소리 질러보지만 우루밀라는 고개를 저으며 "차이나, 차이나" 한다.

"안젤리, 나는 한국인이야. 중국인이 아니라고. 아무리 네팔이랑 중국이 붙어 있다지만 한국 사람과 중국 사람을 착각하는 건 문제가 있다고 생각하지 않냐?" 홀로 한국말로 중얼거리지만 우루밀라는 "차이나 차이나" 하며 주위를 두리번거린다. 그러더니 허리를 숙여 버섯을 한 움큼 집어 보여준다.

"차, 차(네팔리로 '있어')."

아! 언어는 통역이 안 되지만 낯빛은 통역이 되나보다. 괜스레 부끄러워 나도 버섯을 찾아 주위를 둘러보다 말을 꺼낸다.

"차이나, 차이나(네팔리로 '없어')."

검은 봉지 한가득 버섯을 담아 돌아오는 길, 초록의 향연 속에 안젤리와 우루밀라의 흥겨운 가락만 가득하다. 아, 살 것 같다.

돌아오자마자 재빠르게 라면을 주문한다. 그러자 아줌마는 능수능란하게 봉지를 뜯어 면과 스프를 물 속에 퐁당, 봉지는 아무렇지 않게 장작더미 속으로. 헉, 나는 입이 다물어지지 않았다. '아줌마, 라면봉지 태우면 다이옥신을 비롯한 엄청난 유해물질이 나온다는 거 몰라요?' 이 말을 뱉을까 말까 한참을 고민했다. 하지만 내가 지금 이 상황에서 이런저런 것을 설명해가며 산속 사람들을 가르치려든다면 그들은 나에게 뭐라고 말할까.

'그럼 너는?'

그렇게 되면 난 할 말이 없다. 오히려 환경오염이라는 개념 자체를 만들어낸 오염의 주범은 도시에 살고 있는 내가 아닌가. 조금 배웠다고 무의식 중에 그들을 깔본 내가 부끄러웠다. 라면봉지를 태우는 그들보다 내가 더 해악한 일을 저지르고 있는 건 아닐까, 더럽고 추악한 내가 그들에게 악영향을 끼치고 있는 건 아닐까. 후루룩, 말없이 꾸역꾸역 라면을 먹었다. 각박한 바깥세상을 피해 도망쳐온 주제에 이들의 삶의 방식에 이리 뒤라, 저리 둬라 훈수하려 한 내 모습은 정말, 아니꼽기 그지없다.

화르르.

라면봉지 사그라지는 소리만

가아득.

고 마 워 , 산 아 :

어쩔 수 없는 도시사람인 나, 10여 일이나 더 남은 트래킹 계획을 포기하고 왔던 길을 돌아가기로 결심했다.

"태은아, 나 그냥 카트만두 갈래. 마을에서 며칠 있으면서 보고 느낀 거, 그리고 나에게 쉼을 준 것만으로 충분한 것 같아. 사실 트래킹 준비도 덜 된 것 같고. 넌 더 가고 싶으면 가. 난 그냥 내려갈래."

불쌍한 태은이는 파트너 잘못 만나 맘고생이 이만 저만 아니다. 힘 내서 조금만 더 올라가자는 태은이의 권유에도 나는 계속 집에 가겠다며 떼를 쓴다. 결국 고집은 내가 한 수 위였기에 태은이와 나는 다시 배낭을 메고 왔던 길을 되돌아간다. 아, 몸은 수월해졌지만 이상하게 어딘가가 찜찜하다.

"조금 아쉽긴 하다. 분명히 다시 여길 그리워할 텐데 말이야. 싱그러운 바람, 나무와 풀의 녹색 잔치, 멍해질 정도로 파아란 하늘, 웃음을 되돌려 주는 산 사람, 그리고 나도 알지 못했던 나 자신. 근데 한편으론 조금 신나기도 해. 따뜻한 물로 샤워도 할 수 있고, 빨래도 맘껏 할 수 있고. 그럼 벼룩도 조금 덜해질 거 아냐. 무엇보다 카트만두에서는 한국 음식을 먹을 수 있잖아! 아, 그나저나 너 나한테 빚진 거 얼른 갚아. 갈치백반 어때? 어,

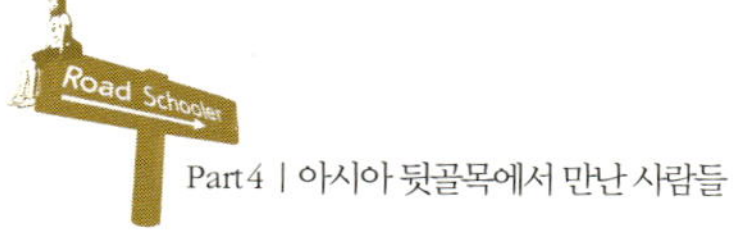

어? 너 약속한 거다!"

내 핑계 대며 산을 내려가긴 하지만 태은이도 얼른 한국 음식이 먹고 싶은 눈치다. 카트만두로 향하는 발걸음은 정신없이 빨라지기 시작하지만 마음은 아직 산에 두고 온 것 같다. 마음의 평안을 얻고자, 가슴이 후련해질 정도로 시원한 하늘과 나무를 찾아 슬금슬금 기어들어온 나. 하지만 속세를 벗어던지지 못하고 5일만에 뒷걸음 쳐 도망가는 것이다. 완벽한 모순의 동물이라니!

이런 이중적인 도시인의 모습이 미워 죽겠는데도 이곳이 계속 나의 '마음의 휴식처'로 남아주었으면 하는 억지스러운 바람도 있다. 나는 도시로 돌아가지만 산사람들은 영원히 순박하고 순수했으면 좋겠다. 오지는 영원한 오지일 수 없음을 뻔히 알면서 나는 그런 것들을 무심코 바란다.

"걷기 힘들어 죽겠는데 뭘 그렇게 적나?"

수첩에 무언가를 열심히 적고 있으려니 태은이가 묻는다.

"앞으로 한국 돌아가면 어떻게 활동할 건지 아이디어 적는 거야. 트래킹하면 생각할 시간은 많은데, 적어놓지 않으면 다 까먹잖아. 참신한 생각이 나면 바로 바로 적고 계획을 세우는 거지.

예를 들어 지금 내가 여행하면서

엄청 많이 배우고 있잖아. 그래서 학교에 돌아가면 학생회를 중심으로 청
소년 여행을 어떻게 알릴 건지, 공부뿐만 아니라 여행에도 길이 있다는 걸
어떻게 보여줄 건지 계획하는 거야. 십대뿐만 아니라 선생님들도 동참했음
하는 생각도 들고 그래. 사실 선생님들도 많이 힘들어하시잖아?"

그랬더니 뿌루퉁한 표정과 함께 돌아오는 한 마디. "그거 왜 해? 어차피
안 돼."

다름을 절대 용납하지 못하는 나는 목소리를 높이기 시작한다.

"그게 왜 안 돼? 해보지도 않고 어떻게 안 된다는 소리를 해? 너도 지금
여행하면서 긍정적인 영향을 많이 받고 있잖아. 이건 충분히 좋은 배움이
라는 걸 너도 알잖아. 그렇다면 적극적으로 알려야지. 왜 안 된다는 소리를
먼저 해?"

"아, 흥분하지 마. 너도 학교 다녀봐서 알듯이 우리가 애써서 변하는 건 아
무것도 없어. 네가 뭘 할 수 있는데? 아무것도 할 수 없다면 애초부터 시작
하지 않는 게 나아. 그리고 여행 와서까지 한국 생각, 학교 생각 해야겠냐?"

이놈의 언쟁은 하루도 쉬는 날이 없다. 토론이라는 이름을 뒤집어쓰고
있지만, 말다툼이나 다름없다. 정말 안 될까? 입시공부에만 찌든 청소년들
에게 여행을 통한 배움은, 로드스쿨링은 100퍼센트 불가능한 걸까? 나 혼
자만의 환상이자 꿈일까? 지금은 힘들더라도, 당장 내 세대에서는 불가능
할지라도 조금만 더 열심히 알리고 활동하면 다음세대에서는 가능하지 않
을까? 청소년기의 여행은 충분히 가치가 있다고 생각하는데, 다른 사람은
아닐까?

언쟁 끝에 지기 시작하는 해, 아무래도 지리에는 내일 아침에야 도착할

듯 싶다. 칠흑 같은 산속의 밤은 은근히 매력적이다. 문득 왔던 길을 되돌아본다. 그리고 나의 끊임없는 투정, 눈물과 땀을 비롯한 분비물, 술술 풀려나오던 참신한 생각들, 투명하고 맑은 웃음과 마음, 아련한 추억 모두 산속에 묻어놓는다. 모두 짊어지고 살기엔 아직은 내 그릇이 작기 때문이다. 너무 지치고 힘들면 그때 다시 찾아오리라 맘먹고 꾹꾹, 다 묻어 담는다.

우리, 잘하고 있는 거 맞니? :

네팔 트래킹 후, 나는 무언가에 쫓기듯 급히 태국으로 떠났다. 떠나는 데 이유가 있겠냐마는, 일상이 되어버린 인도와 네팔이 지겨웠던 거겠지. 나중에 한없이 그리워하게 될 줄도 모르고.

　태은이는 내가 떠나 온 인도를 거쳐 서쪽으로 쭉쭉 갔다. 그리고 12월, 한국에 들어와 고등학교에 복학했다.

　　보라　오랜만이야, 태은. 학교 잘 다니고 있지?

　　태은　뭐, 학교가 그렇지.

　　보라　근데 너 만났을 때 정작 이건 진지하게 못 물어본 것 같은데 말야. 학교 잘 다니다 왜 여행을 떠나게 된 거야?

　　태은　내신에 시달리는 게 싫었지. 지금 생각해보면 그것 때문에 가출을 결심한 건 조금 극단적이 아니었나 싶은데. 그렇지만 당시는 내 인생 최고의 시련이라고 생각했어. 견딜 수 없었지. 다들 공부를 해야 한다고들 하는데, 왜 해야 하는지 모르겠는 거야. 내가 공부를 해서 뭘 얻을 수 있지?

뭐 이런 동기부여도 안 돼 있는 상태에서 계속 강요받으니까 차라리 아프가니스탄이나 이라크에서 총 들고 필사적으로 사는 게 낫겠다고 장난 반 진심 반으로 생각했었어. 그러다 여행을 빌미삼아 도피했달까. 하하.

보라 그래서? 얼마 동안 몇 개국을 돈 거야?

태은 열한 달 동안 일본, 중국에서부터 유럽까지 갔지. 37개국을 돌았어.

보라 우와, 그럼 그 동안 정말 많은 일들이 있었겠다! 나랑 함께했던 2주를 빼곤 너에게 어떤 일들이 있었는지 나는 잘 모르는데. 가장 기억에 남는 에피소드라면?

태은 네팔에서 너를 만난 것? 하하, 넌 아니야? 널 만나서 생각이 좀 많이 바뀌었던 것 같아. 너도 기억하다시피, 우리 트래킹하면서 목소릴 좀 높였 잖아. 넌 학교로 돌아가면 뭘 좀 바꿔보겠다며 여러 가지 아이디어를 구상중이었고, 난 냉소적으로 대응했고. 그랬는데 너랑 헤어지고 여섯 달 더 여행하면서 조금씩 생각이 바뀌더라. 조금만 애쓰면 바뀌지 않을까, 한번 해볼까, 이런 식으로 말이야. 그래서 여차저차하다 다시 학교로 돌아왔고, 지금은 임원도 하고 있지.

보라 혁, 정말? 그렇게 강경했던 네가 변할 줄이야. 이거 역사에 길이 남을 대사건일세. 사실 난 네가 학교로 돌아간단 소식을 듣고 참 재밌었어. 네팔에서 나는 학교로 돌아간다는 입장이었고, 넌 절대 가지 않을 거라 했잖아. 근데 정작 나는 지금 학교 밖에 있고, 넌 학교 안에 있으니까. 음, 그럼 여행중에 열여덟 살이라서, 미성년자라서 불편하거나 힘들었던 일 없어? 사실 난 어리다고 한국 사람들이 쉽게 보던 거 빼고는 없었는데 말이야.

☺ 태은 음, 오히려 미성년자라서 재밌는 일들이 많았지. 인도에서 처음 보는 한
국 사람이 날 보고 "어! 카페에서 본 그 고등학생이다!" 하는 거야. 나를
각인시키는 좋은 요소였달까. 하하. 그리고 홍콩에서 여권기간 연장할
때, 원래 안 해주는 건데 나이 덕 좀 봤어. 유럽 박물관에서는 거의 공짜
라서 좋았고. 근데 좋은 것만 있었던 건 아냐. 인도에서 이란과 파키스탄
비자를 발급받으려면 한국대사관 레터가 필요했는데, 대사관에 가서 오
히려 혼나기만 했다니까.

☺ 보라 왜 혼나?

☺ 태은 여권을 보여달라기에 보여줬는데, "너 학교 안 가고 뭐하냐?"라는 식으
로 나온 거지. 결국 우리 아빠랑 대사랑 통화까지 했다니까. 정말 웃기지
않아? 여행 가서 어른한테 혼날 줄 누가 알았겠나. 지금 생각해봐도 참
어이가 없어.

☺ 보라 우와. 진짜 재밌다. 대사관 직원이면 외국에서 살고 있으니 조금 열려 있
을 것 같은데 그건 아닌가보네. 근데 지금 학교 다니고 있는 건 어떤 이
유에서야?

☺ 태은 사실 나도 갈팡질팡 고민 많이 했지. 부모님께서는 당연히 복학하라고
말씀하셨는데. 나는 학교로 돌아가고 싶지 않았거든. 의견을 조율하는
게 좀 힘들었던 것 같아. 너도 알잖아, 내가 우리나라 공교육 시스템을
얼마나 비판했는지. 그렇게 비판하던 나한테 학교로 돌아가라니 자신이
없는 거야. 엄마 아빠도. 나도 다 힘들었지 뭐.

☺ 보라 그래서 지금은 괜찮아?

☺ 태은 지금도 간혹 생각해. 아, 잘하고 있는 거 맞나? 근데 답은 없잖아. 열한

달 동안 여행이라는 엄청나게 큰 자유를 누렸는데, 다시 대한민국의 고등학생으로 살아가는 게 안 힘들 수가 없지. 하지만 학교에서만 느낄 수 있는 활력이란 게 있잖아. 지금 아니면 누릴 수 없는 거니까, 살아보려고. 근데 빡빡한 보충수업이랑 야자는 너무 힘들어서 안 하기로 했어. 그 시간에 내가 하고 싶은 외국어 공부를 하려고. 부모님도 그걸 원하시니까. 그런데 간혹 친구들 중에 나를 사회에 적응 못하는 인간이라고, 자기중심적인 인간이라고 말하는 애들도 있어. 당연히 지긋지긋하고 짜증나지. 그래도 날 이해해주는 사람들이 있잖아. 뭐, 그거면 돼.

길은 나에게 많은 말을 해주었다.

😊 **보라** 다행이다. 근데 딱 정답은 없는 것 같아. 너나 나나 계속 길을 탐색하는 중인 것 같아. 그런데 여행 생각날 때도 됐을 텐데?

😊 **태은** 당연하지. 이번 여름방학 때 마더하우스 가서 봉사활동하면서 영어 공부할 계획이야.

😊 **보라** 뭐야! 너 나랑 인도 얘기하다가 목소리 높였던 거 기억 안 나? 너 그때 인도 더럽고 짜증나고 지긋지긋하다며!

😊 **태은** 응, 그랬는데 제일 생각나는 나라다. 너도 알잖냐, 인도의 매력.

😊 **보라** 맞아, 그렇지. 또 새로운 여행을 하게 되겠네. 부럽다. 넌 11개월 동안의 여행이 터닝포인트가 되었어? 그런 사람들 있잖아. 여행을 통해 뭔가가 확 바뀌어서 "여행은 내 인생의 전환점이 되었어요" 하는 사람들.

태은 터닝포인트까지는 아닌 것 같아. 나에게 쉼을 주고 싶었어. 그리고 여행
을 통해 내가 갈 길을 찾고 싶었지. 단지 여행 다녀와서 세계가 다르게
보이는 것 같아. 자신감도 좀 생겼고.

보라 여행을 갔다 온 거, 후회하는 것 같아 보이진 않는다. 다행이야. 우리들의
도발적인 행동, 학교를 쉬고 (혹은 그만두고) 여행을 떠난 것에 대해 도피
라고 생각하는 사람들이 많잖아. 그런 사람을 만나면, 넌 어떤 식으로 대
응할래?

태은 부정하진 않겠어. 하지만 난 그저 잘 살기 위해서 여행을 떠난 거야. 이
세상은 소수의 행동을 통해 바뀌어왔다는 것, 그리고 나도 그 행동에 가
담했다는 것. 난 그걸 말해줄래. 그거면 될 것 같아.

여행은 터닝포인트가 될 수 있을까?

일찍이 나에게 눌려 살아온 사람이 있다. 나의 욕심 때문에 많은 걸 포기해야 했고, 양보해야만 했다. 나의 궂은 심술에도, 나의 수많은 거짓말에도 밝게 웃으며 고개를 끄덕거리는 바보 온달 같은 내 동생이다. 부모님의 말을 대수롭지 않게 여기는 나를 보고 자라면서 부모님보다 나의 말을 무서워하고 따랐던 동생. 내 동생 광희는 늘 나에게 억눌려 지냈다. 그래서 나는 내 동생이 아무것도 못하는 줄 알았다.

광희가 중학교 3학년이 되자, 고모와 나는 대안학교를 추천했다. 공부를 잘해 선생님께 주목을 받는 편도 아니고, 그렇다고 사고를 쳐 선생님을 신경 쓰이게 하는 애도 아닌 그냥 분위기에 휩쓸려 조용히, 무던하게 지내는 광희에게는 '작은 학교' 가 맞겠다고 생각했다. 20명 내외의 작은 학급에서

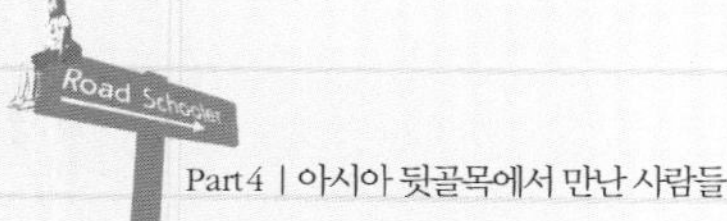

많은 경험을 하고 많은 사람들을 만나며 선생님과 함께 꿈을 키워가기를 바랐다. 무엇보다 자기가 진정으로 하고 싶은 것이 무엇인지 찾길 바랐다.

그래서 우리는 대안학교를 추천했다. 하지만 처음엔 광희의 반응이 시큰 둥했다. 그러다 입시철이 다가오자 압박을 느꼈는지 광희는 스스로 정보를 찾다가 마음을 결정했고, 대안학교 두 군데에 원서를 넣었다. 한 군데는 인지도가 높아 경쟁률이 센 A학교, 다른 곳은 평범해 보였던 B학교. 나는 A에서는 동생을 받아주기 힘들 거라 판단해, B의 입학원서 작성을 도왔다.

대안학교는 학교 철학에 따라 교과과정이 다르고, 프로그램이 다른 만큼 아이들을 뽑는 기준도 확연하게 달랐다. 인성과 잠재력을 따지는 학교가 있는 반면, 성적을 주요 판단요소로 삼는 학교도 있었다. 그때의 나는 기숙사 생활을 하고 있었기 때문에 많은 것을 도와줄 수는 없었고, 다만 글을 잘 쓰지 못하시는 부모님 대신 추천서를 써줬다. 그리고 우리 반 친구들이 모두 볼 수 있도록 교실 칠판에 크게 적었다.

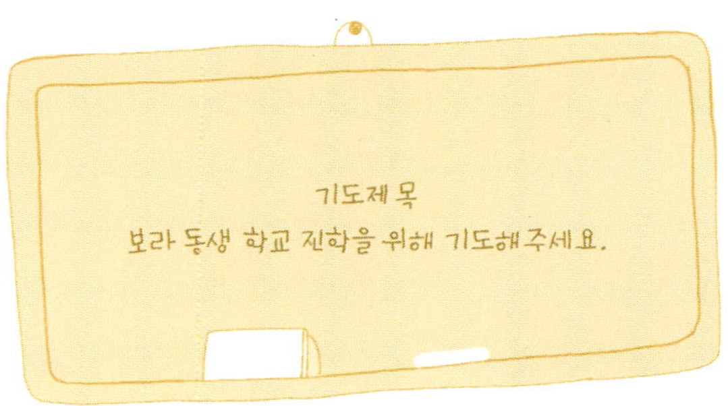

유난히 끼리끼리 사이가 좋았던 우리 반 친구들은 광희를 위해 기도해주었다. 그리고 내 동생은 멋지게 B학교에 낙방했다. 울면서 교실에 들어섰

다. 합격 여부를 알기 위해 신나게 컴퓨터실로 달려간 내 모습을 본 친구들
은 조심스레 물어왔다. "보라야, 왜 울어? 어떻게 됐는데? 말 좀 해봐."

"동생이랑 통화했는데, 글쎄 A학교 2차까지 붙었대. 걔가 그렇게 좋아하
는 거 처음 봐. 걔가 스스로 해낸 것도 처음 봐. 자기 입으로 좋다고 말하는
것도 처음 봐. 어떡해." 떨어진 줄 알았다며, 친구들에게 죽도록 맞았다. 그
래도 좋았다. 너무너무 좋았다.

간디학교. 간디학교는 산청간디학교, 금산간디학교, 제천간디학교 세 가
지로 나뉜다. 같은 이름을 가지고 있지만 저마다 다른 성격을 띄고 있다.
인가 여부도 다르고, 교과과정 또한 다양하다. 광희는 그중 금산간디자유
학교에 들어갔다.

스스로 행복하다고 말해본 적 없는 아이가 행복하다고, 너무너무 좋다고
말한다. 방학 때 집에 오면 얼른 학교 가고 싶다고 하고, 앞으로 뭘 하고 싶
냐는 질문에 꿀 먹은 벙어리였던 아이가 요리와 영상을 배우고 싶다고 말
한다. 대한민국 기준에는 조금, 아니 조금 많이 떨어져 있지만 대한민국 기
준보다 훨씬 행복한 아이들이 살고 있는 곳이 대한민국에는 있다.

네 동생 간디학교 다녀? :

7월의 캄보디아는 덥다 못해 뜨거울 지경. 유적이라 불리는 그 수많은 돌
덩이들은 사람들을 불러 모으고 '내 더위 사 가라' 한다. 캄보디아 앙코르
유적 위에서 언니와 나는 처음 만난 사람들이 다 그렇듯 서로의 공통점을
찾기 위해 애썼다.

"열여덟이요."

"어, 나도 열여덟 살에 호주로 여행 갔었는데."

"정말요? 언니 대안학교 나왔어요?"

"어? 응. 대안학교 어떻게 알아?"

"아, 제 동생이 대안학교 다니거든요."

"어디?"

"간디학교요. 금산에 있는 거."

"우와! 나도 간디학교 나왔는데. 난 산청간디학교 나왔어."

길 위에서 만나는 사람들은 서로의 공통점을 찾느라 바빠 보였다. 나이는 몇 갠지, 어디를 여행했는지, 앞으로 루트는 어떻게 되는지, 어느 나라에서 왔는지, 어느 지역에 사는지, 어느 대학을 나왔는지. 하지만 나는 늘 공통점보다는 차이점투성이인 경우가 많았다. 나이가 열여덟이라는 것부터 학교를 다니지 않는다는 것까지. 그래서 그 모든 것을 설명해야만 했다. 처음에는 특별한 시선으로 바라봐주는 것이 신나고 즐거웠지만, 이내 불편하고 귀찮아졌다.

하지만 산청간디학교를 졸업했다는 사랑 언니에게는 설명이 필요 없었다. 평소 하고 싶었던 푸념을 맘대로 늘어놓을 수 있었고, 대안적인 삶과 이상에 대해 이야기하며 의지를 불태울 수 있었다.

"그래, 나도 그랬어. 나도 산청간디에서 중·고등학교 다니면서 사람들이 이상하게 쳐다보는 것도 많이 경험했고, 차별도 많이 받았어. 근데 난 내 삶에서 간디를 빼면 뭐가 남을까 싶어. 상상도 할 수 없을 정도로 간디는 나에게 너무나 커."

언니 덕분에 참 많이 울고 웃었다. 나는 그제야 열여덟 살이라는 껍데기를 벗어 던질 수 있었고, '하아' 숨을 돌릴 수도 있었다.

터닝포인트 :

…….

이야기를 하다 보면 자연스레 말이 끊기는 순간이 있다. 그리고 한참 후에야 한 사람이 입을 연다.

"이야기를 하다 보면 이렇게 말이 끊기는 순간이 있잖아. 난 그런 순간이 어색하지 않고 당황스럽지 않은 사람과의 만남이 좋아."

"어, 보라 너도 그래? 나도. 말이 끊기면 황급히 화제를 찾는 사람들이 있잖아. 난 그게 더 이상한 거 같아."

상대가 누구냐에 따라 그 순간은 난감하고 당황스러운 상황이 될 수도 있고, 아주 편안하고 자연스러운 상황이 될 수도 있다. 그 공백까지도 좋은 만남- 사랑 언니와의 시간은 그랬다. 깔깔거리며 남의 등을 확 치는 내 특이한 웃음 버릇에 괴로워하는 모습을 보면 참 오래된 친구인 것도 같고, 진지하게 고민을 받아주며 상담

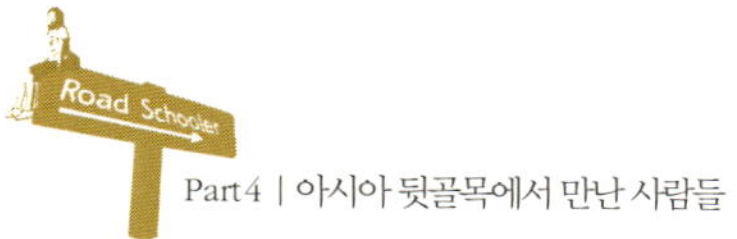

해줄 땐 다정한 언니 같았던 사람. 나에게 대화의 여백, 그 아름다움을 알게 해준 언니는 터닝포인트를 이야기하기 시작했다.

인생에 있어서 아름다운 것은

열일곱 살이나 열여덟 살쯤에 발생한다.

어른이란

열일곱, 열여덟 살에 대한 지루한 보충설명일 뿐이다.

하지만 그 나이를 지난 후에는

다시 그 나이로 돌아갈 수 없다.

-안도현의 『짜장면』 중

터닝포인트, 전환점. 영화에는 몇 개의 터닝포인트가 숨어 있단다. 그 터닝포인트로 영화는 새롭게 만들어지고, 새로운 이야기를 시작하고.

"내 첫 번째 터닝포인트는 고등학교 시절이었어. 열일곱, 열여덟 즈음. 시간이 지나 20대가 되고 대학에 들어와서 내 두 번째 터닝포인트를 찾기 시작했지. 첫 번째 터닝포인트가 날 정말 자라게 했거든. 여행을 떠나면 찾을 수 있지 않을까, 돌아와서는 알게 되지 않을까 내내 고민했는데 아무래도 이번 여행에서는 실패한 게 아닌가 싶다. 우연히 네가 건네준 산문집이 그렇게 알려주더라."

베트남 냐짱의 모래사장 위에서 멍하니 바다를 바라보던 언니, 그리고 짧은 글 하나.

"누군가는 여행을 도피라고 말하지만, 여행은 나를 비우고 새로운 나를
만나러 가는 거야."

언니, 일상 속에서 전환점을 찾지 못해 급급해 했다면 그걸로 충분하지
않을까? 무언가를 얻기 위해 여행을 떠나는 건 아니잖아. 더 많은 사람들
을 만나고, 더 큰 세상을 만나러 떠나는 거잖아. 언니 말대로 여행은 새로
운 나를 만나러 가는 거잖아. 그거면 충분한 것 같아. 그래서 우리는 그 길
위에 섰고, 함께 이야기하고 있잖아. 푸른 어둠이 섞인 이 거리를 말야.

향수병약을 가져오지 않았다고

*집에 가고 싶어졌다

한밤중 뒤척이는 소리에 잠이 깨 엄마겠거니 하며 눈을 떴다. 하지만 나는 침대 위에 누워 있고, 뒤척이는 사람은 우리 엄마가 아닌 옆자리 여행객이다. "아, 여기 베트남이지." 잠결에 중얼거린다. 여긴 베트남이다.

그날만도 집을 그리는 꿈을 세 개나 꿔버렸다. 아침에 일어나자마자 집에 가고 싶다고 한국 타령을 하기 시작했다. 베트남 여행을 함께 하고 있는 언니 오빠들도 오늘따라 한국 이야기로 정신이 없다. 아, 그만 짜증이 난다. 중국과 일본 냄새가 가득한 베트남 호이안의 거리에서 나는 씩씩 화를 삭이며 애꿎은 돌만 걷어차고 있었다.

"제길, 왜 아무도 가르쳐주지 않은 거야?"

떠나기 전에 향수병을 치료할 약이라곤 하나도 챙겨주지 않고, 가르쳐주

지 않았던 사람들, 나 없이도 잘 지내고 있는 것 같은 친구들, 소식 하나 없는 엄마 아빠. 나 없이도 한국은 잘만 돌아가고, 지구는 아직도 빙빙 돌고 있다는 사실에 어쩔 줄 몰랐다. 상쾌한 아침을 먹으며 즐겼던 여행의 한가로움도, 새로운 사람들과의 두근거리는 만남도, 하루를 정리하며 뿌듯함을 느꼈던 일기 쓰는 시간도 다 지겨워졌다. 이제, 너무너무 지루하다.

모르겠다. 왜 이러는 거지? 2주째 함께 다니고 있는 한국인 언니 오빠들 때문에? 아님 태국에서 DVD로 공수한 〈내 이름은 김삼순〉의 현빈 때문에? 베트남 여행이 재미없어서? 아, 왜 이래!

집이 그리운 마음이 한국으로 떠날 채비를 하려고 할 땐 몸을 바쁘게 움직여야 한다는 나만의 향수병 대처법. 얼른 배낭을 메고 익숙하지 않은 곳으로 떠난다던지, 새로운 일행을 찾는다던지. 하지만 요 며칠 새 아무리 바쁘게 움직여보아도 떠난 마음을 잡을 수가 없다. 달래고 달래도 돌아올 생각을 하지 않는 내 마음, 지독한 향수병에 걸려버린 것 같다.

보라야,

향수병이라니, 너 혼자 여행하기엔 너무 오랜 시간이 지난 모양이다. 어떻게 해야 할까? 너의 꿈의 날개를 꺾는 것은 그 어떤 것도 하기 원치 않는단다. 남은 여행의 기간을 접어서 '다음 기회'를 위해 저금해놓고 일찍 귀국하는 것도 그 놈을 잡는 법 중의 하나가 되겠지? 그러나 또한 그것이 꿈을 펴나가는 데 지불해야 할 대가라면 직면하면서 나가야겠지?

아무렇지도 않게 이겨내는 법은 없는 것 같아. 우리가 사람이라면 말야. 그 놈을 통해 내가 어딘가에 속해 있다는 것을 알게 되고, 그리워할 사람들이 있다는 것에 감사하는 마음도 배우게 되고, 한번 앓고 나면 아기들이 부쩍 영특해진다는 말처럼 우리가 철이 들게 되기도 하니까—늘 그런 것은 아니지만 말야—밉지만 미워할 수만은 없는 '병'인 것 같지 않니?

며칠 여행을 쉬면서 주변의 한국인들과 시간을 보내는 것은 어떨까? 한국 음식도 해먹고, 수다도 맘껏 떨면서. 그래도 안 되면, 너를 더 깊이 '병들게' 할 이유 없이 과감하게 한국으로 돌아가는 것도 용기 있는 행동이라고 생각한다. 어떻게 생각하니? 내가 함께 있어줄 수가 없어서 너무나도 안타깝구나.

보라야, 이런 시간을 지나면서 네가 누군지, 인생이 어떤 것인지 조금씩 배울 것이라는 기대감을 가지고 나 자신의 염려를 덜어보기도 하고, 또 너를 격려해보기도 하지만 지금 네가 얼마나 힘들지 이해하기 때문에 여전히 내 마음이 아리구나. 무엇보다도 어떤 상황 속에서도 네가 무사하고 건강해야 하니까.

은주가.

한국으로 돌아갈까? 끝없이 고민하고 고민했다. 여기서 한국으로 돌아가면 10월에 돌아간다고 엄중포고를 했던 나의 발언은 주워 담을 수 없다. 그리고 아직 여행할 나라도 더 남았는걸.

향수병에 걸렸다고, 나 좀 치료해달라고 보낸 어리광 가득한 메일에 답장이 꽤 많이 도착해 그나마 다행이다. 인도에서 만난 은주 언니의 '향수병 치료법'에 귀가 솔깃하지만 아직은 뭔가가 아쉽다. 이러지도 못하고 저러지도 못하는 향수병. 그러다 이런 제목의 메일을 발견하니 화가 솟구쳐 오른다. "배부른 자의 병, 향수병"이라니! 왠지 열기가 싫다. 열면 화만 더 날 것 같다. 하지만 내가 좋아하는 선생님으로부터 도착한 메일이다. 이걸 어쩌지?

E-mail 〉〉〉

보라 보거라.

그래, 타향살이에 정신적으로 피곤할 수도 있고, 고향 생각이 날 수도 있을 거다. 예상은 했지만, 소녀인 네가 감당하기가 쉽지 않을 거란 생각이 든다. 하지만 힘내라. 그런 고난과 역경을 견뎌내야 하니. 향수병은 배부른 자의 병이라 생각한다. 열심히 일해라, 부지런히 움직여라, 바쁘게 뭔가를 해라. 그럼, 병이 나을 것이다.

한국에서 고삼곤 보냄.

첫, 뭐야. 위로는 못해줄망정 내가 배불렀다고? 참나. 늘 나를 달래주던 선생님이 오늘은 나에게 배부른 자라며 호통을 친다. 그 모습이 야속해 벌떡 일어나 돈을 쾅 내고 인터넷카페를 나선다. 오늘은 비까지 온다. 날씨까지 이렇게 뭐람.

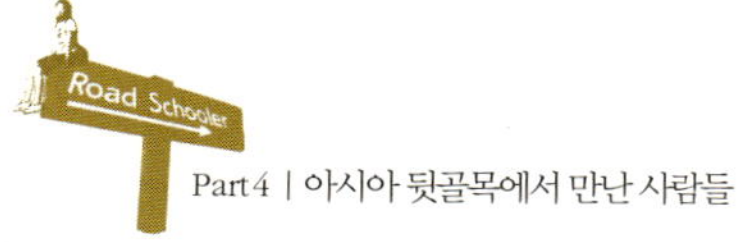

　그래도 메일을 받으니 한결 낫다. 향수병에 가슴 한쪽이 아리고 또 아리지만 보고 싶다며 신나게 편지를 보낸 친구들, 여행에서 만났던 언니 오빠들, 날 생각해주는 사람들의 응원 메일에 다시 힘을 내기로 한다.

　"아자 아자! 힘내자. 곧 나아질 거야. 이런 적 한두 번 아니잖아. 괜찮아, 보라야. 그냥 조금만 아프면 되는 거야. 그럼 금방 재밌는 일도 생길 거고, 새로운 친구들도 사귈 수 있을 거야. 한국 생각은 조금만 참자. 조금만!"

　혼잣말을 하던 나는 비 오는 하늘을 바라보며 무심코 생각한다. '그런데 한국에도 지금 비가 올까?' 아, 망했다.

티베트 남자는 그럴 리가 없단 말이야

＊리장에서 만난 불쾌한 녀석

향수병을 치료하기 위해 언니 오빠들과 헤어져 라오스로 향하는 버스를 탔다. 하지만 라오스와 베트남에 찾아온 우기로 그만 길이 끊기고 말았다. 도로를 보수하는 동안 버스는 기약 없는 기다림을 시작했다. 아무것도 없는 허허벌판 위에 대책 없이 버려진 나. 버스 안에는 대부분 현지인이었고 몇 사람만 외국인이었다.

몇 시간이고 멈춰 선 버스 안에서 내 배는 밥 달라며 소리를 질렀다. 다른 여행자들 역시 배고파 어쩔 줄 몰라 하는데, 한 베트남 사람이 함께 살아남자며 빵을 두 개씩 쐈다! 과자 몇 상자와 빵 몇 상자를 라오스까지 운반하기 위해 버스를 탄 사람이었다. 앞에 앉은 라오스 사람도 나에게 과자 한 봉지를 건네주며 돌려먹으라는 몸짓을 했다. 휴, 다행이다. 빵을 조금씩

"

뜯어 먹고 있으니 버스에 다시 시동이 걸렸다.

첫 만남부터 기분 좋았던 라오스에서 입국 스탬프를 찍고, 나는 짧게나마 산뜻한 여행을 즐겼다. 그리고 벌벌 떨며 중국이라는 나라로 들어섰다. 인구가 하도 많아 사람 하나 없어져도 모른다는 중국. 중국에는 가지 말라며 겁을 줬던 사람들 때문에 나는 쫄아 있었지만 윈난 성의 리장은 나를 포근히 안아주었다.

모두의 하루가 시작되는 새벽, 고요한 그 길을 나 홀로 걷는다. 지나가는 한두 사람에게 살짝 눈인사를 건네고, 가게와 집앞을 청소하고 있는 아저씨에게 좋은 아침이라며 한 마디 던져보기도 한다. 맨질맨질한 돌바닥, 기와가 올려진 오래된 집들, 돌길 사이로 흐르는 물소리. 고즈넉이라는 단어가 어울리는 리장의 고요한 아침이다.

오늘도 어김없이 캘커타에서 만난 사진가 아저씨가 소개해준 사쿠라카페 옥상에 올라선다. 리장 고성 안의 풍경과 하늘을 보고 있으면 정말 가슴이 뻥 뚫리는 것만 같다. 끝이 보이지 않는 기와집 풍경에 멍하니 넋을 놓고 있으니 하늘이 질투가 났는지 비를 쏟아 붓기 시작한다.

어제까지 나의 손과 발이 되어준, 아니 정확히 말하면 나의 입과 귀가 되어준 중국인 친구 류맹과 함께였는데 오늘은 나 혼자다. 리장으로 오는 버스에서 우연히 만난 류맹은 쓰촨 사람이다. 한국에 관심이 많아 나에게 이것저것 물어보며 방긋 웃었다. 류맹과 다음 여행지가 같은 곳이라 손을 맞잡으며 좋아했지만, 맹은 리장이 영 맘에 들지 않는다고 했다.

"여긴 너무 관광객이 많잖아. 여긴 리장이 아니라, 관광지 리장이잖아. 난 이렇게 시끌벅적한 곳 싫어. 하루라도 일찍 뜰래. 너도 이 다음에 중띠엔으로 갈 거지? 그럼 중띠엔에서 만나자."

고즈넉했던 새벽녘은 잠깐, 금세 리장은 북적이는 관광도시 리장으로 변한다. 누가 중국 아니랄까 봐 여기도 인산인해다. 나도 관광객들이 넘쳐나는 도시는 딱 질색이지만 오랜만에 만난 관광지가 반가워 며칠 더 있기로 한다. 이곳에서는 나도 여행자들의 틈에 끼어 패키지 여행 분위기를 낼 수 있으니까.

하지만 금세 류맹의 빈자리가 차갑게 느껴지고 만다. 식사를 주문할 때도, 물건을 살 때도, 심지어 길을 잃어 헤매도 나는 어찌할 수가 없다. 중국 사람들은 원투쓰리도 모른다는 말을 나는 믿지 않았다. 하지만 라오스에서 중국 국경을 넘어서자 화장실에 가고 싶은 내 심정을 10분 동안 설명해야 했던 나는 곧 그 말에 고개를 끄덕이게 되었다.

사쿠라카페 옥상에서 내려와 2층 창가에 자리를 잡고 가방 속의 실타래를 꺼낸다. 길을 걷다 우연히 발견한 실 가게에서 산 무지개 색 실이다. 실타래를 풀어 비 내리는 거리를 배경으로 뜨개질을 시작한다. 한 뼘쯤 떴을까. 창문 너머 옆 카페에서 한 남자가 소리를 지른다. 보아하니 날 부르는 것 같진 않은데. 나는 고개를 숙여 다시 뜨개질에 몰두한다. 그러자 또 소리를 지르는 그 남자. 고개를 들어 자세히 살펴보니 날 부르는 것 같다.

어쩌라는 거지? 술잔을 들고 이리 오라고 손짓하고 있긴 한데. 별로 가고 싶진 않다. 불렀으면 알아들을 수 있는 말을 해야지. 제3세계의 말을 하는 그를 나는 외면한다. 어이 청년, 오늘은 조용히 뜨개질만 하고 싶다고요. 5분 뒤, 그는 사라

졌다. 엥? 그리고 내 눈 앞에 나타나고 말았다. 으악! 씨익 웃으며 알아들을 수 없는 중국말을 쏟아내기 시작하는 그 사람. 나는 조용히 듣고 있다가 입을 열어 말한다.

"팅부동(중국어로 '못 알아듣겠어요')."

의아한 표정으로 바라보는 그.

"워 쓰 한구어런(중국어로 '저 한국 사람이에요')."

비상시를 대비해 간단한 중국어를 배워두길 잘했다. 이렇게 말하면 집에 가겠지, 싶어 나는 팅부동을 두 번이나 더 외친다. 그리고는 다시 실 바늘을 잡으니 그는 얼른 나가자며 내 손을 잡아끈다. 그리고 내 저녁 값을 자기가 계산한다. 이보세요, 저 돈 있거든요? 당황스러워 밥값을 쥐어주니 자기가 사는 거란다. '뭐, 이런 사람이 다 있어?' 어이가 없어 가방을 챙겨 카페를 나서니 나를 따라오며 계속 알 수 없는 말을 늘어놓는다. 중국말은 거의 알아들을 수 없지만 약간의 영어와 몸짓으로 그의 말을 조금씩 해석했다. 아마도 이런 말을 했던 것 같다.

"나는 티베트 사람이에요. 여기 윈난 성에서 노래를 부르고 춤을 춰요. 옆에 내가 잘 아는 카페가 있는데, 거길 가면 티베트 전통무용을 볼 수 있어요. 같이 가서 차나 한 잔 마실까요?"

티베트란 단어에 이미 귀가 솔깃해졌다. 내가 계획에도 없던 중국 비자를 받고, 중국에 들어온 건 모두 티베트 때문이었다. 록빠에서 만난 티베트 아가들, 그 아가들의 고향에 가보고 싶어 중국에 들어온 것이다. 그가 티베트 사람이라고 말하자, 나는 키가 훤칠하고 머리도 긴 그를 따라 카페에 들어선다. '어차피 차 한 잔인데, 뭘.'

카페에 들어서자마자 청년이 주인을 찾는다. 그러자 티베트 전통복장을 차려입은, 얼굴 새하얀 서양인이 다가온다. 티베트와 리장의 매력에 빠져 티베트풍의 카페를 차리게 되었다는 미국 할머니는 전혀 의사소통이 되지 않는 나와 티베트 청년의 징검다리가 되어줬다.

"당신과 이야기 나누고 싶어서 카페로 온 거래요. 이 사람 나쁜 사람 아니니 걱정 말아요. 그럼 좋은 시간 보내요."

이어 술 한 잔 하겠냐며 온 몸으로 의사를 묻는 티베트 청년. 나는 굵고 짧게 "차(茶)!"라고 대답한다. 우여곡절 끝에 카페까지 오긴 했는데, 이 사람 나에게 자꾸 기대오는 것이 심상치 않다. 분위기가 영 이상해 전통무용을 보는 듯 마는 듯 하며 족히 4인분은 되어 보이는 화차를 벌컥벌컥 마셔버렸다. 다 마시고 나면 집에 갈 수 있을 것 같았다.

"다 마셨다. 저 이제 숙소로 갈까 해요."

손짓 발짓과 아는 중국어를 최대한 동원해 의사표시를 하고는 서둘러 일어서니 그는 날 데려다주겠단다. 그 짧은 순간에 오만가지 생각이 내 머릿속을 휘저었다. 생각해보니 숙소로 향하는 길이 조금 무서운 것도 같다.
'그래, 데려다준다는데, 뭘.'

그런데 계단을 내려와 카페를 나서자마자 이 사람, 내 손을 꽉 잡는 것이 아닌가. 오 마이 갓! 깜짝 놀라 손을 움직여보지만 이미 잡힌 손은 옴짝달싹 움직일 수가 없다. 얼굴은 빨개질 대로 빨개지고, 손에서부터 몸은 조금씩 굳어가고 있었다. 이러다 돌부처가 되는 것이 아닐까. 내 머릿속에서는 이 상황을 어떻게 해결할지 미로를 만들고 있었고, 내 몸은 미로 같은 리장을 헤매고 있었다. 길을 잘 헤매지 않던 나는 그날따라 숙소를 찾아 헤매고 또 헤매었다. 우여곡절 끝에 찾은 천국 같은 나의 숙소! 손을 뿌리칠 구실을 찾은 나는 얼른 손을 빼며 말한다.

"여기가 내 숙소예요. 바래다줘서 고마워요. 안녕히 가세요."

고개를 숙여 인사하니 티베트 청년, 고개를 갸우뚱하며 다시 내 어깨를 감싸며 말한다.

"노 프라블럼."

"에?!"

나는 뭉크의 〈절규〉처럼 꼿꼿이 얼어붙고 만다. 아저씨, 내가 생각한 건 이게 아니에요. 아니라고요. 도대체 뭐가 문제가 없다는 거예요. 당신 문제 많아 보여요. 이건 내 계산에서 빗나가는 일이라고요. 티베트 남자는 그럴 리가 없단 말이에요. 손을 내저으며 아니라고 소리를 빽 내지르고 싶지만 나는 또 다시 나긋나긋하게 이렇게 얘기한다.

"아니에요. 저 오늘은 빨리 자고 싶어요. 안녕히 가세요!"

벌렁거리는 가슴을 어르고 달래며 '보라야, 괜찮아. 괜찮아!' 되뇌며 숙

소로 들어온다. '뭐야, 도대체 왜 내 방에 들어오려고 한 거야? 왜지, 왜?'
또 다시 얼굴이 벌개진 채, 침대에 걸터앉는다. 행여나 내 뒤를 따라 들어
왔을까 봐 방문을 굳게 잠그고, 또 잠근다. 류맹이 머물렀던 침대가 유난히
더 쓸쓸해 보인다. 안 되겠다, 나도 내일 아침 일찍 중띠엔에 가야겠다. 얼
른 류맹을 만나야겠다. 그나저나 밥도 사주고 차도 사준 그 청년에게 조금,
아주 조금 미안하기도 하다.

쉘 위 댄스?

＊중띠엔의 춤 난리에 합류하다

"야, 몸치!"

야영, 수련회, 수학여행, 오리엔테이션, 엠티. 학교 행사에서 빠지지 않는 것은 무대, 그리고 그 무대에서는 꼭 춤을 추게 한다. 게다가 처음엔 꼭 임원들을 불러내곤 하지. 나는 늘 그게 무서웠다. 춤을 추라고 할 때마다 쭈뼛쭈뼛 천국과 지옥을 오갔다. 중학교 1학년, 분위기를 망칠까 봐 어쩔 수 없이 춤을 췄다. 추지 않으면 분위기를 깨버리는 놈이 되기에 나는 미친 듯이 몸을 흔들었다. 그리고 내게는 몸치라는 별명이 따라붙었고 그때의 추억이 떠올라 이후로는 절대 춤을 추지 않았다.

학교 행사 전에는 무거운 중압감, 후에는 창피함과 죄책감에 며칠을 시달려야 했다. 남들 앞에 닥무가내로 불러내서 무조건 춤을 추고 들어가게 하는 행위를 도저히 납득할 수 없었다. 그랬던 내가 오늘만큼은 춤의 광장에서 몸을 흔들어대고 있다. 아무 걱정도 없이, 누구의 시선도 상관하지 않고 그냥 마음 가는 대로 몸 가는 대로 신나게, 그렇게 신나게.

엥, 웬 춤 난리람? :

'무슨 행사 있나? 왜 다들 저렇게 춤을 추고 있는 거지?'

늙음과 병듦, 죽음이 없는 신비의 낙원이라는 이름이 붙은 후로, 이미 오지 아닌 오지가 되어버린 샹그릴라, 중띠엔이다. 중국이지만 중국 사람보다 티베트 사람이 더 많이 보이고, 티베트 문화양식이 두드러진다는 것은 티베트와 가까워졌다는 증거일 것이다.

중띠엔의 고성 광장에서는 매일 저녁 7~9시 두 시간 동안 춤 난리가 난다. 그것도 한두 명이 아니라 200명 정도의 사람들이 원을 그리며 춤을 춘다. 나는 고성을 처음 지나는 순간, 그 거대한 춤 난리에 입을 떡 벌렸다. 수많은 사람들이 거리낌 없이 음악에 맞추어 몸을 놀리는 것이 너무나 아름다웠다. 보기에 아름다울 뿐 아니라 마을 사람들이 하나 됨이 느껴졌다. 춤은 잘 추는 사람들이 무대 위에서 추어야 한다는 나의 어린 생각이 와장창 깨지는 순간이었다.

류맹을 만나러 찾아온 중띠엔, 류맹은 이곳에도 별 관심이 없어 보였지만 나는 저녁 7시의 광장이 너무나도 좋았다. 류맹은 춤을 추겠다는 나를 그저 바라보기로 했고, 나는 용기를 내어 끼어들었다. 밥 먹고 춤만 췄는지 마을 사람들은 눈을 감고도 춤을 춘다. 그 요란한 몸동작을 하나도 따라할 수 없어 처음에는 그저 돌고 도는 행진만을 따라했다.

스텝 하나부터 차근차근 밟아보지만 자꾸 엉키는 발에 내가 넘어지고 만다. 어이쿠! 그렇게 땀 흘리며 혼자 머쓱해하자 옆에서 춤을 추던 할머니가 스텝을 알려주시며 옳지, 옳지 하신다.

"하나 둘 셋 넷. 하나 둘 셋 넷. 맞아, 그거야!"

몇 번이고 따라해보지만 엉키는 내 다리는 어쩔 줄 모른다. 덕분에 얼굴이 다리보다 먼저 새빨개진다. 얼마쯤 반복했을까, 드디어 왼쪽 오른쪽 다리의 궁합이 척척 맞으며 스텝 성공! 소리 지르며 좋아라 했지만 음악은 내 맘도 모른 채 벌써 다른 곡으로 넘어간 지 오래다. 으악, 이걸 도대체 어떻게 추라는 거지?

광장 전체를 울리는 음악은 정말 티베트스럽다. 혼이 담겨 있고, 그 음악에 맞춰 몸을 움직이는 사람들의 동작 하나하나에도 삶의 애환이 담긴 듯해 눈보다 마음이 먼저 움직인다. 그 신명나는 음악에 맞춰 한 한국 청소년이 몸을 흔들어보지만, 계속 스텝이 꼬이고 꼬이는 게 가무에 능하다는 티베트 사람에게는 당할 수 없는 것 같다.

두 시간 가량 신나게 몸을 흔들고 나니 쌀쌀한 날씨에도 이마 위에 땀이 송골송골 맺혀 있다. 열정적으로 춤추는 내 모습을 보고 있던 류맹이 배고

프지 않냐고 먼저 물어온다. 야호, 오늘 야식은 치즈케이크다!

춤 대열에 합류하는 데 성공한 다음날, 저녁이 되자 마자 나는 다시 광장으로 나갔다. 그런데 이게 무슨 풍경이람. 이번에는 전통의상을 차려입은 아줌마, 할머니들이 광장을 가득 메웠다. 어제와는 판이하게 다른 분위기다. 어제는 몇몇 사람들만 전통의상을 차려입었는데, 오늘은 마을 사람 전체가 전통의상을 입었다. 어제는 '모두가 즐기는 분위기'였다면 오늘은 '무대' 같은 분위기다. 약간 부담스럽지만, 배경이라면 괜찮을 듯 싶어 가장 바깥 줄에 합류해본다.

모든 것이 어색했던 어제와는 달리 귀에 익은 음악이 들리고, 몸에 익힌 동작이 조금씩 삐져나온다. 어라, 좀 되네. 어제 배웠다는 걸 자랑이라도 하듯 몸이 먼저 반응하는 것이다. 손을 맞잡으며 앞으로 뛰어나가기도 하고, 뒷걸음질치며 몸을 흔들어보기도 한다. 한국에서였다면 정신 나가고도 안 될 일을 여기서는 맨 정신에 하고 있다. 이것 참 유쾌한 경험이다. 이 거대한 춤 난리는 고된 하루를 정리하는 저녁 운동 같은 거란다. 어렸을 때부터 자연스럽게 춤추는 걸 배우는 그들의 문화가 부러웠다.

"나도 사실 춤추는 건 참 좋아하는데. 주변에서 자꾸 시키니까 짜증이 나서 싫어하게 됐지 뭐야." 변명을 혼자 중얼거린다. 사실 춤은 말과 행동으로는 표현하지 못하는 생각과 감정, 욕구를 표현하는 또 하나의 수단인데 '잘 추네', '못 추네'로밖에 구분할 수 없는 우리나라가 야속하기만 하다. 나는 물 만난 고기처럼 신나게 춤을 춘다. 얼쑤, 오늘도 신명나는 하루일세!

"어, 7시 다 돼간다. 저 먼저 가서 춤출게요. 나중에 숙소에서 만나요!"

함께 저녁 먹던 친구를 매몰차게 내버려두고는 오늘도 춤을 추기 위해 광장으로 달려간다. 벌써 세 번째 날이다. 중띠엔에 머무는 이유가 이젠 저녁 7시가 되어버렸다. 이곳에서의 모든 스케줄은 7시에 맞춰진다. 나 이러다 정말 춤바람 나는 거 아냐?

비가 한두 방울 떨어지기 시작하지만 오늘도 광장에는 음악이 울려 퍼지고 변함없이 사람들은 삼삼오오 모여든다. 저기 내 반대편에 정말 예쁘장하게 생긴, 게다가 옷도 예쁘게 차려입은 한 아가씨가 보인다. 춤 실력도 장난 아니다. 샘이 나 힐끗힐끗 쳐다보는 나. 여기서는 춤추다가 로맨스도, 사건·사고도 꽤나 생기겠다는 생각에 웃음이 절로 나온다.

음악이 흘러나오자 약속이나 한 듯 몸이 먼저 흔들어지기 시작한다. 스텝을 까먹으면 살짝 웃으며 옆 사람 스텝을 따라 밟는다. 그러다 눈이 마주치기라도 하면 머쓱하게 눈인사를 주고받는다. 신명난다는 게 이런 걸까? 이젠 틀려도 잘 추는 척 하게 된 걸 보니 광장의 법칙에 익숙해졌나보다.

춤은 매혹적이다. 다 함께 추는 춤은 더 매혹적이다. 밝지도, 그렇다고 깜깜하지도 않은 곳에서 땀 흘리며 추는 춤은 더욱 더 매혹적이다. 한국은 춤을 추기 힘든 나라다. 아니 추고 싶지 않은데 추게 하는 나라일지도 모른다. 그리고 정작 추고 싶을 땐 함부로 추기 힘든 나라. 모든 것이 넘쳐나지만 생각과 감정을 표현할 수 있는 통로는 너무 적은 것 같다.

하지만 한국에서 얼마 떨어지지 않은 이 나라에는 춤을 통해 아무렇지도 않게 자신을 드러내는 사람들이 살고 있다. 답답하고 힘겨운 일상 속에서 말과 글이 아닌 다른 방법으로 소통하는 것, 춤을 통해 교감하는 것, 새로운 소통의 장을 여는 것. 그 새로운 방법에 나는 너무 신이 나더라. 열여덟 살의 9월, 그 광장에서 나는 춤바람이 났다.

8개월의 여행이 내게 남긴 것

※배낭여행으로의 로드스쿨링을 마치며

윈난 성에서 즐거운 시간을 보낸 나는 티베트를 향해 발걸음을 내디뎠다. 하지만 외국인이 티베트를 여행하려면 중국 비자와는 별도로 중국 정부로부터 티베트 여행 허가서를 발급받아야 했다. 그러나 나는 티베트의 문화와 생활을 억압하고 있는 그들에게 한 푼도 내주고 싶지 않았다. 그래서 중국 윈난 성에서 티베트까지의 여정, 차마고도를 오르는 내내 들이닥치는 중국 공안(경찰)의 검문에 벌렁거리는 가슴을 옷깃으로 여미고 또 여며야 했다. 자는 척, 중국인인 척, 어떤 때는 말 못하는 척.

우여곡절 끝에 꿈에 그리던 티베트에는 도착했지만, 거짓말을 잘하지 못하는 나는 '눈이 시리듯 파아란' 하늘이 계속되는 티베트를 배경으로 벌벌 떨어야만 했다. 갑자기 공안이 들이닥치지는 않을까? 그럼 얼마를 뇌물로

쥐야 하지? 경찰서로 잡아가지는 않을까? 최소한 구금? 중국 정부가 티베트 사람들을 무지막지하게 억압하고 있단 사실만으로도 그들 앞에서 떳떳해야 했는데, 나는 크게 잘못한 것도 없으면서 쫄아 있었다.

티베트, 하고 나지막이 읊조리면 여러 가지 것들이 동시다발적으로 떠오른다. 새파란 하늘! 높은 고도에 일렁이던 머리, 고산병. 티베트 전통 건축양식. 그리고 빼놓을 수 없는 티베트 사원의 풍경들. 라싸까지 오체투지를 하며 순례하는 이들, 왼발로만 문턱을 넘어야 하고 반드시 시계방향으로 돌아야만 하는 사원…….

어렸을 적부터 기독교 문화에 익숙했던 나는 여행 초반까지만 해도 다른 종교 자체에 거리감을 느끼고 있었다. 하지만 라오스와 티베트를 만나고 나서는 '아, 이건 종교가 아니라 이들의 삶 자체일 수도 있겠구나' 란 생각이 든다. 배타적이었던 내 맘의 붕대를 이제야 조금씩 풀어가게 되는 것 같다.

달라이 라마가 살았던 라싸 포탈라 궁 앞에서 매일 아침 오체투지를 하는 할머니의 표정은, 티베트 불교가 무엇인지 내게 그대로 보여주고 있다. 종교가 할머니이고 할머니의 삶이고 할머니의 삶은 종교다. 그래서 나는 사원 향내를 졸졸 쫓아다니며 그 풍경 속의 사람들을 물끄러미 바라본다. 신기하다. 학교를 나오고 나서야 공교육의 시스템을 깨달았듯 기독교 밖에서 사람들을 만나고 나서야 종교가 무엇인지 생각하게 된 것이다. 티베트 사람들은 내게 그런 의미였다.

하지만 티베트는 매혹적인 만큼 불편하고 수동적이었다. 인도에서 만난 티베트 문화, 티베트 사람들에게서 편안하고도 낯선 느낌을 받은 나는 티베트에 가기로 맘먹었다. 그러나 정작 티베트에 온 지금은 공안 때문에 벌벌 떨고, 단어 하나 통하지 않기 때문에 다른 이들을 의지할 수밖에 없는 것이다. 티베트에 들어가고 머물고 빠져나오기까지 나는 늘 누군가와 함께였다.

여태까지 홀로 잘만 돌아다니던 내가 아닌 느낌이다. 누군가에게 기대어 꽁무니만 쫓는 여행은 짜놓은 시간표 속에서 타의에 의해 달리는 기분과 흡사했다. 뒤쫓아 오는 이도 없었지만, 나는 티베트에서 재빨리 빠져나오기로 했다. 정말 힘들게 힘들게 찾아온 곳이지만, 언제 다시 올 수 있을지도 모르지만 탈출을 결심했다. 너무, 답답했다.

티베트에 들어서면서 긴장했던 나는 티베트를 탈출할 때도 검문이 여러 번 있다는 이야기를 듣고 가슴을 졸이며 입을 다물었다. 다시 옷깃을 여미고 티베트를 빠져나온 나는 무사히 네팔로 들어섰다. "야호!" 소리를 지르며 익숙하다 못해 눈감고도 걸어 다닐 만큼 익숙한 네팔의 수도 카트만두의 여행자거리 타멜에서 맘 놓고 뛰어다녔다.

하지만 그것도 잠시, 여행중 일상에서 두려움과 긴장감이 사라져버리니 문득 한국에 두고 온 '한국에서의 일상'이 다시 그리워졌다. 타멜거리에서 맛있는 가짜 한국 음식(이라고 표현하기에는 미안하리만큼 훌륭한)을 먹고 들어와 숙소에 앉아 지도를 펴고 한참을 고민하다 지쳐 잠들기를 여러 날. 티베트도 다녀왔으니 다시 맥그로드 간즈로 돌아가 아이들에게 티베트 이야기를 해줄까, 아님 아직도 후끈후끈

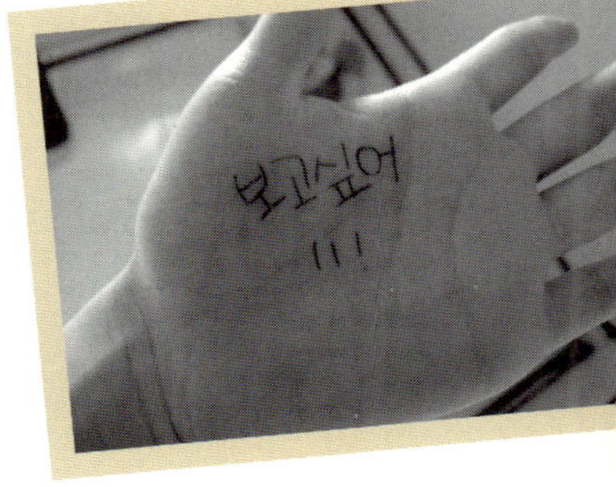

할 캘커타 마더하우스에서 다국적 친구들을 만나며 봉사활동을 할까. 그것

도 아니라면 다 제쳐두고 익숙함이 가득한 집으로 돌아갈까.

며칠 밤을 고민하다 결국 복대 안에 꼬깃꼬깃 넣어두었던 마지막 티켓을 뽑아들었다. 태국 방콕에서 인천으로 향하는 비행기 표였다. 근처 여행사에 들어가 가장 빠른 표로 달라고 재촉한 나는 마지막으로 네팔의 나갈코트 행 버스에 몸을 실었다. 이틀 코스의 짧은 트래킹으로 심란하고 어수선했던 보랏빛 여행의 마지막을 정리하기로 한 것이다.

여덟 달 동안, 여행으로의 로드스쿨링 :

하지만 인도-네팔-태국-캄보디아-베트남-라오스-중국-티베트-네팔에 이르는 8개월 간의 여행에서 얻은 잡다한 생각들을 이틀 간의 트래킹에서 말끔히 정리하겠다는 생각은 오산이었다. 처음부터 말하면 재미없지만, 정말 큰 오산이었다. 사실대로 고백하자면 여덟 달 동안 내 머릿속에 가득했던 건 강박관념과 미래에 대한 불안감이었다.

"여행에서 어땠니? 그래서 뭘 느꼈어?"

"더 큰 세상을 보고 왔죠. 정말 내가 해야 할 일이 많구나, 정말 다양한 사람들이 살아가고 있구나, 하는 깨달음을 얻었달까."

한국으로 돌아온 나에게 많은 사람들은 이것부터 물어왔다. 하지만 내 대답은 겉치레일 뿐이었다. 여덟 달간의 '짧은 나들이'였음에도 불구하고 다시 돌아온 한국은 낯설다 못해 또 다른 문화충격으로 다가왔다. 여행 전에는 보이지 않았던 것들이 내 눈에 새롭게 포착되기 시작했다.

여행 내내 사람을 만나고, 새로운 문화를 만나는 것은 너무 즐거웠다. 머리가 아닌 손과, 필기도구가 아닌 마음과 말초신경으로 새로운 지식을 배웠으니까. 초등학교는 시골에서 다녔으니 그렇다고 치자, 중학교 때부터 나를 지배해온 '시간은 금이다'라는 이름의 강박관념은 4년 내내 나를 괴롭힌 걸로 모자라 여행지에서까지 심신을 혼란스럽게 했다. 수업을 마치고 '오늘은 집에서 이거 복습 다 해야지' 하며 가방이 터질 만큼 책을 가져가던 것처럼, 여행중에도 보조가방에 책과 필기도구를 넣어 다니며 짬짬이 무언가를 읽고 쓰곤 했다.

'시간을 죽이면 안 된다'는 강박관념이 나의 성장에 일조한 것은 사실이다. 하지만 낙엽 떨어지는 것만 봐도 눈물이 떨어진다는 방년 18세에 생각의 여유, 멍하니 시선과 생각을 놓아버릴 여유조차 갖지 않으며 빡빡하게 여행하는 것. 그것은 여행의 또 다른 맛을 놓치게 했고, 여행 내내 '움직여야 한다' 혹은 '오늘은 이걸 해야 한다'라는 강박관념으로 나를 끊임없이 괴롭혔다.

사실 학교 밖에서의 배움을 시작한 지 1년 반이 지난 지금도 나는 가방 속에 온갖 것들을 집어넣고 다닌다. 학교는 나에게 자신을 훈련하고 향상시키는 방법을 가르쳐주었지만, 멍 때리며 참신한 아이디어를 구상할 '느긋함'은 가르쳐주지 않았다. 나는 로드스쿨링을 통해서야 자발적으로 무언가를 생각하고, 아이디어를 만들어내는 법을 배우고 있다. 아직은 부족하지만, 강박관념에서 벗어나 몸과 머리가 자유롭게 굴러다니려면 배낭 메고 1~2년은 더 돌아다녀야 할 것 같다.

나는 이번 여행중에 길 위에서 많은 사람을 만났다. 또래도 있었지만 날 무시하는 어른들도 있었고, 인격체로 대해주던 언니 오빠들, 딸처럼 다독여주시던 아줌마 아저씨들, 그리고 고향 사람 같은 현지인들도 있었다. 빈손으로 떠나 빈손으로 돌아온 내가 얻은 건 결국 사람과 세상을 바라보는 눈이다.

나를 동등한 인격체로 따스하게 맞아주며 이야기를 나눴던 다국적의 여행자 친구들, 그리고 가장 기본적인 것이지만 잊고 살았던 것들을 깨닫게 해준 현지인 친구들과 나는 요즘도 서로의 소식을 주고받고 있다. 그리고 이들이 있었기에 나는 낯설어진 한국에 조금씩 정착할 수 있었다.

누군가 이렇게 물어왔다.

"그럼 이번 여행이 너에게 전환점이 된 거네?"

여행 자체가 내 인생에 있어서 터닝포인트라고는 말할 수 없을 것 같다. 나의 터닝포인트는 늘 '뒤통수를 후려치는 사람들'이었다. 학교를 벗어나 처음으로 만든 나만의 학교, 나만의 로드스쿨의 선생님과 친구들이 되어준 사람들. 그 길에서 만난 사람들은 나에게 터닝포인트 그 이상의 의미를 가진다. 길 위에 서서 스스로 만든 나의 커리큘럼, 그리고 나와 함께 해준 사람들. 나는 보랏빛 여행을 통해 '스스로의 배움'을 깨달았다. 무엇이든지 할 수 있을 것만 같아 신이 절로 났다.

학교 밖에서
스스로 배움을 찾다

나의 로드스쿨링과 나의 다큐멘터리는 무수한 지점에서 접목된다.
나 자신으로부터 시작한 다큐멘터리가 단순히 내게서 끝나는 것이 아닌,
타인의 고통을 타인에게 전달하는 능력이 될 때까지 나는 길 위에서 끝없이 뒹굴고 싶다.

어디로 갈까

학교를 그만두고 여행을 간다고 했을 때, 한 언니는 내게 말했다.

"여행 다녀와서 네가 직면하게 될 이 사회의 차별 때문에 아픔과 고통을 겪게 될까 봐 걱정되지만, 너의 선택을 절대 후회하지는 마. 보라, 넌 분명 가장 잘하고 있는 거니까."

여행을 준비하는 설렘에 그 말을 흘려들었던 나. 오랜만에 돌아온 한국은 여름이 지나 가을로 서서히 접어들고 있었다. 쌀쌀한 날씨 때문이었는지, 쌀쌀한 사람들 때문이었는지 몰라도 한국은 쌀쌀하다 못해 차가웠다. 학교로 돌아가야 하는지, 그게 아니라면 어디서 배움을 계속해나갈 건지 고민하던 나는 그제야 언니의 말을 떠올렸다.

다시 학교로 갈까? :

앞으로 어떻게 할 거냐는 담임선생님의 물음에 "잘 모르겠다"고 대답한 나. 선생님은 이렇게 말했다. "대학을 가려면 다시 학교로 돌아와라. 그게 가장 쉬운 길이야."

머리가 지끈지끈 아파왔다. 학교에 놓고 온 많은 것이 생각나기 시작했다. 보고 싶은 친구들, 고마운 선생님, 무엇보다 '학교'라는 이름 아래 아련한 기억의 조각들. 그래서 나는 학교에 가기로 결심하고 책꽂이에 다시 교과서와 입시문제집들을 채워 넣었다.

"아빠, 나 7시에 깨워줘"

아침 7시에 일어나 오전에는 영어 듣기와 독해를 공부했고, 점심은 엄마가 챙겨준 도시락을 열어 말없이 홀로 끼니를 때웠다. 체력관리를 한다고 매일같이 줄넘기를 돌렸고, 오후에는 수학과 언어영역 공부를 했다. 그렇게 매일 혼자 공부하고 도시락 먹고 운동하려니 다물어진 입이 텁텁했다. 그래서 집중하려고 꺼놓은 핸드폰을 만지작만지작 하다가 몇 번이나 전원버튼을 누르곤 했다. 문자가 오진 않았을까? 아냐, 전화가 왔을지도 몰라. 나는 계속 사람의 그 무언가를 기다렸다. 그렇게 꼼짝 않고 한 달을 지냈다.

수능을 대비한 지식은 조금씩 채워져가고 있었지만 내 마음은 조금씩 공허해져갔다. 마치 반비례라도 하듯 말이다. 도서관에서 책을 찾다가 우연히 철학책을 발견했다. 그리고 여행에서의 기억의 한 조각을 꺼내보았다.

"더 여행할 수 있잖아, 왜 벌써 한국에 가려고 하는 거야?"

이제 한국에 돌아갈 거라는 내 대답에 한 여행자는 물었다.

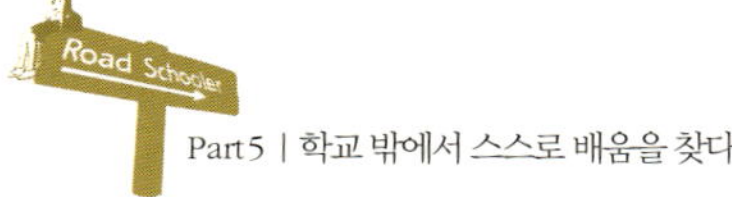

“공부하고 싶어서. 길 위에서 유랑하다 만난 사람들과 얘길 나누다 보니 내가 너무 멍청하다는 걸 깨달았어. 그러니까 난 나만의 철학이 아직 없는 거 같아. 나만의 그 무언가, 난 그걸 배우고 얻고 싶어.”

한국에서 나만의 그 무언가를 찾겠다고 돌아온 나. 한국에서는 꼭 그런 공부를 하겠다고 다짐했지만, 정작 돌아와서는 방에 틀어박혀 수학공식만을 암기하고 있었다. 나만의 철학, 그건 방안에 틀어박힌다고 저절로 만들어지는 것은 아닌데.

그렇다면, 난 무얼 공부하고 싶은 걸까. 어디로 가야 하지? 갑자기 대안학교에 다니는 동생이 생각났다. 동생 광희는 대안학교를 다니면서부터 많이 달라졌다. 그리고 우연히 놀러 가본 대안학교에서는 내 또래의 친구들이 신나게 뛰어놀고 있었다. 꿈의 학교에서 살고 있는 친구들, 나는 그들이 부러웠다. 그래, 동생처럼 나도 대안학교에 가는 거야!

집에 돌아온 나는 인터넷 검색창에 대안학교를 치고 이리저리 정보를 찾아 드나들었다. 인가를 받은 대안학교에 갈 건지, 완전히 자유로운 대안학교에 갈 건지 먼저 정해야 했다. 게다가 집에서 통학할 수 있는 도시형 대안학교도 있고, 함께 생활하는 것에 중점을 둔 기숙형 대안학교도 있었다. 너무나도 다양한 대안학교들의 홈페이지를 들락날락거리며 전화로 상담하기도, 이메일을 보내보기도 했다.

엄마는 이런 나를 보며 “그렇게 고민하지 말고 차라리 다니던 학교로 가라”고 매일 핀잔을 주곤 했다. 그러다가도 “그냥 학교 다니지 말고 집에서 공부하는 건 어때?”라며 말을 건네기도 했다. 사실 그땐 나도, 엄마도, 아빠도 어찌할 바를 몰랐다.

그러다 우연히 홈스쿨링을 알게 되었다. 내가 알고 있던 홈스쿨링은 엄마 아빠와 함께 시간표를 짜서 집에서 공부하는 것이었다. 하지만 학교 밖에서 이런저런 강좌도 듣고 친구들도 만나면서 공부하는 방법이 있다는 정보를 고모가 흘려주었다. 서울에 그런 공간들이 꽤 있으니 한번 찾아가보라는 말을 듣고 나는 한 달을 고민했다. '그 친구들은 무슨 문제가 있어서 학교를 나온 걸까? 내가 가면 반갑게 맞아줄까? 아냐, 소외당할지도 몰라.' 용기 없는 나는 그 친구들이 드나드는 사이트에 접속해 멀찍이 서서 구경만 하고 있었다.

그러던 어느날 탈학교 청소년들이 모이는 민들레사랑방 홈페이지에 공지가 올라왔다. 십대들이 직접 라디오프로그램을 기획하고 녹음한다는 라디오프로젝트였는데 함께할 사람을 모집한다고 말이다. 나는 웅크린 몸을 일으켜 마음을 다잡고 전화를 걸었다.

처음 만난 친구들과 멘토 선생님. 나는 어색했지만 용기를 내 라디오프로젝트에 합류해 적응해나갔다. 우리는 〈어리다고 놀리지 말아요〉라는 간판으로 라디오방송을 하기로 했고, 마포FM이라는 지역방송국의 열린 라디오 코너에서 녹음하게 되었다. 하지만 '무엇을 이야기할까'가 우리의 최대의 고민이었다. 나는 차별성 있는, 우리만이 할 수 있는 이야기를 해야 할 것 같아 이렇게 말했다.

"우리는 지금 대안적인 배움을 하고 있잖아요. 그러니까 그 이야기를 하는 건 어때요? 대안교육을 받고 있거나 받은 사람, 혹은 대안교육에서 종사하는 사람들의 이야기 말이에요.”

그래서 우리들의 라디오, 〈어리다고 놀리지 말아요〉에서는 '이 사람이 사는 법' 코너를 열어 여러 사람들의 인터뷰를 하기로 했고, 'Teen's Voice' 코너에서는 십대 알바, 십대 다이어트 같은 십대들이 가장 관심 있는 주제로 이야기하기로 했다. 이 정체불명의 라디오는 한 회를 기준으로 55분, 총 3개월 동안 12번을 녹음했다. 나는 PD와 고정 게스트를 맡았고, 간혹 깜짝 MC로 등장하기도 했다.

기획서부터 대본 작성, 녹음, 편집까지 스스로 해내야 하는 라디오프로젝트. 남들이 시키는 것만 해온 내가 기획에서부터 모든 걸 새롭게 창조해야 한다니 처음에는 그저 어렵고 짜증날 뿐이었다. 그렇게 3개월 간 라디오와 함께하면서 나는 대안교육이 '100퍼센트 완벽한 대안'이 아니라는 걸 비로소 깨달았다. 그것은 유토피아가 아니었던 것이다.

하지만 나는 그 현장에서 대안적인 삶을 꿈꾸고 땀 흘리는 사람들이 있다는 걸 알게 되었다. 또, 십대들의 고민을 어린아이들의 성장통 정도로 치부할 것이 아니라는 것, 우리들의 고민의 연장선이 이십대의 고민이 되고 삼십대의 고민이 된다는 걸 말초신경으로 느끼기 시작했다. 가지각색의 사람들을 만나면서, 다양한 경험을 하면서 나는 조금씩 안정을 찾아갔다. 하지만 여전히 마음 한구석은 불안했다. 학교 밖에서의 나는, 여전히 외로웠던 것이다.

아침에 일어나서는 엄마에게 "나 유학 보내줘. 못 살겠어"라고 말하고, 오후에 인터넷을 하다 보면 학교 밖의 배움을 해야겠다고 결심하고, 저녁에 전화를 걸어온 학교 친구에게는 결국 "응, 내년에 복학할 거야"라고 대답했다. 거짓말 않고, 하루에도 맘이 다섯 번이나 바뀔 정도였으니 내 맘은 갈피를 잡지 못하고 고민의 바다에서 표류하고 있었다.

그러던 나에게 제의가 하나 들어왔다. 〈오마이뉴스〉와 함께하는 십대 시민기자학교 1기를 여는데 라디오프로젝트팀이 가보지 않겠냐는 것이었다. 나는 새로운 사람들과 함께할 수 있다는 말에 선뜻 응했다. 강화도에서 열린 십대 시민기자학교에는 전국의 대안학교 친구들과 홈스쿨러들이 모였다. 그리고 연세대에서 조한혜정 교수님의 수업을 듣는 대학생들도, 현장의 선생님들도 함께했다. 캠프에 참가한 한 홈스쿨러 친구가 나에게 물었다.

"그럼 너도 홈스쿨러야?"

"응? 아니…… 아직은 아니야. 학교를 나와서 여행을 하다가 돌아왔는데, 복학할지 학교 밖에서 공부할지 고민하고 있는 중이야. 사실 내가 하고 싶은 공부가 있긴 있

십대 시민기자학교에서 기사를 쓰기 위해 마을 아주머니와 인터뷰를 하고 있다.

는데, 학교 밖은 너무 외로운 것 같아. 못 할 것 같아.”

“학교에 다시 돌아갈 거라고? 왜? 학교 밖에서 함께할 친구가 없다니! 여기 이 친구들 안 보여? 이렇게나 홈스쿨러가 많은데 무슨 소리야.”

나는 이 캠프에 가서야 비로소 학교 밖에도 ‘친구’가 있다는 걸 알았다. 학교 밖에서 등을 돌리고 엉엉 울고 있는 건 나 하나였음을, 꿈을 향한 발돋움을 함께 할 좋은 친구들이 옆에 있었음을 그제야 알았다. 고1 때 참가했던 생태에너지캠프가 나의 뒤통수를 후려갈기며 여행을 떠나게 만들었다면, 십대 시민기자학교는 학교의 굴레를 벗어날 수 있게 해주었다. 학교 밖에서의 배움을 함께 해주겠다는 그 친구들 덕에 나는 조금씩 안정을 찾아갔다.

로드스쿨링의 주춧돌, 글쓰기수업

＊고글리를 만나다

시민기자학교에서는 한 편의 기사를 써내라고 했다. 그리고 각자의 기사가 모여 커다란 시민기자학교 신문이 되었다. 지옥 같았던 마감을 마친 다음 날, 강의가 시작되었다. 〈오마이뉴스〉의 오연호 대표는 어떻게 하면 좋은 기사를 쓸 수 있는지에 대해 이야기했다. 그러나 그 강의가 끝나자 하자센터 창의적 글쓰기반 강사라는 선생님이 나와서 "난 개인적으로 방금 오연호 기자가 했던 이야기, 다 잊어버려도 좋다고 생각해요"라는 말로 강의를 시작했다.

그리고는 "여기 와서 꼭 글을 쓸 필요는 없어요. 쓰기 싫은 사람은 지금 나가서 산책하는 게 더 나을 수도 있어요. 정말이에요"라며 문을 열어주었다. 오연호 기자는 "모든 시민은 기자다"라는 문장으로 강의를 시작했지

만, 김현아 선생님은 이렇게 말했다. "모든 시민은 기자가 될 수 있지만, 모든 시민이 기자일 필요는 없다"고. 당황스러웠다. 강의를 시작하자마자 듣기 싫으면 나가도 된다고, 심지어 방금 전 강의는 잊어버려도 괜찮다고 말하는 김현아 선생님.

시민기자학교에서 만났던 친구들의 추천으로 나는 하자센터의 창의적 글쓰기 수업을 신청했다. 그리고 김현아 선생님과 그 친구들을 다시 만나게 되었다.

"가이드가 되었다고 생각하고 여행지를 안내하는 글을 써봐요."

"이번엔 성(性)에 대해 이야기해볼까요? 나의 개인적인 에로티시즘의 역사 어때요?"

"제러미 리프킨의 『육식의 종말』을 읽고 각자 수업을 맡아 진행하도록 하죠. 읽어오세요."

"인간이 아닌, 개나 고양이의 시선으로 세상을 바라보는 글을 써봅시다."

"이번 한 달간은 시나리오를 쓸까요?"

수요일 6시 하자센터 311호. 오늘도 어김없이 각자 빽빽하게 써온 글을 모두에게 돌리고 그걸 받은 친구들은 또 무언가를 끼적거린다. 한참 후, 서로의 글에 대해 돌아가며 비평하는 사람들. 그들은 창의적 글쓰기 수업에서 만나 '글'을 통해 소통하는 친구들이다. 하자에는 청소년을 위한 다양한 강좌가 개설되어 있어 신분과 관계없이 수업을 신청해 들을 수 있다. 그 중 하나가 바로 작가 김현아 선생님의 창의적 글쓰기 수업이다.

난 내가 대단히 글을 잘 쓴다고 생각했다. 하지만 선생님과 친구들은 "네가 더 잘 쓸 수 있는 네 자신의 이야기를 썼으면 좋겠다"며 내 글을 비평했

고글리 공간, 우리들의 비밀아지트!

다. 처음 한 달 간은 적응하기 힘들었다. 한 주에 한 편씩 끊임없이 글을 써서 내라는 것도, 힘들게 쓴 글을 비평하는 친구들도 모두 낯설었다.

하지만 곧 글쓰기 수업은 나의 보금자리가 되었다. 그곳에 가면 나와 같이 학교 밖에서 공부하고 있는 친구들이 있었고, 나를 이해해주는 사람들이 모여 있었다. 터미널에서 청소년 할인을 받으려다가 왜 학생증을 가져오지 않았냐고 구박을 당했어도 하자에 가는 수요일만 되면 저절로 마음이 놓였다. 평범하지 않다며 나를 내모는 사람들 사이에서 불안해 하다가도 하자에 가면 평범한 아이가 될 수 있어 행복했다.

하자센터는 학교 밖에서의 나에게 비밀기지였고 아지트였다. 무뎌졌던 감각을 총동원해 낯설게 보기를 통해 스토리텔링을 배우고, 글이라는 매체를 통해 상처를 보듬어가는 우리들의 글쓰기 수업. 개나 고양이의 시선으로 『육식의 종말』을 읽고 이야기하고, 외국인의 시선으로 한국을 소개해보기도 하고, 늘 은밀해야만 했던 성(性) 이야기를 글로 담아내는 친구들. 나는 창의적 글쓰기 수업을 통해 학교 밖에서도 배움을 계속해 나갈 수 있겠다는 자신감을 충전했다.

고정희, 고마워요 :

창의적 글쓰기반에 늦깎이 학생으로 들어온 나. 기존 멤버들이 '고글리'라

는 마을을 만들었다는 소식을 들었다. 고글리는 '고' 정희문학상을 통해 만나 '글'도 쓰고 문화작업도 하는 '리'(마을)라는 뜻으로 십대 로드스쿨러와 고등학생, 이십대 로드스쿨러와 대학생, 그리고 김현아 선생님이 있는 마을이다. 창의적 글쓰기 수업단 들락날락하던 나에게 어느 날 고글리 친구 하나가 고정희문학상 캠프 스태프로 함께하지 않겠냐는 제안을 해왔다. 어느덧 캠프 생활자가 되어버린 나는 낯선 '스태프'란 단어에 움찔했지만 이번에도 가겠다고 번쩍 손을 들었다.

문학상 예선에 오른 40명 남짓한 친구들이 전국 각지에서 해남으로 와서 함께 2박 3일을 보냈다. 본선이 남기도 했지만, 무엇보다 해남은 시인 고정희가 나고 자란 땅이었다. 시인 고정희는 여성해방문학을 노래한 문학가이자 여성운동가였는데 내가 두 살 때 지리산에서 타계했다고 한다. 그를 기념하고 추모하기 위해 만들어진 고정희문학상 본선은 해남에서 치러졌고, 글을 쓰는 십대 친구들이 그를 통해 교류하고 연대하게 되었다.

고정희의 '고' 자도 제대로 모르면서 문학상 스태프로 참여하게 된 나. 그냥 무작정 신나게 놀기로 했다. 우리는 땅끝마을 해남으로 찾아가 그가 잠들어 있는 곳에서 그에게 보내는 편지를 읽으며 그의 시를 읽으며 어깨를 흔들며 노래했고, 그가 시를 썼다는 보금자리로 찾아가 그를 기억하려 애썼다. 글을 쓴다는 고등학생 친구들과 나는 해남에서 글을 쓰기 위한 에너지를 충전하고 발산했다. 결국, 해남에서의 봄내음은 나를 고글리로 이끌었다.

시(詩) 하면 직유법·은유법 따위의 해설이 붙어 있는 국어문제집이 생각나 혀를 내두르던 내가, 바람 살랑이는 언덕 위에 앉아 '시집'이란 걸 읽으

며 고정희를 떠올렸다. 그러다 시 한 수 생각나면 수첩을 꺼내들고 마음의
생각을 받아 적기도 했다.

　살아생전에 정직하고 자유롭게 사회를 비판하고, 여성해방을 노래했던
문학가이자 여성운동가 고정희. 정치에는 전혀 관심 없던 내가 신문 정치
면을 펴들고 광장에 나가 촛불을 들어올릴 때, 고정희는 나와 함께 있었다.
힘차게 거리를 행진하던 그 순간에도, 차가운 밤바람과 함께 물대포를 맞
던 순간에도, 거친 함성을 들으며 새벽을 맞이하던 아침해의 감동에도 고
정희는 나와 함께였다.

고정희로 시작한 경주여행스쿨 :

고글리를 통해 고정희를 만난 것도 엄청났는데, 결국은 신라까지 만나게
되었다. 청소년과 함께 문화작업을 하고 있는 김현아 선생님을 주축으로
모인 고글리 친구들. 학교를 다니든 다니지 않든, 시스템 속의 배움을 벗어
버린 고글리에서는 '역사를 어떻게 바라볼 것이냐' 가 중요한 화두였다.

　우리는 우리만의 새로운 배움을 만들어나가기로 했다. '여행' 과 '배움'
을 함께 할 수 있다는 걸 보여주고, 또 지루한 기억으로만 남아 있는 경주
를 십대와 이십대의 시선으로 '캐발랄' 하게 풀어내는 것이 경주여행스쿨
프로젝트의 가장 큰 목표였다.

　신라와 경주, 그곳에 스며든 그 남자들과 그 여자들의 이야기를 최종적
으로 글과 그림, 영상으로 풀어내기 위해 우리는 일주일 간의 경주 답사 기
간을 잡았다. 지루한 신라 이야기가 아니기 위해서는 우리들의 로드스쿨링

과 신라가 접목할 수 있는 지점이 있어야 했다. 그래서 세 달 전부터 우리는 도서관과 인터넷, 여러 자료실을 들락날락하며 신라의 흔적을 뒤졌다.

신라를 자유롭게 상상하고자 하는 우리들은 시간표를 만들었다. 학교 시간표의 형식을 빌어 1교시는 국어시간으로 정했다. 각자 관심 있는 향가를 한두 편씩 맡아 관련 유적지를 답사하고 배경설화를 되짚으며 자신의 이야기를 하는 것. 촛불을 정말 열심히 들었던 나에게 친구들은 「안민가」를 추천해주었다.

어떻게 하면 나라를 잘 다스릴 수 있는지에 대한 지혜를 담은 향가. 나는 충담사가 경덕왕에게 「안민가」를 지어 올리기 직전에 다녀왔다던 경주 남산의 연화대좌를 찾았다. 바위 위에 앉아 촛불문화제는 과연 무엇이었는지, 나는 계속 촛불을 들어야 하는지, 그게 아니면 대안은 무엇인지. 과연 올바른 정치라는 건 무엇인지를 고민하며 동시에 어떻게 살아야 하는지를 「안민가」와 함께 고민했다.

다음은 2교시, 미술시간이다. 미술시간에는 일러스트 작업을 하는 친구들이 신라의 그 남자 그 여자들의 모습을 그려나가기 시작한다. 그 작업을 위해 경주 박물관에도 들르고, 관련 도서들도 찾아보며 막막한 도화지에 조금씩 선을 그어나가는 친구들. 미술시간의 주인공들이다.

3교시는 체육시간인데, 오늘은 자전거를 탄단다. 경주는 자전거를 타기에 딱 좋은 곳이다. 유적과 유적 사이에 매끈하게 이어진 자전거 길도, 여름이면 초록빛의 논밭들이 반겨주는 풍경도, 가끔 역풍으로 고단하긴 하지만 선선한 바람도, 무엇보다 구수한 사투리로 반겨주는 경주 사람들까지. 모두 자전거 여행의 최상의 조건들이다.

자전거팀 친구들은 향가 로드맵을 만들기로 했다. 유적지만을 잇고 이어 만든 지루한 동선은 제쳐두고, 우리가 공부한 향가를 자전거를 통해 온몸으로 배우자는 것이다. 헌강왕릉 앞에 가서는 「처용가」를 떠올리며 향가 이야기를 시작했고, 다시 페달을 밟고 밟아 사천왕사지 앞에 가서는 「제망매가」 이야기를 했다. 경주에 머무는 내내 자전거를 탔던 친구는 말했다. "신라의 왕조가 보여. 그러니까 그 시대에 이 향가들이 어떤 맥락 속에서 만들어졌는지 말이야. 학교에서 이렇게 가르쳐준다면 머릿속에 쏙쏙 들어올 텐데!"

4교시는 독서시간으로 김현아 선생님의 책 『그곳에 가면 그 여자가 있다』를 읽고 신라 여왕들의 흔적을 따라가보는 거다. 나와 고글리는 열심히 페달을 밟아 신라에 스며들어 있는 그 여자들의 흔적들을 찾아보았다. 선덕여왕으로부터 시작하여 진덕여왕, 진성여왕까지. 교과서에서는 달랑 한 줄 적히고 말았을 그 여자들의 흔적. 아니, 이 시간은 독서시간이 아니라 여성사시간일지도 모르겠다. 진덕여왕릉 앞에 당도해서는 다함께 인사를 하며 꽃과 과일을 건넸다. 그리고 살랑이는 노래를 부르며 이곳에 잠들어 있을 진덕여왕을 추모했다.

우리나라 최초의 여왕인 선덕여왕을 추대한 유쾌한 킹메이커 진평왕의 능 앞에서는 "아부지, 저 왔어요" 하며 절을 하기도 했다. 진평왕릉 앞에 놓인 꽃을 꺾어가지고는 선덕여왕릉에 가 "당신 아버지 능에서 따 온 꽃이에요. 예쁘죠?" 하고 놓아드리며 그들을 추모했다. 그 여자, 또는 그 여자들을 만든 사람들의 이야기. 경주여행스쿨에 가서야 나와 그 여자들 사이에 가느다랗게 이어진 연을 발견할 수 있었다.

점심시간에는 경주의 산해진미를 먹어보려 했으나, "경주에는 딱히 맛집이 없다"던 경주 사람들의 말을 온몸으로 체험하고는 간단하고도 세상에서 제일로 맛있는 밥을 만들어 먹었다. 쉬는시간에는 감포바다에서 한바탕 물놀이를 했고, 특별활동 시간에는 영상반에서 경주여행스쿨을 주제로 영상을 찍었다. 강사 초청 시간에는 신라 이야기를 주제로 소설 『서라벌 사람들』을 쓴 심윤경 작가를 초청해 이야기를 들어보기도 했다.

대부분 경주는 처음이 아니라고 했다. 하지만 이렇게 유쾌하고 섹시한 신라는 처음이란다. 이성으로 만나는 신라가 아닌, 마음으로 만나는 신라와 경주. 글을 쓰는 친구, 그림을 그리는 친구, 그리고 영상을 찍는 친구들은 고정희를 통해 만나 작업공동체를 꾸렸고 경주여행스쿨에서 다시 큰 작업을 시작했다. 시스템을 벗어나 멘토를 만나고 친구를 만나 자기들만의 스쿨을 만들어가는 것, 그 스쿨 속에서 자발적으로 배움을 만들어나가는 것, 그것이 바로 나와 고글리 친구들이 말하는 로드스쿨링이다.

매주 목요일, 신촌의 어느 다락방 :

고글리는 매주 목요일마다 함께 밥을 먹는다. 한 팀은 장을 봐서 그날의 음식을 만들고, 한 팀은 다락방을 청소한다. 또 한 팀은 설거지를 한다. 밥을 먹는 것, 시켜 먹는 것에만 익숙한 십대 혹은 이십대 초반의 친구들은 처음엔 밥하는 것 자체가 부담이 되어 먹네 마네 했지만, 지금은 식사당번 두 명이 거뜬히 9인분을 뚝딱 만들어낸다. 당근을 썰다가 손을 베기도 하고 가끔 그릇과 컵을 깨기도 하지만, 숟가락을 함께 들면서 가까워진 우리.

왁자지껄 다락방을 요리하고는 다시 서로의 작업 상황을 체크하며 살아
가는 이야기를 나눈다. 경주여행스쿨의 후속작업이 될 글과 그림, 영상을
준비하면서도 한편 또 다른 길 위에서의 '스쿨' 을 기획하는 것이다.

'로드스쿨러' 란 이름으로 출발한 지 얼마 되지 않았기에 로드스쿨링의
자원은 척박하기만 하다. 우리 역시 "사회로부터 우리가 받고 있는 게 얼마
없잖아"라고 말한다. 그렇기에 로드스쿨러들은 또 하나의 '스쿨' 을 자발적
으로 만들어내고 추진해나간다. 그렇게 길 위에 스쿨, 스쿨이 만들어져 서
로 연대하고 그 속에서 풍성한 배움을 만들어나가는 것이 우리 로드스쿨러
들의 목적이다.

거리에서 대한민국을 배우다

"고시 철회, 협상 무효!"

촛불, 하면 가장 먼저 생각나는 광장의 구호. 촛불을 들고 광장을 누비던 한여름, 내 입에 가장 많이 오르내렸던 문장.

미국산 쇠고기가 밥상 위로 올라온다는 소식을 들은 소녀들은 촛불을 들고 광장으로 뛰쳐나갔다. 소녀들로부터 시작된 촛불집회가 미디어를, 사회를 정신없이 뒤덮었다. 너도 나도 촛불집회에 한 번쯤은 나간다는 그 시절, 나는 내 일만 해도 정신이 없었다. 서울 생활을 시작한 지 얼마 되지 않았고, 다가오는 입시의 압박에 숨죽이던 때였다. 함께 광장에 나가보자는 친구의 제안에도 '그래, 남들 다 하니까'란 생각만으로 지하철에 몸을 실었다.

하지만 이게 웬일? 재밌었다. 따로 촛불을 들면서도 함께 움직이는 그 거

대한 행렬 속에서 누군가는 기타 치며 평화를 지지하는 노래를 불렀고, 어떤 이는 울분에 가득 차 눈물을 보였으며, 간혹 정부를 향해 욕을 하는 사람도 있었다. 회사원, 아주머니, 고등학생……. 전혀 섞일 수 없는 분자들이 이리 섞이고 저리 섞여 하나의 구호를 외치는 것이 너무나도 재밌었다. 정부가 내놓은 협상 결과 발표 하나에 사람들은 온몸으로 반응했다. 그래, 좀 더 지켜봐야지. 나는 촛불을 가방 깊숙이 챙겨 넣었다.

젊었을 적 '운동' 깨나 했다는 고모가 들려주던, 그저 영화 속 한 장면 같은 '운동' 이야기가 내 경험의 일부가 되었다. 21세기답게, 광장에는 화염병도 시너도 없었기에, 오로지 촛불과 또랑또랑한 눈망울만이 가득했기에 그곳은 더욱 더 재밌는 공간이었다.

그렇게 집회 참여자들을 한 사람 한 사람 골똘히 쳐다보고 있는데, 시야에 시커먼 옷으로 완전무장한 전·의경들이 들어왔다. 그들은 상부의 지시만을 따를 뿐, 자기 의지대로 아무 말도 아무런 행동도 할 수 없었다. 내 옆의 아저씨가 "에라이, 나쁜 놈들아! 썩 비키지 못해? 너희들은 뉴스도 안 보나?"며 전·의경들을 향해 손가락질했다. 응? 이 사람들이 무슨 잘못이지? 멍하니 그 상황 속에 잠겼다.

쇠고기 수입에 관한 협상을 다시 하자는 국민의 목소리에 정부는 대외적인 문제라 함부로 그럴 수 없다는 말로만 일축했다. 5월 31일과 6월 1일 경복궁 언저리, 청와대로 가겠다며 끝없는 행진 끝에 밤을 샌 촛불 행렬들을 향해 경찰은 살수차를 동원해 물대포를 쏘아댔다. 난생 처음 맞아보는 물대포 맛에 잠시 정신이 아찔해졌다. 그날은 전·의경 오빠들 가슴팍에 꽂아 주겠다며 색종이로 160마리의 학을 접어 온 날이기도 했다. '아, 나는 학을 왜 접어 왔을까…….' 회의가 목 끝까지 차올랐다. 전·의경과 함께 물대포를 맞으며 압사당할 뻔했지만 머릿속은 여전히 '멍' 할 뿐이었다.

매일같이 저녁엔 광장에 나갔고, 종종 밤을 새면서 친구와 촛불 이야기에 여념이 없었다. 집에 돌아와선 피곤한 몸을 뉘이다가는 인터넷 뉴스에 올라온 생중계 혹은 기사들을 보며 눈물을 글썽였다. 난생 처음 전·의경 제도에 대한 글을 찾아 읽었고, 혹시 내가 연행되면 요구해야 할 미란다원칙을 접했고, 이렇게 크게 촛불집회가 일어나게 된 정확한 이유는 무엇인지, 그렇다면 이제 우리는 촛불 들고 무엇을 해야 하는지 생각했다. 열아홉의 한여름은 촛불과 함께 지나고 있었다.

촛불집회는 평소엔 쳐다보지도 않던 신문의 정치·사회면을 들춰보게 했고, 무심코 구독하던 일간지의 성향을 다시 생각해보게끔 했다. '왜 십대들이 촛불문화제에 열광하는 것일까'를 생각해보다가 갑갑한 십대에게 촛불광장은 또 하나의 놀이문화이자 해방구이다, 라는 결론을 홀로 내렸다. 나는 촛불광장에서 침해받는 나의 인권을 지키는 방법에 대해서도 한 수 배웠다. "아가씨는 위험하니까 뒤로 빠져!"라는 말을 들었을 땐, "왜 반말 합니까?" "이거 남녀차별입니다!"라는 대답을 시원하게 내뱉을 수 있도록 거울 보고 수백 번 연습하기도 했다.

나는 그 누구보다 이성을 잃지 않을 자신이 있었기에 매일같이 전·의경들을 마주했다. 그 시절의 나는 위험하기도 짝이 없게 내가 평화유지군쯤은 된다고 생각했었다. 그래서 흥분한 시위대와 전·의경이 맞붙기라도 하면 몸을 날려 저지하다가 크게 상처가 나기도 했다. 시위대를 향해 돌격하는 방패소리 앞에 약간 움츠러들다가도 거무튀튀한 하늘을 바라보며 어깨를 폈다. 조금 거칠었지만 촛불광장은 나로 하여금 사회문제에 대해 끊임없이 직시하는 방법을 일러줬다.

촛불은 나에게 영악해지라고 했다. 국민이 똑똑해지는 것밖에 수가 없었다. 나는 촛불광장이라는 새로운 배움터에서 피켓을 들고 구호를 외쳤고, 기타 소리에 몸을 맡겨 신나게 노래했다. '촛불'이라는 화두를 가지고 몇 개월 간 보고 배웠던 그때, 내가 배웠던 건 현실을 직시하는 것이 답답하고 힘들고 고통스러울지라도 끊임없이 주시해야 한다는 것이었다. 내가 하고 싶은 문화작업과 다큐멘터리도 그것의 연장선 즈음에 있지 않나 싶다. 하나의 화두를 가지고 질리도록 쫓아가보는 것. 촛불문화제는 그 연장선 위에서 나를 뒤흔들었고, 그 이후로도 계속해서 촛불을 들게 했다.

한여름의 촛불광장에서 마지막 남은 십대의 기력을 모두 소진한 나머지, 이제는 평화유지군을 운운하며 "전·의경들과 시위대 여러분! 다들, 내가 지켜줄게요" 따위의 말은 입에 담을 수 없겠지만 이제는 그런 평화유지군을 만들고 사람들을 움직이는 글과 영상을 만들고 싶다. 물론 그러려면 촛불광장을 포함한 다른 광장도 끊임없이 주시하며 배워나가야 하겠지만 말이다.

나는 아무런 연고 없는 버스터미널 매표원 아줌마에게 번번이 면박을 당했다. 버스기사 아저씨는 학생증을 보여줘야지 왜 주민등록증을 보여주냐며 날 밀쳐내고 버스 문을 홱 닫아버렸고, 나는 텅 빈 버스정류장에서 엉엉 울었다. 그건 모두 내가 로드스쿨러이기 때문이었다.

학생이 아니라는 나를 받아준다는 문학공모전도 있었지만, 아닌 경우가 허다했다. 안 되겠다는 말만 흘러나오는 수화기를 잡고, "학교 다니지 않고 있는데 응모할 수 있을까요?"라는 말을 하기 위해 벌벌 떨었다.

1년에 한두 번 만날까 말까 하는 사람들은 "어떻게 지내냐"면서 바로 조언과 충고를 늘어놓았다. "넌 생각을 깊이 하지 않는 것 같다"며 혼내기도 했고, "생각 좀 다시 해보라"며 내 애기보다는 자기 애기들을 먼저 늘어놓았다. 나는 계속해서 글을 쓰고 있고, 나만의 배움을 해나가고 있는데 그들은 나에게 토익·토플점수와 같은 것들만 묻곤 했다.

억울해 참을 수가 없었다. "나는 십대 후반에 이런 고민들을 하고, 이렇게 신나는 작업들을 하고 있어요"라고 말해주고 싶은데 로드스쿨링에는 성적표를 대신할 그 무언가는 없었고, 그들은 로드스쿨링에 대해 몰라도 너무 몰랐다. 그래서 "나 여기 있어요!"라고 말할 그 무언가가 필요했다. 이해받지 못한다고 뒤돌아 서 울분을 터뜨리거나 삿대질을 하는 것이 아닌, 나와 내 친구들의 이야기를 보여줘야 할 것 같았다.

마침 창의적 글쓰기 수업에서 한 달 동안 시나리오를 쓰자는 선생님의 제안이 있었다. 다른 친구들은 그동안 쓰고 싶었던 이야기를 픽션으로 하나하나씩 세워나갔다. 다큐멘터리도 괜찮다는 선생님의 말에, 나는 로드스쿨러들의 이야기를 담기로 결심했다.

카 메 라 를 들 고 :

하지만 다큐멘터리를 찍기 위한 사전작업은 꽤나 길었다. 친구들이 한 달 동안 시나리오를 작성할 때, 나는 친구들을 인터뷰하며 한 달을 보냈다. 길 위에서의 배움을 결심하게 된 계기, 로드스쿨러이기에 받았던 차별, 로드스쿨링으로 어떤 배움을 어떻게 해나가고 있는지, 그리고 앞으로는 어떻게 살 건지에 대한 이야기들을 나눴다.

하지만 기술적인 부분들이 날 계속 고민에 빠뜨렸다. '촬영을 시작해야 하는데 카메라는 어디서 빌리지?' '카메라는 또 누가 들고?' '편집은 어떻게 하는 거야?' '두 달이면 완성할 수 있을까?' 모든 것이 다 처음이었다. 영화를 찍어봤다는 친구에게 매일같이 전화를 걸고, 카메라를 구하기 위해 백방으로 수소문했다. 그리고 고글리의 나마라는 친구가 영상팀에서 프로젝트를 했었다는 소식을 듣고 찾아가 함께 해보지 않겠냐고 제안했다. 어려운 건 아니고 가볍게 촬영과 편집을 도와주면 된다, 는 꼬임에 나마는 고개를 끄덕였다.

중3 때 함께 인도를 갔던 아저씨가 대전에서 영상 관련 사무실을 하고 있었다. 나는 구상하고 있는 다큐멘터리 이야기를 던졌고, 아저씨는 "카메라는 내가 책임지고 구해주겠다"며 나의 프로젝트를 전폭적으로 지지해주었다. 장비도, 함께할 친구도 어렵지 않게 구해졌다. 하지만 문제는 그 다음부터였다.

어디서부터 시작해야 할지 감도 잡지 못한 나는 무작정 인터뷰를 하기 위해 라디오프로젝트를 했던 공간 민들레, 창의적 글쓰기 수업을 듣고 있는 하자센터, 그리고 다락방이 있는 신촌 또하나의문화를 들락날락했다. 로드스쿨러들의 이야기를 담기로 한 다큐멘터리인 만큼 로드스쿨러들의 인터뷰가 가장 중요했다. 나와 가까운 사람들에게서 더 많은 이야기를 쉽게 풀어낼 수 있을 거라 생각해, 창의적 글쓰기 수업 친구들과 고글리가 중점 인터뷰 대상이 되었다.

민들레사랑방을 중심으로 로드스쿨링을 하고 있는 경보(19)는 "나는

내가 홈스쿨링을 한다고 생각하지 않아"라며 웃었다. 학생증이 없어서 불편하지 않냐, 는 나의 물음에 "이제는 적응한 지 오래라 아무렇지도 않게 딴지를 걸거나 어른 요금을 내기도 해"라며 자신의 재밌는 에피소드를 들려주었다. 앞으로 세계여행과 NGO 활동을 하고 싶다는 경보는, 대학을 가지 않아도 스스로의 배움을 해나갈 수 있다고 말했다.

창의적 글쓰기 수업에서 만나, 고글리까지 함께하며 부쩍 친해진 한백(19). 한백이와는 광화문 광장에서 촛불을 함께 들며 친해졌다. 학교 안에서의 무기력한 자신이 싫어서 학교를 나왔다는 한백은 밖에서 만난 친구들이 훨씬 더 생기 넘친다는 이야기를 했다. 여러 곳에서 로드스쿨링을 하고 있는 한백은 학교 밖에 나와서야 앞으로 뭘 할지 결정할 수 있었다며, 사회과학부를 가고 싶어 곧 입시공부를 시작할 거라고 했다.

"다 똑같은 입시미술 말고, 나는 자유롭게 내 그림을 그리고 싶었어"라며 조심스레 이야기를 꺼낸 나마(19). 자기 이야기를 잘 하지 않는 나마와는 사실 많이 친하지 않았다. 하지만 인터뷰를 시작하고, 함께 다큐멘터리를 만들어나가면서 속 깊은 이야기들을 나눌 수 있었다. 나마 역시 학교가 무의미한 공간처럼 느껴졌다, 며 이야기를 시작했다. "내가 내 시간표를 짜서, 누가 시켜서가 아니라 내 스스로 전시회도 다니고 하는 게 좋아"라며 로드

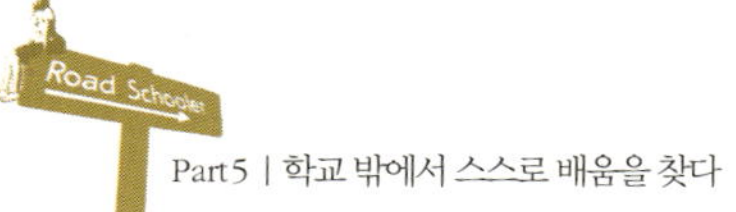

다큐 작업을 함께한 나마. 나마는 '탈학교 청소년'이기에 받는 질문을 피하기 위해 명절에 열심히 일한다고(일하는 척한다고) 말했다.

스쿨링의 장점을 이야기했지만, 한편으로는 "잡아줄 사람이 없으니 버린 시간도 많"다고 말했다.

　여름방학 동안 대안교육과 홈스쿨링, 로드스쿨링을 살펴보기 위해 잠깐 서울로 올라온 강원도 소녀 담(17)도 카메라 앞에서 자기 이야기를 풀어냈다. 글쓰기 수업에서 만난 담은 "내가 생각하고 있던 청소년의 모습과 가장 가까운 사람들을 하자와 다른 공간들에서 만났"다고 말했다. 그리고 경보와 함께 민들레사랑방에서 배움을 하고 있는 노디(18)도 "입시공부하면 짜증나는데 그걸 왜 하냐"며 로드스쿨링이 훨씬 더 재밌다고 이야기했다.

　학교를 그만두고 혼자 공부해서 지금은 대학생이 된 콩냥(24)과는 창의적 글쓰기에서 만나 고글리까지 함께하고 있다. 콩냥은 학교를 여러 번 그만뒀다. "고등학교에서의 배움이 내 가슴을 뜨겁게 하지 못하더라고. 그래서 그만뒀지"라며 이야기를 시작한 콩냥. 만화 그리고 소설책 읽고 영화 보는, 자신만의 시간표가 가장 좋았다고 했다. 콩냥은 검정고시를 보고 대학에 들어갔는데 또

다큐에서 진솔한 이야기들을 풀어낸 콩냥은 친구들 다 학교 가 있을 시간에 혼자 버스 타면서 학생할인 받을 수 없진 않냐고 말했다.

다시 학교를 그만뒀다. 그 좋은 학교를 왜 그만 뒀냐, 고 물으니 "학교가 보수적인 성향이 강하다보니 교수님들 성향이랑 내 성향이랑 너무 달라서"라고 대답했다. 그래서 콩냥은 자신에게 맞는 커리큘럼과 교수님들이 있는

대학을 찾아 다시 입학했다. 교수님들 강의가 정말 재밌다며 웃는 콩냥 역시 자기주도적으로 학습하는 로드스쿨러다.

고글리 친구들과 함께 경주여행스쿨을 가서도 나는 인터뷰를 진행했다. 약간 피곤했지만, 우리는 자리를 깔고 로드스쿨링에 대해 하나 둘 이야기를 꺼냈다. 산(20)은 "이제 대학에 가고 싶다"고 했다. 이유를 물으니 "대안교육에서 배울 수 있는 게 있고, 공교육에서 배울 수 있는 게 따로 있다고 생각해. 나는 계속 대안교육을 받아와서 이제는 학교라는 틀 안에서 배워보고 싶어"라고 말했다. 하지만 대학을 선택할 때는 서열순이 아닌 자신에게 '필요한 수업'을 찾아야 한다며 교수님 성향이나 커리큘럼, 무엇보다 자신이 배우고자 하는 걸 끊임없이 생각해야 한다고 이야기했다.

카메라 앞에서 친구들은 부끄러워 손으로 카메라를 가리기도 했고, 자기 이야기를 꺼내다 눈물을 글썽이기도 했다. 우리나라에서 로드스쿨링을 시작한 첫해 여름, 나는 한국 로드스쿨러 친구들의 목소리를 담기 위해 카메라를 들고 끊임없이 고민했다.

나 다큐멘터리 안 할래 :

고민은 끝도 없이 커져만 갔다. 경주에서 끊임없이 카메라를 들고 있기가 너무 힘들었다. 나는 그저 신나게 놀고만 싶은데, 프로젝트를 위해 나를 희생하고 끊임없이 인내해야 했다. 6밀리미터 테이프도 끊임없이 쌓여갔다.

그리고 이제 찍어놓은 인터뷰 영상들을 편집해야 했다. 픽션이 아닌 다큐멘터리다 보니, 편집 콘티를 새로 짜야 했고 편집 일정도 잡아야 했다. 하지만 다큐멘터리 촬영은 나에게 '미래에 대한 고민'을 안겨주었다. '21세기의 대학은 취업준비소라는 말들을 많이 하던데 그럼에도 불구하고 대학을 꼭 가야 하는 걸까?' '정말 내가 하고 싶은 건 뭘까?' '아무래도 난 다큐멘터리는 못할 것 같아. 이렇게 지겨워하는데 어떻게 다큐멘터리를 한다는 거야!' 고민에 고민을 거듭하느라 아무것도 할 수 없었다. 나는 또 백지가 되어버린 지도 앞에서 정지해버린 나침반을 돌리며 방향을 찾고 있었다.

"우리 그냥 편집하지 말까?"

고민만으로도 버거워 함께 작업하는 나마에게 말을 흘렸다. 그러자 나마는 사색이 된 얼굴로 말했다.

"그래도 보라야, 내가 이렇게 촬영까지 했는데 편집을 안 하면……."

여름 내내 몸보신도 제대로 못하면서 촬영과 나머지 모든 것을 맡아준 나마가 있었다. 나는 어쩔 수 없이 편집 작업을 시작해야 했다. 편집 콘티를 쓰겠다며 몇 주를 쌩쌩 머리만 굴리다가 억지로 작업을 시작했다.

하지만 편집 작업도 처음이라 만만치 않았다. 편집 프로그램을 써봤다는 나마가 사용법을 가르쳐주었다. 안 그래도 바쁜 나마에게 공연히 짐이 될까 봐 프로그램 사용법을 배우고는 노트북에 원본 영상들을 쑤셔넣고 집으로 들어와 방에 틀어박혔다. 며칠 내내 집밖으로 나가지 않았다. 나는 뻐근한 어깨를 돌리며 친구들의 인터뷰 영상을 보고 깔깔 웃었고, 모니터 앞에서 밥을 먹으며 작업을 하기도 했고, 프로그램 조작법을 몰라 한참을 인터넷의 바다에서 헤매기도 했다.

편집 마감은 '대한민국 청소년 미디어 대전'이라는 청소년 영상제로 잡았다. 도저히 편집할 맘이 나지 않으니 억지로 마감을 정해놓고 완료하겠다는 심산이었다. 편집 내내 나는 이 문장만을 중얼거렸다. "이것만 편집하고 앞으로 절대로 다큐멘터리 안 할 거야. 보는 걸 좋아하는 것과 만드는 걸 좋아하는 건 절대 다른 거라고!"

마감 날 점심에서야 모든 작업이 끝이 났다. "와, 끝났다!" 나마와 나는 바깥공기를 이제야 마신다며 좋아했지만 '6밀리미터로 출력해야 한다'는 공지에 진땀을 뻘뻘 흘리며 사용법을 또 다시 찾아보았다. 결국 해결책을 찾을 수 없어 영상제에 전화를 걸어 "출력하는 걸 잘 모르겠는데 혹시 도와주실 수 있으세요?"라며 애원을 했다.

결국 마감 1시간 전에, 인터뷰가 중복되어 들어간, 자막은 이리저리 화면을 뛰어다니는, 내레이션에 비해 영상 소리가 무지하게 작은 거친 1차 편집본을 영상제에 제출했다. 작품으로서의 평가를 받는 건 불가능했지만, 만들어냈다는 데 의의를 둔 나마와 나는 신나게 소리를 질렀다. "야호! 완성이다!"

다큐멘터리 〈로드스쿨러〉 :

하지만 꼼꼼한 나의 성격은 1차 편집본으로 만족할 수가 없었다. 하루를 푹 자고 난 뒤, 다시 편집 프로그램을 모니터에 띄웠다. 사실 1차 편집본을 함께 봐준 고글리 친구들이 말했다, 지루하다고. 집에 돌아와 객관적으로 살펴보니 중복된 인터뷰도, 불필요한 영상들도 좀 더 다듬어야 할 것 같았다. 나에겐 모든 것이 애정이 담겨 있어 핏줄 같았지만, 누군가는 이렇게 말했다. "편집의 미학이 중요해."

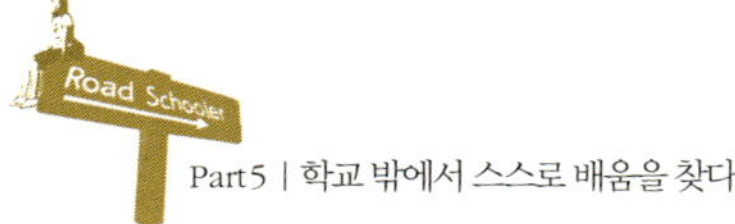

　1차 편집본의 러닝타임은 55분, 자그마치 5분의 1을 편집해 최종 영상은 44분이 되었다. 수고한 나마와 나는 편집하는 내내 머릿속으로 구상하고 있던 파티를 열기로 했다. '다큐멘터리 〈로드스쿨러〉 첫 번째 상영회'가 바로 그것이었다. 홍대 민들레사랑방에 상영회 이야기를 전했더니 무료로 대관해주시겠다고 했다. 얼른 많은 사람들에게 보여주고 싶어, 상영회 날짜를 바짝 잡았다.

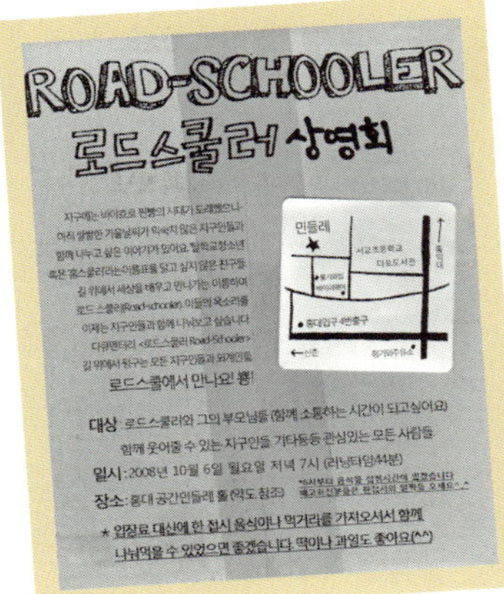

　각자 한 접시 음식을 들고 와 나눠 먹자는 의미에서 한 접시 음식을 입장료로 제안하고, 인터넷으로 홍보를 했다. 다행히도 첫 번째 상영회 날, 음식은 부족하지도 남지도 않았고 고글리 친구들의 도움으로 무리 없이 상영회를 잘 끝낼 수 있었다. 민들레홀은 새롭고 낯선 사람들로 북적북적했고, 오랜만에 보는 얼굴들에 웃음이 터져 나왔다.

　그중에는 나의 로드스쿨링을 지지했던 고등학교 1학년 때 담임선생님도 있었고, 여행을 통해 만난 사람들도 꽤 있었다. 사실 상영회라기보다는 재롱잔치, 혹은 로드스쿨링 학습발표회 느낌이 더 강했다. 상영회에 모인 사람들은 로드스쿨러 친구들의 이야기를 보고 들으며 "공감하고 이해한다"고 말했다. 인도 다람살라에서 봉사를 하며 만났던 언니들은 상영회에 찾아와 꽃을 건네주며 말했다. "나도 로드스쿨러 할래! 대안지식공간은 또 어느 곳이 있어? 내가 멘토 선생님을 할 수도 있는 거지?"

　그리고는 '대한민국 청소년 미디어 대전'에서 예선을 통과했다는 소식이 들려왔다. 이틀간 홍대 상상마당에서 영화제가 진행된다는 말에 반갑기도 했지만, 동시에 반갑지 않기도 했다. 무엇보다 그곳에서 상영되는 건 거칠고 거친 1차 편집본이었으니까. 그것도 거대한 스크린으로!

영화제 시작 전부터 벌벌 떨었다. 고문의 시간이 될 거라며 간신히 몸을 추슬러 상상마당으로 향했다. 그곳에는 쟁쟁한 작품들이 있었다. 청소년의 작품이라고는 도저히 믿기지 않는 작품부터, 〈로드스쿨러〉같이 아직은 기술이 부족한 작품까지. 이틀 내내 계속해서 청소년 친구들의 영화를 보았고, 영화를 좋아한다는 친구들과 만남을 가졌다.

다큐 〈로드스쿨러〉는 맨 마지막 섹션의 맨 마지막 순서였다. 나는 영화 상영 내내 눈과 귀를 가리며 편집되지 않은 많은 것들의 비명을 온몸으로 들었고, 관객들의 몸짓과 표정에 온 신경세포가 곤두서는 걸 느낄 수 있었다. "감독과의 대화 시간에 질문 하나도 안 나오면 어쩌지? 그러면 나한테 질문 좀 해줘, 응?" 영화제에 함께 간 친구에게 애원하다시피 말하고는 네 번째 섹션에 상영한 다른 청소년 감독들과 함께 스크린 앞으로 나갔다.

침을 꼴깍 삼키며 긴장된 표정으로 서 있던 나, 그러나 예상과는 다르게 계속 질문이 쏟아져 들어왔다. 거칠어서였을까, 잘 만들어진 영화에 대해서는 달리 할 말이 없어서였을까, 아니면 소재가 특이해서였을까. 〈로드스쿨러〉에 대해 친구들은 많은 것을 물어보았고 궁금해 했다.

그리고 시상식. '본선상만 받고 집에 가겠거니' 하며 푹 고개를 숙였던 나를 호명하는 소리가 들렸다. 청소년 심사위원단과 청소년 감독들이 투표로 뽑은 관객상이란다. 대표로 상을 준 청소년 심사위원 친구는 "청소년들의 공감을 가장 잘 자아냈기에 이 상을 주는 것 같다"고 말하며 상을 건네주었다. 정말 예상치도 못했기에 수상소감 따위 준비하지도 않았던 나는 "길 위에서 자기주도적으로 학습하는, 이렇게 영화를 좋아해 자발적으로 모인 친구들 모두가 로드스쿨러라고 생각한다"고 짧게 전했다.

가장 의미 있는 상이었다. "나 여기 있어요!"라는 목소리를 내기 위해, 이해 받기 위해 다큐멘터리를 만들었는데 친구들은 공감한다며 마음을 건네주었다. 외계인으로 취급당할까 봐 덜덜 떨던 나에게 그들은 이해한다고 말했다. 학교 안에 있지만 자신만의 방식으로 로드스쿨링을 해나가고 있는 학교 안 로드스쿨러들에게 지지를 받은 우리. 학교 밖에서의 배움을 해나가고 있는 로드스쿨러들, 고글리는 몇 주를 거친 회의 끝에 신조어 '로드스쿨러'의 정확한 정의를 내리기로 했다.

"

로드스쿨러(Road-schooler)

학교를 벗어나 다양한 학습공간을 넘나들며 자기주도적으로 공부하고 교류하고 연대하는 청소년들이 스스로를 일컫는 말. 또는 스승이 있는 공간이면 세상의 모든 곳이 배움터라는 생각을 하는 자기주도학습자들이 스스로를 명명하는 이름. "

"세상은 사회 각 구성원들에게 학생·회사원·주부라는 신분을 부여하지만, 로드스쿨러는 자기 자신이 스스로 명명할 수 있는 개념이다." 고글리 활동을 함께 하고 있는 김현아 선생님은 이렇게 말했다. 우리 스스로를 스스로의 개념으로 명명한 로드스쿨러들은 각자의 배움을 향해 따로 또 같이 활동하고 있다.

다큐멘터리 〈로드스쿨러〉는 학교 밖에서 고민하던 다양한 친구들을 로드스쿨링의 영역으로 끌어당겼고, 우리는 서로의 로드스쿨링 지지집단이 되어줬다. 차후에 연세대 학술정보원 정기상영작으로 선정되어 연세대학교에서 상영하기도 했고, 대안교육 잡지 〈민들레〉에 「로드스쿨러 제작기」도 실렸다. 그 글을 본 대안학교 우다다학교의 학부모님이 학부모 엠티 때 함께 보고 싶다며 영상을 요청해오기도 했고, 서울의 한 교육대학원 발표 참고자료로도 쓰였다. 이어 한국 청소년 영상제에서 입선을 했고, 대전 독립영화제에서는 장려상을 받았다. 그리고 2009년 서울 국제여성영화제에 초대되어 다른 십대들의 작품과 함께 상영되는 기쁨도 누렸다.

다큐 〈로드스쿨러〉를 만들며 끝없이 고민하던 나는 "앞으로 다큐멘터리 절대 안 해!" 소리쳤지만, 지금도 여전히 사람의 이야기를 담는 다큐멘터리를 찍기 위해 새로운 사람들과 연을 맺고 있다. 나의 로드스쿨링과 나의 다큐멘터리는 무수한 지점에서 접목된다. 나 자신으로부터 시작한 다큐멘터리가 단순히 내게서 끝나는 것이 아닌, 타인의 고통을 타인에게 전달하는 능력이 될 때까지 나는 길 위에서 끝없이 뒹굴고 싶다.

우리는길위에서배운다!
로드스쿨러 보라의 첫번째 다큐멘터리
ROAD-SCHOOLER
로드스쿨러
넌 학교에서 공부하니?
난 모든 것에서 공부해!
배움의경계를넘나드는 로드스쿨러들의 이야기
상영회
일시 : 2008년 10월 31일(금) 6시
장소 : 연세대학교 학술정보원 상영실
신청 : FILLTONG.NET
감독 | 보라   촬영 | 나마 보라   편집 | 나마 보라   나레이션 | 보라
출연 | 겨보   안백   나마   콩냥   보라   산   여팀   담   노디

길에서 만나자

"나 인도 갈 거야."

얼른 다큐멘터리 만들고 나서 다시 떠나려고 했지. 내가 하고픈 건 진정 뭘까, 하는 회의가 있었거든. 나는 그게 다큐멘터리인 줄 알았는데 막상 작업을 해보니 힘들더라고. 하나의 화두를 가지고 끊임없이 맞서나간다는 게 괴로웠지. 그래서 나는 다큐를 '보는 걸' 좋아하는 거지 '만드는 걸' 좋아하는 건 아니다, 라는 성급한 결론을 내렸어. 헤헤, 이런저런 생각이 많은 시절이었지. 열아홉의 가을이었거든.

친구들은 다 입시 준비에 정신없었기에 나 역시 은근히 압박을 받았어. 그래서 고민 끝에 나도 나의 미래를 설계해보았지. 내가 하고 싶은 일은 내가 만나는 사람들을, 하고픈 이야기를 글이나 영상을 통해 풀어내는 것이었어. 하지만 그 '매체' 자체를 공부하는 것보다는 내가 하고픈 이야기를 먼저 공부해야겠다는 생각에 인도로 국제관계학을 배우러 가려고 했던 거야.

그런데 막상 다큐멘터리를 만든 후에 사람들과 소통하는 과정에서 다큐의 매혹적인 부분을 다시 발견한 거지! 영상을 통해, 내가 생각지도 못했던 지점에서 사람들이 서로 소통하는 걸 본 거야. 거칠고 투박한 영상이지만,

그렇기 때문에 관객들은 더 쉽게 의견을 던질 수 있었던 거고 그 의견이 새로운 작업과 담론을 만들어내는 걸 보고 '아, 내가 하고픈 건 이게 맞구나'란 확신을 갖게 되었어.

그래서 다큐에 대한 배움을 계속해나가고 싶어진 나는 지금 다시 학교 안으로 들어와 공부를 하고 있어. 왜, 다시 학교였냐고? 굳이 학교가 아니어도 되지 않냐고? 응, 맞아. 다큐멘터리와 글을 공부하고 싶다면 학교 밖이어도 괜찮아. 나도 그 부분에서 고민하지 않은 게 아니거든. 그런데 내겐 체계적으로 다큐멘터리를 가르쳐줄 선생님이 필요했어. 또, 함께 작업을 할 친구들도 필요했고. 그래서 그런 배움을 해나갈 수 있는 학교, 혹은 그런 학교라고 생각되는 곳의 문을 두드렸지.

근데 말이지, 어디든 다 그렇겠지만 말야. 다니고 싶던 학교지만 갖고 싶었던 커리큘럼이지만 입학해 보니 그게 전부는 아니더라. 역시 제일 중요한 건 나 자신만의 시간표인 듯해. 그 속에 대안 지식공간의 강좌도, 배낭 여행도, 학원 강좌도, 학교 강의도 집어넣을 수 있는 거지. 갓 입학한 나는 그걸 '새롭게' 느꼈어. 오랜만에 학교에 적응하느라 재밌는 작업들을 한동

안 하지 못했거든. 그래서 이제 학교 안과 학교 밖을 넘나들며 다시 내 시
간표를 채워나가려고 해. 결국 어디에 있든 내가 하기에 달린 거라는 거야.
음, 너무 뻔한 말인가?

사람들은 내게 로드스쿨링은 어떻게 하냐, 고 종종 물어오곤 해. 그때마
다 나는 각자의 로드스쿨링이 있다고 대답하지. 이제 나는 한동안 학교를
다니면서 세상을 바라보는 나만의 철학을 가지려고. 책도 읽고 다큐멘터리
도 배우면서 말야. 가끔은 가슴 쿵쾅거리는 문화작업으로 몸을 혹사시키기
도 할 거야!

음, 하고 싶은 건 넘치고 넘쳐. 신선한 시각으로 글을 쓰고 싶고, 길 위에
서 끝없이 뒹굴며 다큐멘터리도 만들고 싶고. 아, 그리고 내가 늘 꿈꾸는
'아무것도 하지 않고 살아가기'를 모토로 농촌에서 살고 싶기도 해. 하지
만 욕심 많은 나는 또 금방 재미난 작업들을 벌이면서 '바쁘다, 바쁘다' 투
정하게 되겠지?

누군가는 내게 '너를 키운 건 팔 할이 길바닥' 이라고 했었어. 응, 이제 어

에필로그

디서 무얼하든 나는 여전히 길바닥에서 자라고 있으리란 상상을 해. 어때,
길바닥이 좀 궁금하지 않아? 자, '길'로 뛰쳐나와봐. 시스템 안이건 밖이건
한 걸음만 내딛으면 로드스쿨은 네 눈앞에 있을 거야.

우리, 길에서 다시 만나자. 한 움큼 외롭지만 한 움큼 자유로운 그곳에서.

2009년 봄,

스무 살이 된 보라.

길은 학교다

© 이보라 2009

초판 1쇄 발행 2009년 5월 22일
초판 16쇄 발행 2018년 10월 1일

지은이 이보라
펴낸이 이상훈
편집인 김수영
기획편집 고우리 정진항
마케팅 조재성 천용호 박신영 조은별 노유리
경영지원 이해돈 정혜진 장혜정 이송이

펴낸곳 한겨레출판(주) www.hanibook.cc.kr
등록 2006년 1월 4일 제313-2006-00003호
주소 서울시 마포구 효창목길6(공덕동) 한겨레신문사 4층
전화 02-6383-1602~3 **팩스** 02-6383-1610
대표메일 book@hanibook.co.kr

ISBN 978-89-8431-330-9 03810

- 값은 뒤표지에 있습니다.
- 파본은 구입하신 서점에서 바꾸어 드립니다.
- 이 책의 내용 일부 또는 전부를 재사용하려면 반드시 저작권자와 한겨레출판(주) 양측의 동의를 얻어야 합니다.